AF279934

Ramona Romeiko

Under the Spell of Darkness

Forever Love

Band 3

Ramona Romeiko

UNDER THE SPELL OF DARKNESS
FOREVER LOVE

Dark Romance Roman

1. Auflage

Impressum

Bibliografische Information der
Deutschen Nationalbibliothek:
Die Deutsche Nationalbibliothek verzeichnet diese
Publikation in der Deutschen Nationalbibliografie;
detaillierte bibliografische Daten sind im Internet
über http://dnb.dnb.de abrufbar.

ISBN: 978-3-8192-6461-0

© Ramona Romeiko

Verlag:
BoD · Books on Demand GmbH, Überseering 33,
22297 Hamburg, bod@bod.de
Druck:
Libri Plureos GmbH, Friedensallee 273, 22763 Hamburg
Covergestaltung:
© Ramona Romeiko und www.Insel-Design.de
Deutsche Erstausgabe 2025
www.ramona-romeiko.de

Triggerwarnung

Dieser Roman enthält folgende potenziell belastende Themen, die einige Leserinnen und Leser emotional beeinflussen könnten: Gewalt, Dunkle Magie, Intrigen und Täuschung, Zwang und Manipulation, Beziehungsdynamiken. Bitte seien Sie sich bewusst, dass diese Themen in der Geschichte vorkommen, und nehmen Sie Rücksicht auf Ihre eigenen emotionalen Grenzen, wenn Sie den Roman lesen. Es ist ratsam, vor dem Lesen des Romans geeignete Vorkehrungen zu treffen oder zu überlegen, ob dieser Roman für Sie infrage kommt.

Mit Kaffee, Chaos und einer Prise Wahnsinn
geschrieben – aber mit ganzem Herzen. Ich hoffe,
diese Geschichte zieht dich genauso in ihren
Bann, wie sie es mit mir getan hat.

Danke, dass du dich darauf einlässt.

Ich wünsche dir ein tiefes, intensives Leseerlebnis!

Erzähler

Resümee des letzten Kapitels: Band 2

In dieser spannenden Szene sind Aiden und Aurel besorgt um die kritische Situation von Lyanna und Apollo. Erol informiert sie, dass Lyanna nach ihrem Bauchschuss ohnmächtig geworden ist. Apollo liegt derweilen schwer verletzt in Aidens Armen. Sie versuchen alles um die Beiden zu stabilisieren, während sie auf den Krankenwagen warten. Erol setzt die Brüder in Kenntnis, dass die Gefahr durch Raphael und Vittorio beseitigt ist; sie sind tot.

Leider ist Marco entkommen, was zusätzliche Sorgen aufwirft. Die Gruppe beschließt, sich zunächst auf die medizinische Versorgung von Apollo und Lyanna zu konzentrieren, bevor sie die Situation mit Marco angehen. Erol hat bereits Männer los geschickt um die Suche nach Marco voranzutreiben.

Lyanna

Die Dunkelheit hielt mich fest, während ich durch die lautlose Leere der Ohnmacht trieb. Alles war fern – Geräusche, Berührungen, selbst meine Gedanken. Nur das pochende Echo meiner Erinnerung durchbrach ab und zu die Stille, wie eine Welle, die gegen einen alten, rissigen Strand schlägt. Was war nur aus dem Kind geworden, das einst voller Hoffnung in die Welt geblickt hatte?

Schon früh spürte ich, dass ich anders war. Meine Kindheit war durchzogen von der ständigen Präsenz der Einsamkeit – ein unsichtbarer Schleier, der sich zwischen mich und die anderen legte. In der Schule wurde mein feines Gespür zur Last. Die Kinder mieden mich, als wäre ich ein Rätsel, das sie nicht lösen wollten. Vielleicht spürten sie, dass ich Dinge sah, die andere nicht sahen – tief vergrabene Ängste, unausgesprochene Wahrheiten. Statt Anerkennung erntete ich Ablehnung.

„Die seltsame Lyanna", flüsterten sie.

„Die Spinnerin, die Dinge sieht, die es gar nicht gibt."

Diese Worte brannten sich wie Schnittwunden in mein Herz. Und mit jeder neuen Ausgrenzung errichtete ich eine weitere Mauer um mich. Ich versuchte, dazu zu gehören – vergeblich. Während sie lachten und sich unbehelligt durch den Tag bewegten, trug ich die Gefühle anderer wie eine zweite Haut. Ich war ein Spiegel – aber keiner wollte hineinschauen. Irgendwann beschloss ich, dass ich einen Neuanfang brauchte. Ich ließ alles zurück, zog in eine andere Stadt. Und genau dort traf ich sie – die Caelus-Brüder.

Aiden, der mit einem frechen Grinsen auf den Lippen jeden Raum erhellte.

Aurel, der mit stiller Stärke über mich wachte.

Und Apollo... Apollo war wie Sturm und Feuer zugleich.

Mit ihnen fühlte ich mich zum ersten Mal zugehörig. Nicht beobachtet. Nicht benutzt. Einfach... gesehen. Die kleinen Gesten zwischen uns – ein geteiltes Lächeln, eine stumme Übereinkunft, ein wortloses Verständnis – waren wie warmer Sommerregen auf durstiger Erde. Sie gaben mir etwas zurück, das ich längst verloren glaubte: Vertrauen. Doch Apollo war mehr.

In ihm fand ich meinen Spiegel, der nicht zurückwich. Seine Augen hatten eine Tiefe, in der ich mich selbst erkannte – gebrochen, kämpfend, voller Sehnsucht. Unsere Gespräche glichen einem Tanz auf dem Drahtseil. Ich balancierte zwischen der Angst zu fallen und dem Drang zu fliegen.

Ich verliebte mich. In seine Stärke. In seine Fürsorge. In die Art, wie er mich sah, ohne zu werten. Bei ihm konnte ich mich fallen lassen, Schicht um Schicht ablegen – bis nur noch ich blieb. Roh. Echt. Verletzlich. Zum ersten Mal war mein Schmerz nicht nur Last, sondern Brücke. Er las mich, als wären meine Wunden Worte, und er verstand sie alle.

Doch wie ein drohender Sturm zogen die Schatten erneut auf. Raphael – dieser König der Kälte – riss mich aus der neugewonnenen Wärme. Seine Männer verschleppten mich, und der Albtraum begann. Die Entführung war mehr als Gefangenschaft. Sie war systematische Zersetzung. Körperlich. Seelisch. Jeden Tag raubten sie mir ein Stück mehr von mir selbst. Luciano war kein Mann der Gewalt im herkömmlichen Sinne. Er war ein Künstler der Manipulation. Seine Nähe war wie Eis, das langsam durch die Haut brennt. Aber in der Dunkelheit wuchs etwas in mir. Trotz aller Qual. Oder gerade deshalb. Ich begann, Muster zu erkennen. Sammelte Informationen. Beobachtete Schwächen. Meine Intuition – so oft ein Fluch – wurde zu meiner Waffe. Ich lernte, mich innerlich aufzustellen. Nicht zu zerbrechen. Nicht noch einmal.

Doch was mir am meisten Kraft gab, war Apollo. In Gedanken kehrte ich immer wieder zu ihm zurück. Zu seinem Lächeln, seinem Blick, der mich ganz sah. Zu dem Gefühl, in seinen Armen nicht falsch zu sein. Ich klammerte mich an die

Erinnerung, als wäre sie ein Rettungsring in einem endlosen Ozean. Vielleicht würden wir nie wieder zueinander finden. Vielleicht war unsere Geschichte längst vorbei. Aber ich würde kämpfen. Für mich. Für mein Leben. Für die Möglichkeit, ihn eines Tages wiederzusehen – mit klarem Blick, erhobenem Haupt.

Jetzt lag ich bewusstlos im Krankenwagen. Sirenen schrien gegen den Himmel, Stimmen hallten an meinem Bewusstsein vorbei. Ich wollte rufen: Ich bin hier! Kämpft für mich!

Doch mein Körper verweigerte sich. Die Dunkelheit legte sich erneut über mich wie ein schweres Tuch. Aber ich wusste: Diesmal würde ich zurückkommen. Nicht nur überleben. Leben. Für mich. Für Apollo. Für alles, was uns einmal verbunden hatte – und vielleicht noch verbinden würde.

Apollo

Die Dunkelheit verschlang mich, als ich in die Schluchten der Ohnmacht fiel. Um mich tobte der Kampf – Schüsse, Schreie, splitterndes Chaos. Doch all das war nur Lärm. Denn in meinem Inneren zählte nur eines: Lyanna.

Mein Herz raste. Ich wollte mich bewegen, doch mein Körper lag schwer und leblos auf dem Boden. Das Blut wich aus meinen Adern, während mein Blick an ihr hängen blieb. Lyanna. Ein paar Meter entfernt. Regungslos. Blutverschmiert. Ihre Schönheit war entstellt von Schweiß, Schmutz und Wunden – doch für mich war sie noch immer das Herz meines Lebens. Ich konnte sie nicht schützen. Nicht halten. Nicht retten.

„Lyanna!", rief ich, doch meine Stimme versank im Lärm.

Ihre Augen waren geschlossen. Kein Glanz, kein Leben. Nur Stille.

Raphael.

Der Moment kam zurück. Sein Gesicht. Diese Leere in seinem Blick. Die Tat, die alles zerbrach. Ich hätte es verhindern müssen. Hätte sie warnen müssen. Stattdessen lag sie nun dort – und ich versank in Schuld. Der Schmerz schnürte mir die Brust zu. Ich fühlte die Tränen, die nicht flossen. Erinnerte mich an die Wärme ihrer Nähe, den Klang ihrer Stimme, das Licht in ihrer Dunkelheit. Ich hatte für ihre Liebe gekämpft – und verloren.

„Bitte, Lyanna", flüsterte ich. „Bitte, bleib."

Ich konnte nicht ohne sie sein. Nicht noch einmal. Ein verzweifeltes Sehnen überkam mich – ich musste sie berühren, wissen, dass sie lebte. Ich hob meine Hand. Ein Zucken, mehr nicht. Zu weit weg. Dann – Ein zweiter Schuss. Feuriger Schmerz. Mein Körper zuckte, die Dunkelheit schlug zu wie eine Welle. Ich fiel. Die Geräusche verschwanden. Ich hörte nichts mehr. Fühlte nichts mehr.

War das der Tod?

Inmitten der Schwärze erschien Licht. Sanft. Lyanna. Nicht ihr Körper – ihr Geist, ihr Wesen. Nah bei mir. Sie flüsterte: „Apollo... ich bin bei dir."

Ihre Stimme klang klar, beinahe friedlich. Ich wollte sie greifen, festhalten, nie wieder loslassen. Doch das Licht entglitt mir.

„Ich bin hier!", rief ich.

Aber mein Ruf verklang. Die Dunkelheit schloss sich wieder über mir. Ich musste kämpfen. Ein stechender Schmerz schoss durch mich, riss mich zurück. Ich spürte wieder – Erde unter mir, Kälte, Licht. Alles war fremd und grell. Ich wollte zu Lyanna. Nur zu ihr.

„Lyanna!", schrie ich. Meine Hände tasteten in die Leere.

„Bitte..."

Doch sie war nicht da. Nur Schatten, Sirenen, Stimmen. Dann hörte ich sie. Entfernt. Ärzte. Hektik. Jemand rief meinen Namen. Ich wollte antworten, konnte aber nicht. Ich öffnete die Augen. Kurz. Die Welt war umgedreht, verschwommen, zersplittert.

„Lyanna, bleib bei mir", flüsterte ich. Meine Stimme war kaum mehr als ein Hauch.

Ich fühlte, wie ich erneut versank – in einen Nebel aus Schmerz und Ohnmacht. Ich hatte kaum noch Kraft. Aber eines war sicher: Wenn ich sterben musste, dann nicht ohne sie. Und wenn wir zurückkehrten – dann nur gemeinsam.

Aiden

Die Sirenen heulten wie ein ferner Schrei der Trauer, während wir mit rasender Geschwindigkeit durch die Nacht jagten. Ich saß neben meinem Bruder Apollo im Krankenwagen, während im zweiten Wagen Aurel bei Lyanna war. Die blinkenden Lichter, die sterilen weißen Wände und der stechende Geruch von Desinfektionsmittel verschluckten jede andere Wahrnehmung.

Ich sah auf Apollo, der angeschnallt auf der Trage lag. Blass, erschöpft, kaum noch bei Bewusstsein. Seine Lider flatterten, als würde er gegen die Ohnmacht ankämpfen – und gegen etwas viel Größeres: den Verlust von Lyanna. Ich konnte den Schmerz in seinem Gesicht lesen, selbst wenn er kaum reagierte.

„Bleib bei mir, Bruder", flüsterte ich, auch wenn ich wusste, dass er mich nicht hörte.

„Du bist der Stärkste von uns. Du darfst jetzt nicht loslassen."

Aber während ich ihn so ansah, überkam mich die Angst: Wie lange würde seine Kraft noch reichen? Was, wenn wir ihn verloren? Und Lyanna? Die Vorstellung, sie beide zu verlieren, schnürte mir die Brust ab. Ein kalter Schauer kroch meine Wirbelsäule hinauf – ein alter Schmerz, der nie ganz verschwunden war: Der Tag unseres achtzehnten Geburtstags. Der Tag, an dem unsere Eltern starben. Ich sah sie wieder vor mir, wie sie lachend ins Auto stiegen. Ein ganz normaler Tag – voller Pläne, voller Leben. Sie wollten uns eine unvergessliche Party schenken. Doch Sekunden später riss ein Unfall sie uns für immer fort. Seitdem wusste ich: Nichts ist sicher. Die Dunkelheit kommt, ob du willst oder nicht.

Ich beugte mich etwas näher zu Apollo. „Du musst für Lyanna kämpfen", sagte ich leise. „Stell dir vor, wie sie dich wieder ansieht. Wie es ist, sie in den Armen zu halten. Du schaffst das. Du hast es schon einmal geschafft."

Sein Gesicht verriet nichts. Aber ich fühlte die Angst, die zwischen uns vibrierte, wie ein unausgesprochener Schrei.

„Sie braucht dich", flüsterte ich. „Wir brauchen dich. Du bist unser Rückgrat."

Ein Teil von mir wusste nicht, ob ich mich selbst belog. Aber das war egal. Ich würde nicht aufgeben, solange ich noch atmete. Die Monitore piepten, Stimmen riefen Anweisungen, doch ich hörte nichts davon. Alles, was zählte, war Apollo. Ich griff nach seiner Hand. „Ich bin hier. Kämpf." Ein schwaches Zucken. Dann bewegte er den Kopf ein Stück.

„Kämpf... für Lyanna", murmelte er kaum hörbar.

Seine Augen öffneten sich für den Bruchteil einer Sekunde – und ein winziger Funke Hoffnung blitzte auf.

„Genau das tun wir", antwortete ich sofort, meine Stimme überschlug sich beinahe. „Wir holen dich zurück."

Draußen raste die Welt vorbei, aber in mir herrschte Stillstand. Ich dachte an Aurel, der bei Lyanna war. Wie oft hatte er in unserer Kindheit den Beschützer gespielt? Jetzt brauchte sie ihn mehr denn je – und ich hoffte, dass seine Nähe sie erreichte. Erinnerungen stiegen in mir auf – an Abende mit Lyanna, an ihr Lachen, das wie Licht aus der Dunkelheit blitzte. An ihre Gespräche mit Aurel, wenn sie Halt suchte.

„Halt durch, Lyanna", flüsterte ich. Vielleicht trugen meine Worte über die Luft hinweg. Vielleicht spürte sie sie. Der Krankenwagen holperte über eine Bodenschwelle. Ich wandte den Blick vom Fenster wieder auf Apollo.

„Es ist nicht deine Schuld", sagte ich leise. „Wir haben viel verloren – aber auch etwas gefunden. Sie war unser Licht."

„Und wenn es erlischt?" Seine Stimme war brüchig, kaum ein Hauch. Aber die Angst war ohrenbetäubend.

„Dann bringen wir es zurück", sagte ich. „Egal, was es kostet."

Ein hektisches Funkgeräusch unterbrach uns. Irgendetwas stimmte im anderen Wagen nicht. Ich verstand die Worte nicht, aber die Panik schlug mir ins Herz wie ein Faustschlag. Ich starrte auf die Wand des Wagens, als könne ich hindurchsehen. Bitte haltet durch. Bitte, Lyanna...

„Was auch passiert, Bruder", sagte ich fester, „wir kämpfen mit ihr. Bis zum letzten Atemzug." Ein kaum wahrnehmbares Nicken. Aber ich sah es. Ich spürte es.

Dann stoppte der Wagen abrupt. Die Türen flogen auf, und die Sanitäter hoben Apollo aus dem Fahrzeug. Ich sprang hinterher, der kalte Hauch der Nacht traf mich wie ein Schock. Kurz darauf rollte auch der zweite Krankenwagen ein. Die Türen rissen auf, und ich sah Lyanna auf der Trage – blass, verletzt, aber lebendig. Aurel war an ihrer Seite.

„Wir sind hier!", rief ich.

Aurel trat neben mich, sein Gesicht bleich, seine Haltung angespannt.

„Die Ärzte kümmern sich", sagte er knapp. „Sie geben alles. Wir werden sie nicht verlieren."

Seine Worte waren mein Halt. Für einen Moment atmete ich ruhiger. Wir waren Brüder – und sie gehörte jetzt zu uns. Egal, wie dunkel es wurde: Wir würden kämpfen. Gemeinsam.

„Dann lasst uns warten", sagte ich leise. Und die Türen des Krankenhauses schlossen sich hinter uns.

Aurel

Der sterile Geruch des Krankenhauses brannte in meiner Nase, während das kalte Neonlicht über den Fliesen flackerte – grell, unbarmherzig. Aiden und ich saßen nebeneinander auf der Bank im Wartebereich. Die bunten Kinderzeichnungen an der Wand wirkten deplatziert, fast höhnisch in ihrer Lebendigkeit. Alles an diesem Ort war ein Widerspruch zu dem, was wir fühlten. Die Sekunden dehnten sich zu Stunden, während wir auf Nachricht warteten – über Apollo, über Lyanna.

Ich hörte, wie Aiden tief einatmete. „Was, wenn...“

„Nicht jetzt“, unterbrach ich ihn, leise, aber bestimmt.

„Wir dürfen nicht aufgeben. Apollo kämpft. Lyanna auch. Sie sind stark.“

Er sagte nichts, aber ich spürte seine Unruhe. Sie war wie eine zweite Haut, die sich über alles legte. Ich legte meine Hand auf seinen Arm. „Der Arzt wird gleichkommen. Und er wird gute Nachrichten bringen.“

Aber innerlich nagte die Angst an mir wie ein hungriges Tier. Was, wenn sie es nicht schafften?

Die Tür der Notaufnahme öffnete sich. Ich fuhr hoch – doch es war nur ein Arzt, der mit müdem Blick an uns vorbeiging. Er sprach mit einer wartenden Frau, deren Gesicht genauso bleich war wie meines sich anfühlte.

„…wir tun unser Bestes…", hörte ich ihn sagen.

Ein Echo, das auch für uns Hoffnung bringen sollte. Immer mehr Personal kam und ging. Ihre Gesichter wirkten wie Masken – unbewegt, geschäftig, routiniert. Ich hasste diese Routine. Für sie war das ein Arbeitstag. Für uns war es die Hölle.

„Wie lange kann das dauern?", fragte Aiden leise. Seine Stimme vibrierte.

„Ich weiß es nicht", murmelte ich. „Aber sie arbeiten an ihnen. Das dauert."

Die Minuten wurden zu Stunden. Jeder Schritt, jedes Öffnen der Tür ließ mein Herz einen Schlag aussetzen. Und jedes Mal, wenn es nicht für uns war, sackte es wieder tiefer. Dann – ein Arzt. Er trat durch die Tür, sein Blick suchte den Raum ab.

„Mister Caelus?" Ich stand auf.

„Ihr Bruder hat die Operation gut überstanden", sagte er. „Durchschüsse – nichts lebensbedrohlich.

Er ist im Aufwachraum. Aber... Ihre Freundin hatte nicht so viel Glück."

Die Worte trafen mich wie ein Keulenschlag. „Was ist mit Lyanna?", presste ich hervor.

„Sie wird noch operiert. Ihr Zustand ist kritisch. Wir tun, was wir können."

Aiden neben mir war aschfahl. „Was... was bedeutet das?"

„Sie ist stabil", antwortete der Arzt ruhig. „Aber die nächsten Stunden sind entscheidend."

Das Warten ging weiter. Es war wie ein Kampf gegen einen unsichtbaren Feind – die Zeit. Wir saßen da, sagten kaum ein Wort. Jeder verlor sich in seinen Gedanken.

„Wir müssen stark bleiben", sagte ich irgendwann.

„Apollo und Lyanna brauchen uns."

Aiden nickte, aber ich sah, dass es ihm schwerfiel. Seine Augen spiegelten denselben Schmerz, den ich in mir trug. Stunden vergingen. Dann kam der Arzt erneut.

„Ihr Bruder ist wach und stabil. Sie können bald zu ihm."

Ein Funke Erleichterung flackerte in meiner Brust auf. „Und Lyanna?", fragte Aiden sofort.

„Sie liegt auf der Intensivstation. Ihr Zustand ist unverändert. Wir müssen abwarten."

Ich schluckte schwer. Wieder diese Ohnmacht. Doch dann – Bewegung im Flur. Eine vertraute Stimme.

„Aurel! Aiden!" Erol. Er kam schnellen Schrittes auf uns zu, das Gesicht ernst.

„Ich suche euch – es gibt Neuigkeiten zu Marco." Ich stand sofort.

„Wie geht es Apollo? Lyanna?"

„Ich habe gehört, dass sie beide die Operation überstanden haben", erwiderte ich knapp. „Lyanna ist kritisch. Apollo stabil. Aber sag schon – was ist los?"

„Wir haben Marco lokalisiert. Ein Lagerhaus beim Hafen. Versteckt sich dort mit ein paar verbliebenen Leuten."

Aiden stieß die Luft aus. „Scheiße... das ist unsere Chance."

„Wir müssen vorsichtig sein", warnte Erol. „Marco hat fast alle Verbündeten verloren. Aber wir wissen nicht, wie viele noch übrig sind."

„Das Risiko ist es wert", sagte ich. „Wir holen ihn. Für alles, was er getan hat."

Erol nickte. „Ich kläre gerade, was an Leuten verfügbar ist. Sobald wir ihn haben, können wir vielleicht mehr über Raphaels Restnetz erfahren."

Ich trat näher. „Wo genau ist das Lagerhaus?"

Erol zeigte uns die Karte auf seinem Handy.

„Hier. Zwei Zugänge. Kameras sind alt. Wenn wir uns gut positionieren, können wir ihn überraschen."

Aiden beugte sich vor. „Das Gebiet ist verwinkelt. Wenn er uns hört..."

„Dann kreisen wir ihn ein", sagte ich. „Zwei Teams. Eins lenkt ab. Eins greift zu."

„Ich habe vier Leute auf Abruf", bestätigte Aiden. „Zwei Front, zwei sichern die Rückseite."

„Ich geh direkt an den Eingang", fügte ich hinzu. „Wenn er rauskommt, stehe ich vor ihm."

„Ich lenke seine Leute ab", sagte Erol. „Wenn alles läuft wie geplant, hat er keine Chance."

Ich spürte das Feuer in mir – nicht aus Hass. Aus Pflicht. Aus dem brennenden Willen, diese verdammte Geschichte zu beenden.

„Heute Nacht", sagte ich leise. „Beenden wir, was er begonnen hat."

Aiden war still geworden. Ich erkannte seine innere Unruhe sofort.

„Aiden", sagte ich ruhig, „wir schaffen das. Apollo und Lyanna sind Kämpfer. Und wir sind ihre Schildträger."

„Ich hoffe nur, dass sie es bis dahin schaffen", murmelte er.

„Das werden sie. Und wenn sie aufwachen, dann sind wir bereit. Für sie."

Er nickte. Der Funke war da. Noch klein – aber da. Wir setzten uns an den Tisch. Erol zeichnete Pläne in sein Notizbuch.

„Fluchtweg muss klar sein", sagte er. „Falls es schiefgeht, müssen wir raus – schnell."

Aiden war jetzt wieder voll da. „Wir bringen ihn dazu, einen Fehler zu machen. Das ist der Schlüssel."

Ich sah sie beide an. Unsere kleine Kriegsrunde im Bauch eines Krankenhauses.

„Das hier", sagte ich ruhig, „ist nicht nur ein Zugriff. Das ist der Anfang vom Ende. Und wir schreiben es um – für unsere Familie."

Aiden

Apollo war blass, seine Züge von Anspannung gezeichnet. Ich beobachtete ihn – sein Blick haftete starr am Fenster, als sei die Welt dort draußen das Einzige, was ihn noch an diesem Ort hielt. Ich konnte förmlich spüren, wie seine Gedanken rasten: das Verlangen, Lyanna zu retten. Die Angst, sie zu verlieren. Sie wird es schaffen, Apollo", sagte ich leise, um ihn zurückzuholen. „Wir haben sie gefunden. Das zählt."

Er nickte kaum merklich. Seine Lippen blieben fest aufeinandergepresst. „Es hätte nicht so weit kommen dürfen", murmelte er, als würde er sich selbst verurteilen. „Ich hätte sie beschützen müssen."

„Du konntest nichts tun", versuchte ich, ihm Halt zu geben. „Raphael war ein Monster – und er ist tot. Lyanna hat die Operation überlebt." Doch die Zweifel in seinen Augen waren nicht zu leugnen. Ich kannte dieses Gewicht. Apollo war der Fels unter uns – aber in seinem Inneren trug er jeden Fehler, jedes Versäumnis wie eine Schuld, die er nie wieder loswurde. Er sah mich an, und in seinem Blick lagen Dankbarkeit und tiefe Erschöpfung.

„Aiden... glaubst du... glaubst du wirklich, dass sie es schafft?"

„Ich weiß es", sagte ich, mit einer Überzeugung, die ich in meinem Herzen festhielt wie einen Anker.

„Lyanna ist eine Kämpferin. Sie hat so viel überstanden."

Aber während ich sprach, erkannte ich, dass es nicht nur Worte waren. Ich meinte es. Ich glaubte es. Und gleichzeitig fürchtete ich, dass ihre Stärke – diese unbeugsame Kraft in ihr – auch ihr Fluch war. Dass sie sich selbst vergessen könnte, um weiterzuleben.

Ein leises Ticken durchbrach die Stille. Die Uhr an der Wand wurde zum Metronom unserer Ohnmacht. Jeder Schlag erinnerte uns daran, dass wir nichts tun konnten. Nur warten. Warten – auf ein Zeichen. Auf sie. Apollo sagte nichts. Sein Kiefer war so festgespannt, dass ich meinte, seine Gedanken knirschen zu hören. Ich kannte diesen Blick. Das war nicht der Blick eines Mannes, der hofft. Sondern der eines Mannes, der sich selbst nicht mehr vergeben kann. Ich setzte mich näher zu ihm. Nähe, ohne Worte.

„Weißt du noch...", begann ich leise, „...als wir sie das erste Mal gesehen haben?" Sein Blick blieb starr, aber ich sah, wie seine Stirn sich leicht kräuselte.

„Vor dem Club", sagte er schließlich, tonlos.

„Sie sah verloren aus. Nicht wie jemand, der dazugehören wollte. Sondern wie jemand, der zufällig dort gelandet ist – und genau das wusste."

Er nickte.

„Du warst schon auf dem Weg rein – wie immer. Fokus. Kontrolle. Kein Blick zurück."

Ein flüchtiges Lächeln zuckte über sein Gesicht. Ein trauriges. „Ihre Schuhe waren staubig. Kein Make-up. Kein Schmuck. Aber ihre Augen..." Er schloss kurz die Lider, als würde er sie vor sich sehen. „Die hatten mehr Glanz als alles, was da drinnen je gefunkelt hat."

Ich lächelte.

„Sie wollte nur nach dem Weg fragen. Und der Türsteher hat sie behandelt wie... Dreck. Ich hätte ihn am liebsten rauswerfen lassen."

Apollo nickte langsam. „Sie hat sich bedankt. Ganz leise. So ehrlich.

Es klang, als würde sie sich entschuldigen – einfach dafür, dass sie überhaupt existierte."

Mir zog es die Kehle zu. Ja. Das war Lyanna. Zart. Leise. Und dennoch... verändernd. Ein Licht, das sich nicht aufdrängt – aber alles berührt, was es erreicht.

„Und jetzt...", murmelte Apollo, ohne mich anzusehen, „...jetzt liegt sie zwischen Leben und Tod. Und ich sitze hier – als Zuschauer. Nicht als der Mann, der sie hätte schützen sollen."

Ich legte ihm eine Hand auf die Schulter. „Du bist da. Vielleicht nicht perfekt. Aber da. Und das zählt."

Er schwieg. Doch ich sah ihn – diesen kleinen Gedanken, der sich an seine Hoffnung klammerte. Noch leise. Noch schwach. Aber da.

Esteria

Der Abend war still. Nicht die friedliche Art von Stille, sondern jene angespannte Leere, die sich wie eine unsichtbare Decke über den Raum legte – schwer, lauernd, voll unausgesprochener Fragen.

Ich stand an Lyannas Bett und wechselte den Verband an ihrem Arm. Die Haut darunter war blass, aber die Wunden heilten – äußerlich zumindest. Die Monitore zeigten stabile Werte: Puls, Atmung, Temperatur. Alles im grünen Bereich. Und doch... Etwas stimmte nicht. Ihr Körper war da – aber ihre Seele... zu weit weg. Ich strich den Ärmel ihres Krankenhaushemds glatt, legte vorsichtig meine Hand auf ihre. Ihre Finger waren kalt. Nicht eisig. Nur... leer. So leer, wie jemand, der zu lange geschwiegen hat.

„Lyanna..."

Ich sprach ihren Namen zum ersten Mal laut. Nicht wie eine Schwester, nicht wie jemand, der ein Protokoll abarbeitet. Sondern wie jemand, der eine Tür öffnet – und hofft, dass auf der anderen Seite jemand wartet. In diesem Moment zuckte ihr Zeigefinger. Ein winziger Impuls – aber echt. Ich hielt den Atem an. Kontrollierte sofort die Werte. Kein Alarm. Kein Stress. Nur... Bewegung.

„Guten Abend, Lyanna", flüsterte ich. „Sie sind im Krankenhaus. Sie wurden schwer verletzt. Aber Sie leben. Sie sind in Sicherheit."

Ihre Lider flackerten. Wie ein Vorhang, der im Wind zu zittern beginnt. Ich trat näher, senkte die Stimme. Ließ jedes Wort wie ein warmes Tuch über sie gleiten.

„Niemand wird Ihnen etwas tun. Sie sind nicht mehr dort. Sie können zurückkommen. Wenn Sie wollen."

Ein leichtes Zittern durchlief ihre Schulter. Kein bewusster Reflex – eher ein Echo aus einer fernen Tiefe. Ich überprüfte die Infusion, nahm behutsam ihre Hand. Ihr Puls war ruhig. Aber ich schwöre – da vibrierte etwas. Etwas, das lange geschwiegen hatte. Ich machte meine Einträge aufs Klemmbrett, aber mein Blick blieb bei ihr. Diese Frau hatte etwas durchlebt, das kein Verband der Welt heilen konnte. Ich griff zum Telefon, wählte die Nummer des diensthabenden Arztes.

„Dr. Belgin? Schwester Esteria. Aufwachraum 308 – Lyanna Parker. Ich glaube, sie beginnt zu erwachen. Nicht vollständig, aber... es bewegt sich etwas."

Kurze Pause.

„Keine Auffälligkeiten. Aber ich habe das Gefühl, wir sollten sie nicht allein lassen."

Ich legte auf – zögerte – und griff erneut zum Hörer. Interne Leitung 92. Die Etage der Sonderpatienten.

„Caelus? Hier ist Schwester Esteria. Ich wollte informieren... Ihre Freundin, Lyanna – sie hat reagiert. Nur kurz, aber ich denke, es beginnt sich etwas zu verändern."

Am anderen Ende Stille. Dann eine Stimme, knapp, angespannt: „Ich bin unterwegs." Ich legte auf. Sah Lyanna an. Und flüsterte – mehr zu mir selbst: „Willkommen zurück, verlorene Kriegerin. Komm, wenn du bereit bist."

Die Tür öffnete sich. Nicht hektisch. Nicht dramatisch. Aber mit einer Spannung, die die Luft sofort veränderte. Aiden betrat das Zimmer zuerst – schob einen Rollstuhl vor sich her. Darin saß Apollo. Blass. Geschwächt. Im OP-Hemd, das kaum die frischen Wunden verbarg. Sein Rücken war aufrecht – wie immer – aber sein Körper zitterte leicht, seine Augen lagen tief unter dunklen Schatten. Ich trat zurück, ließ sie näherkommen. Aiden positionierte den Rollstuhl direkt an Lyannas Bett.

„Sie hat reagiert", sagte ich ruhig.

„Für einen Moment war sie wach. Die Augen geöffnet. Sie sprach."

Apollo sog scharf die Luft ein. Seine Finger krallten sich in die Armlehnen. „Was hat sie gesagt?" Seine Stimme war heiser, kaum mehr als ein Flüstern.

„Sie fragte, wo sie ist... und warum sich alles so schwer anfühlt." Ich zögerte. Dann sah ich ihn direkt an. „Und sie sagte: ‚Er war da.'"

Aiden fluchte leise. „Marco...", knurrte er. „Wenn er es gewagt hat, hier aufzutauchen—"

„Ich kann nichts beweisen", unterbrach ich leise.

„Aber ihr Zustand fühlt sich nicht nur medizinisch an."

Apollo sagte nichts. Er starrte Lyanna an, als könne er sie allein mit seinem Blick zurückholen. Langsam hob er die Hand – zitternd – und berührte ihre.

„Ich bin hier", flüsterte er. „Ich bin hier, Lyanna. Bitte... bleib."

Doch sie reagierte nicht. Ihre Gesichtszüge waren entspannt. Zu ruhig. Kein Zittern. Kein Zucken. Nur Stille. Ich sah, wie sich etwas in Apollo veränderte. Ein Muskel zuckte an seiner Wange. Dann ließ er ihre Hand los – langsam, als koste ihn selbst das Übermenschliches.

„Du musst dich ausruhen", sagte Aiden sanft.

„Ich bleibe", entgegnete Apollo nur.

„Nur kurz", schaltete ich mich ein. „Ihre Werte sind stabil. Aber sie braucht Ruhe – genauso wie Sie."

Apollo reagierte nicht. Er sah sie einfach nur an. Und dann... sackte er in sich zusammen. Nicht körperlich. Innerlich. Plötzlich war da nichts mehr in seinem Blick. Kein Licht. Kein Widerstand. Nur Rückzug. Nur Kälte. Aiden legte ihm eine Hand auf die Schulter. „Wir kriegen sie zurück, Bruder."

Apollo nickte. Aber es war mechanisch. Keine Überzeugung. Nur Bewegung. Und ich wusste: Der Mann, der hier saß, war nicht mehr derselbe wie der, der diese Frau einst mit seiner Liebe gerettet hatte. Etwas in ihm begann, sich zu verschließen.

Und das bedeutete, die Dunkelheit wuchs nicht nur in Lyanna – sie kroch auch durch ihn hindurch.

Marco

Die Neonlichter im Flur flackerten leicht, als ich durch den Korridor ging. Langsam. Nicht zu langsam. Nicht auffällig. Routine war Tarnung. Der weiße Kittel saß perfekt. Nicht zu neu, nicht zu alt. Das Namensschild – „Dr. M. Berger" – echt genug, um keine Fragen zu stellen. Lächerlich, wie wenig es braucht, um durchzukommen. Ein gefälschtes Dokument. Ein selbstsicherer Blick. Ein Gang, der wusste, wohin er ging. Ich passierte zwei Pfleger. Einer nickte mir zu. Ich nickte zurück. Nicht zu freundlich. Nicht zu distanziert. Unsichtbarkeit durch Normalität.

Der Wind auf dem Parkdeck war schneidend kalt, als ich die Glastür aufstieß. Ich zog die Kapuze über den Kopf, ließ den Kittel unter der Jacke verschwinden und trat in die Schatten zwischen den Autos. Ein letzter Blick zurück – kein Alarm, keine Bewegung.

Perfekt.

Ich öffnete die Tür des schwarzen Vans, setzte mich hinter das Steuer. Der Geruch von Latexhandschuhen und Desinfektionsmittel hing noch in der Luft – sauber, nüchtern, vertraut. Ich griff in die Innentasche meiner Jacke, zog eine kleine, leere Ampulle hervor. Hielt sie gegen das Licht des Bordcomputers. Der Inhalt war verschwunden – aber er war dort gewesen.

Das Serum.

Dosiert. Maßgeschneidert. Für sie. Nur sie. Sie würde nicht sterben. Das wäre zu einfach. Nein – sie würde schlafen. Sehen. Fühlen. Gefangen sein. Ein schiefes Lächeln huschte über mein Gesicht.

„Ich werde dich retten, Lyanna."

Dann steckte ich die Ampulle ein, startete den Motor und fuhr los. Keine Eile. Ich hatte, was ich wollte. Und niemand hatte etwas bemerkt. Nicht im Flur. Nicht in der Nacht. Nicht bei ihr.

Die ersten Kilometer fuhr ich schweigend. Keine Musik. Kein Geräusch, außer dem gleichmäßigen Brummen des Motors. Kein Zweifel. Kein Zögern. Jeder Zug war längst gemacht. Der Rest: Warten. Ich kannte diesen Rhythmus. Ich war dieser Rhythmus.

*

Am Morgen parkte ich in der Tiefgarage eines Hochhauses. Ich wechselte die Kleidung. Dunkler Anzug, glattes Hemd. Unauffällig. Ein Mensch unter vielen. Das Café im vierten Stock war ideal. Guter Überblick. Keine Kameras im Innenraum. Fenster verspiegelt. Ich bestellte einen doppelten

Espresso. Rührte mechanisch darin. Trank nicht. Dann sah ich ihn. Pünktlich. Natürlich.

Aurel Caelus betrat das Klinikgebäude mit jener steifen Eleganz, die ihn seit jeher umgab. Selbst sein Schatten schien militärisch trainiert. Er trug Schwarz. Immer Schwarz. Als wäre das die Uniform ihres kleinen Familienzirkus. Die volle Tasse vor mir. Ich rührte weiter. Nur, um nicht zu starren. Nicht, dass es nötig wäre – Menschen sehen nicht genau hin. Schon gar nicht auf das, was sie nicht erkennen wollen.

Aurel sprach mit dem Pförtner, trug sich ein. Höflich. Kontrolliert. Widerlich. Er spielte den besorgten Bruder. Den, der sich kümmert. Während andere zerstören. Ich kannte Männer wie ihn. Die ihre Gewalt nicht hinter Schreien verstecken – sondern hinter Verantwortung. Das ist das gefährlichste aller Kostüme. Er öffnete die Glastür zur Klinik. Kein Innehalten. Kein Zweifel. Er hatte keine Ahnung, was wirklich passiert war.

Nicht, was mit Lyanna geschehen war. Nicht, was noch kommen würde. Ein schmales Lächeln stieg in mir auf. Nicht aus Hass. Aus Wissen. Sie alle standen am Rand eines Abgrunds – und keiner von ihnen sah, wie nah sie schon waren.

Ich lehnte mich zurück, warf einen Blick auf die Uhr. Noch zehn Minuten, bis der Pflegerwechsel begann. Dann würde das Café sich leeren, und ich könnte verschwinden – ohne Spuren. Ohne

Geräusch. Aber nicht jetzt. Jetzt genoss ich den Moment. Den Moment, in dem die Ordnung der Caelus-Brüder zu wackeln begann. Weil sie Lyanna nicht retten konnten. Nicht diesmal. Nicht wirklich. Und wenn sie tief genug gefallen waren, werden sie kommen.

Beten. Verhandeln. Flehen. Und dann... Dann werde ich entscheiden, ob ich zuhöre.

Lyanna

Ein Geräusch. Leise Schritte. Die Tür. Mein Herz wollte aufspringen. Esteria, dachte ich. Ihre ruhige Art. Die Wärme ihrer Stimme. Die Decke, die sie mir zurechtrückte. Vielleicht war wieder Morgen. Vielleicht war sie zurück. Ich versuchte, den Kopf zu heben – doch mein Körper gehorchte nicht. Etwas in mir schrillte. Die Gestalt trat näher. Ein Atemzug. Nicht maschinell. Nicht vertraut. Ich rang um die Kraft, meine Lider zu öffnen. Schwer. Zäh. Wie Blei, das mich halten wollte. Keine Stimme. Kein leises Lachen. Kein Rascheln von Stoff. Kein Duft nach Tee. Nur Schweigen. Und dann – die Stimme.

„Du bist tapfer, Lyanna. Aber tapfere Frauen sind müde, nicht wahr?"

Nicht Esteria. Nie im Leben. Mein Blut gefror. Diese Stimme... Diese Falschheit. Diese schmeichelnde Wärme, die wie Öl auf eiskaltem Wasser schwamm.

Marco.

Nicht weil ich ihn sah – sondern weil ich ihn erkannte. Ein Zittern zog durch meinen Brustkorb. Ich wollte mich drehen, fliehen, ihn fokussieren –

doch mein Körper gehörte mir nicht. Seine Hand griff nach meinem Arm. Sanft. Zu sanft. Etwas Kaltes glitt in meine Vene. Eine Flüssigkeit. Wie Frost, der unter die Haut kroch. Ich wollte schreien. Wollte aufspringen. Wollte kämpfen. Aber alles, was kam, war ein innerliches Ersticken.

„Jetzt wirst du schlafen. Tief. Tiefer als je zuvor." Seine Worte waren ein Flüstern. Und eine Waffe. „Und wenn du aufwachst... Ich werde dich retten."

Die Welt begann zu kippen. Nicht nach hinten. Nicht nach unten. Sondern weg von mir. Als würde ich durch einen Spalt rutschen, den niemand außer mir sehen konnte. Mein letzter Gedanke war kein Name. Keine Erinnerung. Keine Frage. Nur ein einziges Wort:

Bitte.

Dann fiel ich.

Esteria

Als ich das Krankenzimmer betrat, war es totenstill. Lyanna lag da wie gestern – regungslos, sauber verbunden, mit stabilen Vitalwerten. Die Monitore zeigten, was sie immer zeigten: stabil. Und doch… Etwas stimmte nicht. Ich trat näher ans Bett. Ihre Haut war kühler als sonst. Der Atem ruhig – zu ruhig. Fast maschinell gleichmäßig.

„Guten Morgen, Lyanna", sagte ich leise.

Keine Reaktion. Kein Zucken. Ich beugte mich über sie, strich ihr eine Strähne aus dem Gesicht. Ihre Augen blieben geschlossen. Kein Friede darin. Nur… Spannung. Eingeschlossen. Als würde ihr Körper schlafen, aber ihr Geist irgendwo festsitzen. Ich rief die Pflegerin vom Nachtdienst, ließ mir alle Daten geben. Keine Auffälligkeiten. Kein Alarm. Kein Eintrag.

„Sie war ruhig", sagte die Kollegin. „Kein Mucks. Keine Veränderung."

Trotzdem ließ mich dieses Gefühl nicht los. Ich kannte den Unterschied zwischen bewusstlos – und abwesend. Ich setzte mich ans Bett, nahm ihre Hand. Der Puls: regelmäßig. Sanft. Aber nicht schwach – abgeschaltet.

„Was ist los mit dir?", flüsterte ich. „Du bist nicht bewusstlos. Du bist... weg. Aber du willst nicht tot sein."

Ich musterte sie genauer. Narben. Alte. Frische. Schnittwunden, Prellungen, fast verheilt. Und Spuren, als wären sie erst vor Tagen zugefügt worden. Was hatte dieses Mädchen durchgemacht? Gestern Abend hatte ich schon ein merkwürdiges Gefühl. Also hatte ich nachgesehen. In der Klinikdatenbank.

C-Sigma.

Keine Vornamen. Keine Krankenkasse. Nur eine interne Klassifizierung für besondere Sicherheitsstufe. Zwei Patienten. Beide mit Sonderstatus. Eingeliefert auf Wunsch externer Auftraggeber. Ich wusste, was das bedeutete: Reiche Familie. Einflussreiche Kreise. Oder Geheimnisse, die nicht in Akten gehören.

Ich ging in den Kontrollraum. Fordert die Videoaufzeichnung der Nacht an – offiziell, um eine mögliche Medikationsfehlerquelle zu prüfen.

02:47 Uhr.

Ein Mann im weißen Kittel betritt die Station. Der Ausweis: undeutlich. Kein Eintrag. Keine Protokollierung. Er geht direkt zu Lyannas Zimmer. Drei Minuten später verlässt er es wieder. Mein Magen verkrampfte sich. Ich spulte zurück.

Schaute noch einmal. Seine Bewegungen: zu ruhig. Zu präzise. Das war kein Arzt. Das war jemand, der genau wusste, was er tat. Ich sah wieder zu Lyanna. Sie lag da, als hätte ihr jemand das Licht ausgeschaltet.

Was immer er ihr gegeben hatte – es war kein Medikament. Es war etwas anderes. Etwas, das sie blockierte. Ich musste mehr erfahren. Aber ich durfte keinen Verdacht auf mich ziehen. Wenn diese Familie auch nur halb so gefährlich war, wie sie wirkte, würde jede falsche Bewegung auffallen. Mir blieb nur der medizinische Weg. Ich würde mit einem der Brüder sprechen. Offiziell. Rein aus Sorge um den Zustand der Patientin. Aber wenn sie mir nicht die Wahrheit sagen...

Dann finde ich sie eben selbst heraus...

Aurel

Der Flur roch nach Desinfektionsmittel und falscher Hoffnung. Ich habe Krankenhäuser nie gemocht – nicht wegen des Todes, sondern wegen des Mangels an Wahrheit. Alles war steril. Alles kontrolliert. Und doch lagen überall Spuren von Dingen, die man nicht sah. Ich betrat die Station mit dem üblichen Nicken. Die Pfleger kannten meinen Namen, keiner stellte Fragen. Ich wusste, wie man unsichtbar bleibt – selbst mit Macht im Gepäck. Lyannas Zimmer lag am Ende des Gangs. Tür geschlossen. Keine Bewegung. Das rhythmische Piepen der Geräte war schon aus der Ferne zu hören. Stabil. Zu stabil. Ich traue keinen Maschinen, die behaupten, den Zustand einer Seele messen zu können. Eine Schwester kam mir entgegen. Dunkles Haar, ernster Blick.

„Herr Caelus? Ich bin Schwester Esteria. Ich werde Lyanna heute betreuen."

Ich musterte sie. Ruhig. Aufmerksam. Nicht wie jemand, der lügt – aber wie jemand, der mehr weiß, als sie sagen darf.

„Wie ist ihr Zustand?"

„Körperlich? Stabil. Aber…" – sie suchte nach Worten – „…es gibt keine Erklärung, warum sie nicht aufwacht. Kein Trauma. Kein Medikament. Und trotzdem… ist sie weg."

Ich runzelte die Stirn. „Haben Sie Protokolle? Besucherlisten? Videoüberwachung?"

Sie hob leicht die Augenbrauen. „Ich dachte, Sie sind hier, um sie zu besuchen – nicht, um zu ermitteln."

„Ich kann beides gleichzeitig."

Sie zögerte. Dann trat sie näher. „Es gab eine kleine Unstimmigkeit in der Medikamentenausgabe. Nichts Offizielles – nur eine abweichende Zählung. Und ein Mitarbeiter, den niemand zuordnen konnte."

„Wann genau?"

„Kurz vor drei."

Mein Herz schlug zu schnell. „Gibt es Kameras?"

„Nicht auf der Station. Datenschutz." Zynismus in ihrer Stimme.

Ich sah zur Tür. Dahinter lag sie – Lyanna. Stärker als jeder Schmerz. Und doch machtlos wie ein Kind. Ich wartete, bis Esteria ging. Dann öffnete ich die Tür. Der Raum war abgedunkelt. Nur ein mattes Licht über dem Bett. Die Geräte surrten monoton. Ein Soundtrack des Stillstands. Sie lag da wie eine Träumende, die nicht loslassen kann. Ich trat näher. Ihr Gesicht war blass, die Züge zu ruhig. Nicht friedlich – entkernt. Etwas fehlte. Ich stellte mich ans Bett, roch Krankenhaus. Und darunter: etwas anderes.

Kräuter? Nicht klinisch. Eher... fremd. Ich griff nach ihrer Hand. Kein Reflex. Kein Druck. Und doch – war da nicht eben ein Flattern in den Lidern?

„Lyanna", flüsterte ich.

Keine Antwort. Aber ich hatte das Gefühl, beobachtet zu werden. Ich kannte diesen Zustand. Aus dem Feld. Wenn der Körper aufgibt, aber der Geist noch schreit. Still. Lautlos. Wach. Ich beugte mich vor.

„Wenn du mich hören kannst... dann warte nicht auf Erlösung. Wir können dich nicht retten, wenn du uns nicht hilfst. Aber ich weiß, dass du kämpfen kannst."

Ich trat zurück. Etwas in mir wusste: Sie hat es gehört. Nicht im Bewusstsein. Nicht im Körper. Aber irgendwo dazwischen. Ich verließ das Zimmer mit dem Gefühl, in ein Mosaik zu blicken, dessen Mitte fehlte.

*

Später, am Tresen. Esteria sah auf. „Ich will die Videoaufzeichnung der Nacht."

„Ich hatte Ihnen gesagt—"

„Dass es keine Kameras in den Zimmern gibt, ich weiß. Aber was ist mit dem Fahrstuhlbereich? Personalgang? Irgendetwas muss aufgezeichnet worden sein."

„Das... steht mir nicht zu."

„Ich bin kein Ermittler", sagte ich leise. „Ich bin schlimmer. Ich bin jemand, der Verantwortung trägt. Und ich erkenne Sabotage, wenn ich sie rieche."

Sie sah mich an – nur einen Moment. Dann: „Kommen Sie mit." Ein Nebenflur. Ein kleiner Raum. Monitore. Altes Interface. Sie loggte sich ein, wählte die Uhrzeit: 02:47 Uhr. Ein Mann im Kittel. Maske. Kein Ausweis. Kein Badge. Zielsicher. Kontrolliert. Nicht medizinisch. Militärisch.

„Halten Sie an." Standbild. Unscharf. Aber der Gang. Die Haltung. „Können Sie das speichern?"

„Ja. Aber man erkennt nichts."

„Doch. Ich erkenne, wo ich weitersuchen muss."

*

Apollo. Er lag aufrecht im Bett. Blass. Verbände sauber. Aber das Chaos in seinem Inneren war sichtbar. Ich trat ein. Kein Anklopfen. Er sah nicht überrascht aus. Nur leer.

„Aurel."

Nur mein Name. Rauchig. Ohne Kraft. Ich ging zum Fenster. Sagte nichts. Dann, ruhig: „Du solltest ruhen."

„Ich ruhe."

Er wollte Stärke zeigen. Aber seine Augen... Da war etwas. Misstrauen. Vielleicht sogar Schuld.

„Ich habe die Aufzeichnungen gesehen."

„Was für Aufzeichnungen?"

„Video. 02:47 Uhr. Ein Mann im Kittel. Kein Ausweis. Direkt zu Lyannas Zimmer." Ein Zucken. Fast unsichtbar. „Du hast nichts bemerkt?"

„Ich... konnte nicht richtig schlafen. Dachte, es lag an der Narkose. Ich hatte einen Traum." Er stockte. „Ich war bei ihr. Im Traum. Ich sprach mit ihr. Sie war müde, aber sie sah mich an. Dann kam ein Arzt. Weißer Kittel. Er sagte: ‚Jetzt wirst du schlafen. Tief. Tiefer als je zuvor. Und wenn du aufwachst... Ich werde dich retten'. Dann spritzte er ihr etwas... Sie riss die Augen auf. Dann schlief sie ein."

Stille.

„Dann bist du aufgewacht?"

Er nickte. „Schweißgebadet. Ich habe es für einen Nebeneffekt gehalten."

Ich sagte nichts. Denn was sagt man, wenn der Albtraum vielleicht keiner war?

„Warum fragst du nach meinem Traum?"

„Weil er sich mit der Realität überschneidet." Ich trat näher. „Jemand hat ihr etwas verabreicht. Etwas, das sie nicht tötet – aber bindet."

„Marco?", flüsterte Apollo. Seine Pupillen weiteten sich. Nicht wegen der Wunde. Wegen einer Wahrheit, die ihn zerfraß. Ich sah ihn an. Hart. Direkt.

„Wenn er es war – dann war er nie weg. Nur geduldig."

Ich drehte mich um. Ging. Und ließ das Schweigen hinter mir explodieren.

.

Esteria

Ich war gerade auf dem Weg zurück ins Stationszimmer, als ich ihn sah. Aurel Caelus. Sein Gang war aufrecht, präzise, unaufgeregt – aber seine Schultern wirkten schwerer als gestern. Sein Blick gedämpft. Als trüge er etwas mit sich, das nicht in seine sonst so makellose Kontrolle passte. Er kam aus dem Zimmer seines Bruders. Und ich wusste: Jetzt oder nie.

„Herr Caelus?" sagte ich leise, aber klar.

Er blieb stehen. Ein kurzer Blick. Kühl. Abwägend. „Schwester Esteria."

Ich trat näher, senkte die Stimme – nur für uns. „Ich betreue Lyanna seit ihrer Einlieferung."

„Ich weiß."

„Seit gestern..." fuhr ich fort, „...geht mir das, was ich gesehen habe, nicht mehr aus dem Kopf." Sein Blick veränderte sich. Nicht überrascht – aber wachsamer. „Das Überwachungsband von letzter Nacht. Und Lyannas Zustand. Er ist medizinisch stabil. Aber... irgendetwas ist falsch. Sie ist da – und gleichzeitig gefangen." Ich sah ihn an. Er schwieg – aber ich konnte spüren, wie etwas in ihm

44

arbeitete. Ich zog den kleinen USB-Stick aus der Seitentasche meines Kittels. Hielt ihn ihm nicht hin – legte ihn einfach in seine Hand.

„Ich habe eine Kopie gemacht. Ich weiß, das war nicht erlaubt. Aber wenn es jemand sehen sollte – dann Sie."

Er schloss die Finger darum. Sagte nichts. Aber seine Haltung veränderte sich. Er hörte jetzt nicht mehr nur zu – er dachte. Ich atmete tief durch. Dann wagte ich den nächsten Schritt: „Ich habe Erfahrung mit alten Methoden. Behandlungen, die nicht aus Büchern stammen. Und ich glaube, der normale Weg führt hier zu nichts." Ich zögerte. „Deshalb frage ich Sie direkt: Darf ich sie auf meine Weise behandeln? Oder an wen müsste ich mich wenden?"

Jetzt sah er mich wirklich an. Nicht misstrauisch – eher wie jemand, der plötzlich merkt, dass er nicht mehr alles allein kontrollieren kann.

„Sie betreuen Lyanna seit ihrer Einlieferung?"

„Seit Tag eins."

Sein Blick verengte sich. „Dann frage ich mich, warum sie immer noch auf einer offenen Station liegt."

Ein Vorwurf. Nicht gegen mich – aber gegen das System. Oder gegen sich selbst.

„Ich habe heute früh einen Antrag auf Verlegung gestellt. Er wurde noch nicht bearbeitet."

Aurel zog sein Handy, sprach ein paar knappe Sätze. Beendete das Gespräch so abrupt, wie er es begonnen hatte.

„Sie wird in den nächsten zwanzig Minuten verlegt."

Dann sah er auf den Stick in seiner Hand.

„Was Sie mir gegeben haben... ist ein Problem. Aber vielleicht auch der erste echte Hinweis." Er sah mir direkt in die Augen.

„Der Mann im Video – kein Personal. Kein Protokoll. Und trotzdem an ihrem Bett."

„Ich will nicht wissen, wie Sie an die Aufnahme gekommen sind. Aber ich erkenne, dass Sie mehr sehen als andere." Ich schwieg. „Was Ihre alternative Hilfe betrifft..." „Ich bin kein Freund von Dingen, die sich nicht belegen lassen. Aber ich bin auch kein Idiot." Kurze Pause. „Sie haben meine vorläufige Erlaubnis. Aber alles läuft ab sofort über mich. Kein Schritt ohne Rücksprache. Kein Risiko ohne Erklärung." Er trat näher, sein Blick wurde härter. „Und wenn ich das Gefühl habe, dass Sie ihr schaden – werden Sie es nicht noch einmal tun." Dann wandte er sich ab. „Bereiten Sie sie auf die Verlegung vor."

Ich holte Luft. „Herr Caelus?" Er stoppte. „Wenn ich helfen soll, brauche ich Informationen. In der Akte steht fast nichts." Er wartete. Allergien? Medikamente? Unverträglichkeiten?"

„Keine Allergien. Keine bekannten Reaktionen. Keine Medikation derzeit. Der Zustand geht auf Schock und Verletzungen zurück."

Ich nickte. Vorsichtig tastete ich weiter: „Darf ich mehr über ihre Vergangenheit wissen? Es würde helf—"

„Nein." Hart. Klar. Endgültig. „Das gehört nicht zu Ihren Aufgaben. Gehen Sie zu ihr. Bereiten Sie sie vor. Und vergessen Sie, was nicht in der Akte steht."

Dann drehte er sich um. Und ging. Ich stand einen Moment da. Haltung bewahrt. Meine Neugierde war geweckt: Da war mehr. Viel mehr. Und ich würde es herausfinden.

Ich betrat Lyannas Zimmer zum letzten Mal auf dieser Station. In wenigen Minuten würde der Transport kommen und sie auf die gesicherte Etage bringen Die Tür fiel leise ins Schloss. Ich ging langsam zu ihr, bewusst weich und ruhig.

„Ich bin wieder da, Lyanna."

Ich desinfizierte meine Hände, überprüfte die Zugänge. Alles sauber. Aber ihre Haut... ihre Energie... sagten etwas anderes. Sie war da. Aber gleichzeitig... nicht da. Ich beugte mich über sie.

„Sie verlegen dich gleich, Liebes. Du bekommst ein ruhigeres Zimmer. Dort kann ich besser mit dir arbeiten."

Ich zögerte. Dann flüsterte ich: „Wenn du mich hören kannst – gib mir ein Zeichen. Irgendeinen. Ich weiß, du bist nicht weg. Nur tiefer."

Ich legte meine Hand auf ihren Unterarm. Ganz leicht. Nur präsent. Ich schloss die Augen. Atmete in den Moment hinein. Senkte den Fokus unter die Oberfläche. Ein Widerstand. Kein Muskelzucken. Aber etwas. Ein Licht unter Wasser.

„Du hast etwas in dir, das dich festhält. Aber du hast auch mehr Kraft, als du denkst."

Ich zog mich zurück. Stellte die Medikamente ein. Kontrollierte alles noch einmal. Als ich die Decke über ihre Beine zog, spürte ich es wieder – dieses flackernde Etwas. Ein stummer Schrei. Aber lebendig.

„Ich komm mit. Und wenn du willst – dann zeig mir, wo du bist."

*

Der Transport verlief ruhig. Zwei Pfleger schoben Lyanna durch die Gänge zur gesicherten Etage. Ich ging nebenher. Wachsam. Das neue Zimmer lag neben einem anderen Sicherheitsbereich. Apollo Caelus. Ich wusste, was ich riskierte. Aber auch, was ich tun musste. Ich klopfte. Kurz. Klar.

„Herein."

Er saß im Bett, Tablet vor sich, Headset im Ohr. Er telefonierte. Ich hob die Hand leicht. „Nur kurz." Er blickte zu mir, dann sagte ins Mikrofon: „Warte bitte einen Moment." Er legte das Headset zur Seite, sein Blick war kühl.

„Herr Caelus...", begann ich. „Ich wollte Sie nur darüber informieren, dass Lyanna soeben verlegt wurde. Sie befindet sich im Zimmer direkt neben Ihrem." Er runzelte die Stirn, ließ sich aber nichts weiter anmerken. Ich fuhr fort: „Allerdings wurde mir soeben von meiner Stationsleitung mitgeteilt, dass ich ab sofort nicht mehr für ihre Betreuung zuständig bin. Durch den Bereichswechsel wurde die Zuständigkeit automatisch neu vergeben."

Apollo sah mich lange an. Still. Nicht wütend. Nicht überrascht. Aber... gefährlich ruhig.

„Verstanden", sagte er. Ich nickte knapp und verließ das Zimmer.

Apollo

Ich griff wieder zum Headset. „Aurel. Bist du noch dran?" „Ja. Was war los?", fragte mein Bruder sofort.

„Esteria. Sie war hier. Hat mir gesagt, dass Lyanna jetzt im Zimmer nebenan liegt – und dass sie nicht mehr für sie eingeteilt ist. Neue Zuständigkeit, wegen der Verlegung."

Kurze Stille. Dann Aurels Stimme, ruhig und überlegt: „Ich hatte vorhin mit ihr gesprochen. Im Flur. Sie hat nicht viel gesagt, aber genug. Sie spürt, dass mit Lyanna etwas nicht stimmt. Und sie glaubt, dass sie helfen kann."

Ich sagte nichts. Aber es arbeitete bereits in mir. Aurel fuhr fort: „Sie ist vorsichtig. Diskret. Und sie hat mir heimlich eine Kopie der Überwachungsaufnahme gegeben. Ich denke, sie ist mehr als eine gewöhnliche Schwester. Und ich denke, wir sollten sie behalten."

Ich nickte – mehr zu mir selbst. „Verstanden."

„Was hast du vor?", fragte Aurel.

„Mich anziehen."

Ich beendete das Gespräch, schob die Decke zur Seite und schwang die Beine über die Bettkante. Der Schmerz in der Seite zuckte auf – egal. Ich griff zum Notfall-Klingelknopf. Eine Minute später kam der zuständige Pfleger.

„Ich will den Verantwortlichen sprechen. Sofort", sagte ich kalt. „Worum... geht es?" Ich sah ihn nur an. Lang. Durchdringend.

„Lyannas Pflege bleibt bei Schwester Esteria."

Zehn Minuten später klopfte es an der Tür. Ich hatte mich angezogen – langsam, aber ohne Hilfe. Schmerz war kein Argument. Ein Mann trat ein. Mittleres Alter. Glattrasiert. Ein Lächeln, das zu professionell wirkte. Dienstleitung in Reinform.

„Herr Caelus, mein Name ist Dr. Wehner. Ich leite die Koordination der Spezialstation. Sie hatten... verlangt, mit mir zu sprechen?"

Ich sah ihn kurz an. Dann deutete auf den Sessel ihm gegenüber. Er setzte sich, die Hände ordentlich auf dem Oberschenkel abgelegt. „Es geht um die Betreuung Ihrer Begleiterin, nehme ich an?"

„Richtig", sagte ich knapp. „Sie wurde soeben verlegt. Und mir wurde mitgeteilt, dass Schwester Esteria nicht länger für sie zuständig ist."

„Das ist korrekt", nickte er. „Bei Verlegung auf unsere Etage erfolgt die Neueinteilung automatisch. Die Dienstpläne sind nach Zugangsrechten und Rotation geregelt, Herr Caelus."

Ich lehnte mich leicht nach vorn. „Dann ändern Sie sie."

Er zögerte. „Das... ist nicht üblich."

„Ich bin auch nicht üblich", erwiderte ich kalt.

„Esteria bleibt zuständig. Ab sofort. Ohne Ausnahme."

„Herr Caelus, bitte verstehen Sie... solche Änderungen können Unruhe in den Abläufen verursachen. Die Kolleginnen hier sind speziell geschult. Diskretion, psychologische Belastbarkeit—"

„Sprechen wir von Ihrer Belastbarkeit oder meiner?", unterbrach ich ihn.

„Denn ich bin kurz davor, mir diese Etage unter den Nagel zu reißen – samt Protokoll."

Sein Lächeln erstarb. Ich fuhr fort: „Ich habe keine Zeit, um Pflegekräfte auf Vertrauenswürdigkeit zu testen. Ich will niemanden, der sich fragt, ob Lyanna ihm leidtun soll. Ich will jemanden, der weiß, dass sie lebt – und dass etwas mit ihr nicht stimmt."

Wehner presste die Lippen zusammen. „Ich muss das… rückmelden."

„Tun Sie das", sagte ich. „Aber melden Sie auch gleich mit: Wenn Esteria morgen nicht an ihrem Bett steht, steht diese Klinik auf meiner Liste. Und nicht auf der Guten."

Ein Moment Stille. Dann stand er auf. „Verstanden. Ich veranlasse die Änderung."

Ich nickte. Langsam. Deutlich. Er verließ den Raum – blass. Ich atmete tief durch, ließ mich wieder aufs Bett sinken. Das war der erste Schritt. Jetzt musste sie nur noch zurückkommen.

Esteria

Ich hatte gerade meine Übergabe abgeschlossen. Lyanna war verlegt worden, das neue Team eingewiesen. Ich hatte alles getan, was mir erlaubt war – und mehr, als mit zusteht. Ein Teil von mir war erleichtert. Der andere Teil... wütend. Ich starrte auf das Terminal. Auf die neue Einteilung.

Dienst morgen: Station S92 – Hochsicherheit.

Zimmer 207: Caelus, Apollo.

Zimmer 208: Parker, Lyanna.

Zuständige Pflege: Schwester Esteria M.

Ich starrte auf den Bildschirm. Blinzelte. Noch einmal. Mein Name. Da, wo er nicht stehen sollte. Da, wo mir gestern noch gesagt wurde: abgezogen. Ich trat einen Schritt zurück. Dann ging ich zur Stationsleitung.

„Frau Berger? Ich... ich dachte, ich sei nicht mehr zuständig für Lyanna Parker?" Sie sah auf ihren Bildschirm, nickte kühl. „Wurde heute Vormittag geändert. Direkt auf Anweisung der Familie." „Von wem?"

„Keine Angabe. Nur: Priorität. Dauerhaft. Keine Rotation." Ich schluckte. Verstand. Und lächelte zum ersten Mal seit Tagen wieder.

Ich warf einen letzten Blick auf den neuen Dienstplan, bevor ich das Licht in meinem Büro löschte. Es war spät. Sehr spät. Aber ich konnte nicht anders. Lyanna ließ mich nicht los. Nicht ihre Akte. Nicht ihr Zustand. Nicht das, was ich in ihren Augen gesehen hatte – bevor sie sie schloss. Ich war in der Nacht noch einmal aufgestanden. Hatte meine Bücher durchwühlt. Nicht die offiziellen. Die anderen. Die, die ich auf Märkten gekauft hatte, auf Reisen, in Häusern, wo das Wissen nicht zwischen Seiten stand, sondern in den Händen von Frauen, die kaum noch lebten – und doch alles wussten.

Alte Rezepte. Für Körper, die nicht wollten. Und Seelen, die nicht konnten. Elixiere gegen innere Dunkelheit. Teezusätze, die die Barriere zwischen Bewusstsein und Unterbewusstem durchlässiger machen sollten. Ich hatte mindestens sechs Möglichkeiten gefunden. Alle unterschiedlich. Alle gefährlich, wenn man sie falsch dosierte. Und keine davon war ein Garant. Denn ich wusste nicht, was sie bekommen hatte. Ich kannte das Serum nicht. Nur die Wirkung.

Als ich das Zimmer betrat, war es still. Ich schloss leise die Tür hinter mir, trat ans Bett und setzte mich auf den Stuhl daneben. Lyanna lag unverändert da. Ihre Haut blass, die Lippen farblos. Aber ich spürte sie. Sie war da. Irgendwo hinter diesem Schleier. Und flüsterte: „Dann wollen wir mal sehen, was du mir zeigen willst, Mädchen." Ich lehnte mich vor, nahm ihre Hand. Warm. Aber schlaff.

„Sie haben dich verlegt. Das hier ist der geschützte Bereich. Hier kann nicht jeder rein. Und auch nicht jeder raus." Ich lächelte ein wenig. „Manche würden das vielleicht Gefängnis nennen. Aber ich hoffe... für dich ist es eine Chance."

Ich atmete tief ein. Dann nahm ich sanft ihr Handgelenk.

„Ich werde jetzt deinen Puls fühlen. Aber nicht wie die Ärzte. Ich suche nicht nach Zahlen. Ich suche nach... dir." Ich legte zwei Finger an die Innenseite ihres Arms. Schloss die Augen. Zählte nicht – lauschte. Da war etwas. Unruhig, aber nicht panisch. Tief. Langsam. Wie ein unterirdischer Fluss – gedämpft, aber unaufhaltsam. Nicht tot. Nicht gefroren. Aber blockiert. Ich wechselte leicht die Position. Fühlte noch einmal. An einer Stelle war ein Widerstand. Ein Rhythmus, der nicht zu ihr gehörte.

„Das ist es also. Du wehrst dich. Aber du bist eingeschlossen." Ich ließ den Puls los, öffnete die Augen. Ihre Hand lag ruhig in meiner.

„Ich habe die halbe Nacht Bücher gewälzt, weißt du das? Ich wollte nicht aufgeben, aber ehrlich gesagt – ich habe keine Ahnung, was dir da verabreicht wurde."

Ich streichelte über ihren Handrücken – nicht um zu beruhigen, sondern um ihr zu sagen: Ich bin da.

„Ich habe Rezepte gefunden. Rituale. Dinge, die dir helfen könnten. Aber ich weiß nicht, welches funktioniert. Ich müsste sie... alle probieren. Eins nach dem anderen. Und ich habe keine Zeit für Fehler."

Ich lehnte mich zurück, sah sie lange an. Dann sagte ich leise: „Wenn du mir ein Zeichen gibst – nur eins – dann versuche ich alles. Auch das, wofür mich jeder Arzt hier rauswerfen würde."

Ich blieb sitzen, nahm wieder ihren Puls – und wartete. „Ich werde dich jetzt was fragen. Und vielleicht kommt keine Antwort. Aber vielleicht... spürst du ja, dass es wichtig ist." Ich sprach langsam. Klar. Mit Pausen.

„Hast du Allergien? Irgendetwas, das du nicht verträgst?

Hast du schon mal ungewöhnlich auf Pflanzen reagiert?

Honig, Alkohol, ätherische Öle?"

Stille.

Ich sah sie an. Dann, noch leiser: „Und bist du einverstanden, dass ich mit dir arbeite? Auf meine Weise. Nicht nach Protokoll. Sondern nach Gefühl und Wissen." Ich schloss wieder kurz die Augen.

Und ganz kurz – nur einen Moment – war da ein Ruck. Ein winziges, kaum spürbares Zucken. Nicht im Finger. Nicht im Körper. Sondern im Fluss. Ich lächelte. „Das reicht mir."

Ich blieb noch einen Moment am Bett, meine Finger ruhten sanft auf Lyannas Handrücken. Es war still im Raum. Nur das gleichmäßige Ticken des Monitors unterbrach die Dunkelheit. Ich senkte den Blick auf sie. Auf diese junge Frau, die aussah, als würde sie schlafen – aber innerlich gegen etwas ankämpfen, das keiner von außen sehen konnte.

„Ich werde das nicht einfach so hinnehmen", sagte ich leise. Ich wusste, dass sie mich nicht hören konnte. Oder besser gesagt: vielleicht nicht bewusst. Aber das machte nichts. Manche Wahrheiten mussten einfach ausgesprochen werden. „Ich weiß nicht, was dir verabreicht wurde. Ich weiß nicht, wer dieser Mann war. Oder warum niemand von den Offiziellen irgendetwas dazu sagt." Ich beugte mich leicht vor. „Aber ich werde es herausfinden. Ich werde Stück für Stück rekonstruieren, was passiert ist. Und ich werde alles, was ich weiß, einsetzen – damit du da wieder rauskommst." Ich hielt kurz inne. Spürte das Gewicht der Verantwortung. Aber auch den Zorn. „Ich werde Kräuter, Mittel und Rituale nutzen. Ich werde prüfen, testen, zuhören. Und wenn es irgendeine Möglichkeit gibt, dieses Serum aufzulösen – dann finde ich sie."

Ich strich ihr vorsichtig über die Stirn. „Aber ich werde nichts überstürzen. Kein Druck, keine Gewalt. Du entscheidest. Auch jetzt noch."

Ich sah sie lange an. Dann fügte ich hinzu, fast flüsternd: „Ich will nicht dein Retter sein, Lyanna. Ich will deine Hand sein – wenn du bereit bist, sie zu ergreifen." Dann stand ich auf. Und ging.

*

Meine Wohnung lag nur zehn Minuten vom Klinikgelände entfernt. Ich hatte sie bewusst dort gewählt – nah genug, um jederzeit zurückzukehren. Und abgeschottet genug, um niemanden zu nah an mich heranzulassen. Ich ließ die Tasche auf den Boden sinken, streifte die Schuhe ab und ging direkt durch den Flur – an der Küche vorbei, ins hintere Ende der Wohnung. Eine unscheinbare

Tür. Ein altes Holzschild daran: „Nur für die Wahrheit" Ich schloss sie auf. Trat ein.

Der Raum war erfüllt von Düften – Erde, Harz, Rauch, getrocknete Blüten. Regale mit Gläsern, Döschen, Fläschchen. Eine kleine Messingwaage. Handgeschriebene Bücher. Und ein schmaler Holztisch in der Mitte, auf dem drei Kerzen brannten – auch wenn ich sie heute Morgen nicht angezündet hatte. Ich zog mir die Jacke aus, band mir das Haar zusammen und trat an den Tisch.

Zeit, weiterzudenken. Weiterzufühlen. Ich zog ein altes Notizbuch hervor. Blätterte bis zu der Seite mit dem Titel: „Schlaf ohne Träume. Bindung durch fremden Willen." Ich las. Verglich. Notierte. Drei neue Ansätze. Zwei Kombinationen. Einer davon riskant. Einer vielversprechend. Ich würde sie alle vorbereiten. Und dann – entscheiden. Ich sah zur Kerze in der Mitte. Die Flamme zitterte. Nur kurz. Aber ich sah es. „Du bist also noch da", flüsterte ich.

Ich atmete tief ein. Heute war kein Platz für wilde Experimente. Ich musste behutsam vorgehen. Sanft. Aber gezielt. Ich entschied mich für einen Kräuterauszug – schmalblättrige Königskerze, etwas Baldrian, ein Hauch Süßholz. Dazu eine winzige Menge Angelikawurzel – für die seelische Erdung. Keine stark wirkenden Substanzen. Kein Druck. Ich setzte den Auszug an, ließ ihn ziehen und füllte dann die erste Dosis in ein Glas mit warmem Wasser. Ein weicher, fast süßlicher Duft stieg auf. Nicht aufdringlich – nur... einladend.

„Wenn du noch irgendwo bist, Lyanna", murmelte ich, „dann könnte das dich zurückrufen. Nur ein bisschen. Nur für einen Moment."

Dann stand ich da, inmitten des sanften Lichtes, den Händen noch voller Kräuterdüfte. Und wusste: Ich würde keine Ruhe finden. Nicht heute Nacht.

Ich musste zurück.

Die Klinik war nachts wie ausgestorben. Gedämpftes Licht. Flure wie aus Glas. Alles wirkte stiller, intensiver – als würde jeder Schritt doppelt zählen. Ich ließ mir vom Nachtdienst den Zutritt geben. Kein Aufsehen. Ich war eingetragen.

Im Zimmer war es kühl. Ich setzte mich wie immer an ihr Bett, nahm das Glas und tauchte einen kleinen Schwamm darin ein – benetzte ihre Lippen vorsichtig, ließ einen winzigen Tropfen auf ihre Zunge gleiten. Ich beobachtete sie. Sekunde für Sekunde. Der Monitor blieb gleich. Der Atem regelmäßig. Nichts Auffälliges. Aber ich wusste, dass Wirkung sich nicht immer messen ließ. Ich blieb sitzen. Hielt ihre Hand. Und wartete. Ich blieb noch einen Moment an ihrem Bett stehen. Das Elixier war verabreicht. Kein Widerstand, keine

Reaktion. Zumindest keine, die man sehen konnte. Ich streichelte sanft über ihren Arm, dann setzte ich mich wieder.

„Ich weiß, das wirkt alles vielleicht komisch für dich", sagte ich leise. „Ich rede mit dir, obwohl du scheinbar nicht da bist. Ich gebe dir Dinge, obwohl keiner weiß, was dir wirklich fehlt." Ich beugte mich vor, mein Blick auf ihre geschlossenen Lider gerichtet. „Aber ich glaube an dich. Nicht weil ich dich kenne. Sondern weil ich sehe, dass du nicht aufgegeben hast. Du bist nur... blockiert. Eingefroren. Gefangen."

Ich machte eine kurze Pause. „Ich werde noch ein paar dieser Mittel versuchen. Alle sanft. Alle mit Bedacht. Ich werde nichts tun, was dich verletzt.

Und wenn du irgendwann Nein spürst – dann hör ich auf." Ich stand auf, deckte sie leicht zu. „Aber bis dahin... vertrau mir ein kleines Stück, ja?"

Ich verließ das Zimmer mit einem leisen Klicken der Tür. Und nahm ihren stillen Schrei mit nach Hause.

Lyanna

Ich wusste nicht, wie lange ich schon hier war. Zeit hatte sich längst aufgelöst – wie Zucker in lauwarmem Wasser.

Kein Vorher. Kein Nachher. Nur Jetzt. Und selbst das fühlte sich falsch an.

Mein Körper war da. Irgendwo. Ich konnte ihn nicht sehen, nicht spüren – aber ich wusste, dass er existierte. Ein Gewicht, das mich hielt. Eine Hülle, die mich nicht freigab.

Ich dagegen... war anders. Manchmal fühlte ich mich riesig. Als könnte ich jeden Winkel dieses seltsamen, grauen Raumes einnehmen, in dem ich zu existieren schien. Dann wieder war ich klein. Winzig. Wie ein Tropfen in einem Ozean aus Nebel. Der Nebel war das Schlimmste. Nicht nur um mich herum – er war in mir. Er legte sich über Gedanken, Erinnerungen, Gefühle. Ich spürte, dass da etwas war. Etwas Wichtiges. Aber immer, wenn ich versuchte, es zu greifen, rutschte es mir durch die Finger wie nasser Sand. Mein eigener Kopf war mir fremd geworden. Jemand – oder etwas – hatte eine Grenze gezogen. Ein Verbot ausgesprochen.

Du darfst nicht weiter. Du darfst dich nicht erinnern.

Warum? Ich wusste es nicht. Ich wusste nicht, was mit mir passiert war. Ich wusste nicht, wo ich war. Nur manchmal drang ein Flackern durch die Nebelwand. Eine Stimme. Eine Berührung. Ein Duft. Und dann... sie. Die Frau mit der ruhigen Stimme.

Esteria.

Ich konnte sie nicht sehen, nicht wirklich hören aber sie war da. Wie ein Licht unter der Tür. Ein warmer Hauch auf der Haut, wenn man denkt, dass niemand mehr atmet. Sie redete mit mir. Sanft. Bestimmt. Ohne Druck. Und ich wollte ihr helfen. Gott, ich wollte es so sehr. Ich wollte ihr zurufen: Ja. Ich bin hier! Ich höre dich! Aber nichts kam. Kein Wort. Kein Laut. Nur der Druck in meiner Brust. Diese stumme Verzweiflung, die mich immer tiefer zog. Warum kannst du mich nicht hören? Ich war noch da. Nicht weg. Nicht tot.

Aber allein.

So verdammt allein. Ich hatte geglaubt, ich sei stärker. Ich hatte gedacht, dass nach allem, was passiert war – nach Raphael, nach der Hütte, nach dem Blut – nichts mich mehr zerbrechen könnte.

Aber das hier war anders. Das hier war leise. Kein Schmerz, den man schreien konnte. Keine Wunde, die man verbinden konnte. Nur Leere. Und Schweigen. Ich wollte fragen, warum.

Warum ich? Warum immer ich?

Warum ist mein Leben eine einzige Wiederholung von Schmerz? Von Ohnmacht? Von Fremdbestimmung? Was habe ich getan? Oder schlimmer noch: Was habe ich nicht getan?

Ich spürte, wie ich innerlich zu sinken begann. Nicht schnell. Langsam. Wie eine Feder, die nicht fliegt – sondern fällt. Ich klammerte mich an Bilder, die kamen. Ein Wald. Ein Lachen. Eine Hand, die meine hielt. Aber dann kam der Nebel. Wie jedes Mal. Und nahm es mir weg. Ich weinte nicht. Nicht wirklich. Aber meine Seele… sie zerfiel in Tröpfchen aus Trauer, die keiner sah. Ich weiß nicht, wann ich begann, die Wände zu fühlen. Sie waren nicht aus Stein. Sie waren nicht sichtbar. Aber sie waren da – um mich herum, in mir. Nicht fest. Eher wie… Frequenzen. Zonen, in denen mein Denken ins Stocken geriet, in denen mein Wille zerschellte wie Glas auf Asphalt. Ich testete sie. Langsam. Vorsichtig. Immer wieder. Ein Gedanke – Apollo – und es wurde kalt. Ein zweiter – Marco – und alles drehte sich. Manche Gedanken führten mich in Sackgassen. Andere riefen Bilder hervor, die sich nicht halten ließen. Ein Blick. Ein Griff. Ein Atemzug, der nicht meiner war. Dann wieder Leere.

Was hatte man mir gegeben?

Was war in meinem Blut, das mein Bewusstsein zerschnitt wie mit einem Skalpell? Ich wollte es herausfinden. Nicht nur für mich. Für sie. Für Esteria. Sie war anders. Ihre Berührungen kamen nicht mit Angst. Nicht mit Mitleid. Sondern mit... Absicht. Nicht gegen mich, sondern für mich. Ich wusste, dass sie nicht einfach eine Schwester war. Ich wusste, dass sie sich vorbereitete – mit Dingen, die andere nicht mal aussprechen würden. Und ich wollte ihr sagen: Ja. Mach weiter. Ich bin hier. Aber alles, was ich geben konnte, war ein innerliches Zittern. Ein Funke, der zu schwach war, um ein Feuer zu entfachen. Ich wusste nicht, ob sie ihn spürte. Aber ich hoffte es.

Es gab einen Moment – ich weiß nicht, wann er kam – da begriff ich: Ich war nicht machtlos. Ich war nur gestoppt. Es war, als hätte jemand in meinem System einen Schalter umgelegt. Nicht „Aus". Sondern „Still". Ich spürte alles. Nur eben... nicht vollständig. Nicht so, wie man es kennt. Gefühle kamen wie Schatten. Verzögert. Entstellt. Aber sie kamen. Und das bedeutete, dass ich da war. Noch immer. Vielleicht war es das Elixier. Vielleicht war es ihre Stimme. Vielleicht war es der Gedanke an ihn.

Apollo.

Ein Teil von mir zuckte zusammen, als der Name in mir aufstieg. Nicht aus Angst. Nicht aus Schmerz. Aus Wut. Nicht auf ihn. Auf mich. Weil ich zugelassen hatte, dass mein Herz sich wieder anketten ließ. Weil ich dachte, dass ich jemals... genug sein könnte. Genug, um gerettet zu werden. Genug, um es wert zu sein, nicht allein gelassen zu werden. Und jetzt? Jetzt lag ich hier.

Getrennt. Verlassen. Verwirrt. Ich wollte schreien. Ich wollte um mich schlagen, gegen diese unsichtbare Wand. Ich wollte etwas zerstören – irgendetwas, das beweist, dass ich noch Macht habe. Aber alles, was ich tun konnte war: denken. Denken, analysieren, durch den Nebel fühlen. Wie ein Blinder, der nach einer Kerze sucht, von der er nicht weiß, ob sie noch brennt. Ich fragte mich, ob mein Gehirn mich verriet. Ob diese Schranke in mir ein Produkt von außen war – oder ob ich selbst sie errichtet hatte. Vielleicht... habe ich mich selbst zurückgezogen. Vielleicht... will ich gar nicht zurück. Der Gedanke erschreckte mich. Denn er fühlte sich ehrlich an. Was, wenn ich mich selbst hier eingeschlossen habe, weil draußen... niemand mehr auf mich wartet?

Aiden

Ich lehnte am Wagen, die Tür stand offen, das Handy in der Hand. Zum zweiten Mal sah ich auf die Uhr. Noch immer kein Zeichen von ihm. Die Klinik lag still da. Nur ein paar vereinzelte Lichter flackerten hinter den Fenstern, als wollten sie mehr verbergen als zeigen. Dann kam er. Apollo. Er ging langsam, aber nicht schwach. Sein Gang war kontrolliert. Wie immer. Aber da war etwas Neues in seiner Haltung. Etwas, das nicht in Worte passte. Härte? Nein. Kälte. So tief, dass sie nicht mehr gefror – sondern brannte. Still.

Ich sah ihn an. Er sah nicht zurück. „Du hast dir Zeit gelassen", sagte ich, ohne Vorwurf. Er blieb stehen.

„Ich war da." Ich nickte. „Bei ihr?"

Er drehte den Kopf leicht, aber nicht ganz zu mir. „Ich habe an der Tür gestanden…" Eine Pause. Dann: „Ich bin nicht weiter gegangen."

Ich fragte nicht warum. Ich wusste es. Man sah es an seinem Blick – oder vielmehr: an dem, was darin fehlte.

„Sie sah... ruhig aus", murmelte er. Fast wie eine Lüge, die er sich selbst glaubte. Ich trat einen Schritt näher. „Und jetzt?"

Er sah mich an. Zum ersten Mal direkt. „Du regelst alles", sagte er. „Sie soll alles bekommen, was sie braucht. Behandlung. Schutz. Wenn jemand Fragen stellt – regel sie. Wenn jemand Probleme macht – beseitige sie. Diskret. Effizient." Ich nickte langsam.

„Und du?" Er antwortete nicht sofort und schaute in die Ferne. Dann kam es mit einer Klarheit, die mich frösteln ließ: „Ich finde Marco. Ich ziehe ihn aus seinem Loch. Und ich bringe alles zurück unter Kontrolle. Jeden Stein. Jeden Namen. Jeden Schatten."

Ich schwieg. Er meinte es ernst. Aber es war nicht das, was er sagte, das mich beunruhigte. Es war das, was er nicht sagte. Nicht ein Wort über sie. Nicht ein Wort über sich. Ich sah in sein Gesicht – das perfekte Pokerface. Aber ich kannte ihn zu gut. Noch eine Mauer. Noch ein Stück weiter weg von uns allen. Noch ein Stück tiefer in die Dunkelheit. „Du wirst daran kaputtgehen", sagte ich leise.

Er sah mich an – und zum ersten Mal sah ich nichts mehr in seinen Augen. Kein Schmerz. Keine Wut. Nur... Leere. „Ich bin schon kaputt", sagte er. Dann stieg er ins Auto.

Ich sagte kein weiteres Wort. Stattdessen drehte ich mich um, betrat noch einmal die Klinik und verschwand im grauen Licht der Flure. Ich wusste, was zu tun war. Ich musste nicht fragen. Ich musste nicht überlegen.

Ich war ein Caelus. Und wir erledigten die Dinge...

Zehn Minuten später trat ich wieder hinaus. Die Luft war kühl, schwer, als würde sie wissen, dass in dieser Nacht etwas zerbrochen war, das keiner laut benannte. Apollo saß im Wagen, die Hände am Lenkrad, obwohl der Motor aus war. Er sah nicht zu mir, als ich mich neben ihn setzte.

„Es ist alles erledigt", sagte ich. Er nickte kaum merklich. Ich wusste, dass er nicht fragen würde, wie. Es interessierte ihn nicht – nur das Ergebnis. Ich sah kurz zu ihm rüber. Er war still. Zu still.

„Aurel wartet auf uns", fügte ich hinzu. „Er hat gesagt, es gibt Neuigkeiten." Apollo blinzelte. Einmal. Langsam. Dann atmete er durch, startete den Motor und sagte nur: „Fahren wir."

Aurel

Ich wartete bereits, als sie kamen. Der Raum war kühl, die Jalousien halb geschlossen. Draußen drehte Johannesburg seine nächtliche Schleife aus Lichtern, Lärm und Dunkelheit. Drinnen war es still. Aiden betrat den Raum zuerst, dann Apollo. Er bewegte sich wie ein Schatten – kontrolliert, aufrecht, aber leer. Seine Schritte klangen wie Uhrenschläge. Mechanisch. Unvermeidlich. Ich sagte nichts, bis die Tür geschlossen war.

„Wir haben eine Spur", begann ich. Apollo stand am Fenster, sah nicht her. „Zu Marco?"

„Ja. Jemand aus dem Krankenhaus. Ein interner Helfer. Wir wissen noch nicht, ob gekauft oder eingeschüchtert – aber er war's. Er hat Marco in die Station gebracht. Wir haben ihn identifiziert. Er wird gerade... befragt." Apollo nickte nur. Kein Zucken, keine Reaktion. Aiden warf mir einen kurzen Blick zu. Er spürte es auch. Apollo war da. Aber nicht anwesend. Ich fuhr fort.

„Wir stehen kurz vor der kompletten Übernahme von Raphaels alten Strukturen. Wir haben drei Viertel seiner Verträge bereits auf unsere Namen umgeschrieben. Die Händler in Soweto und

Sandton ziehen mit. Das Kartell lebt – nur mit anderem Kopf."

Apollo drehte sich langsam um. „Und der Rest?" Aiden antwortete: „Wir sind dran. Die letzten Reste in Hillbrow und Rosebank halten sich noch, aber nicht lange. Wir haben Erol losgeschickt. Mit der richtigen Botschaft."

Apollo nickte. Dann trat er zum Tisch, nahm sein Handy auf, entsperrte es. „Gut. Dann packt."

Aiden runzelte die Stirn. „Packen?" „Der Flieger geht in fünf Stunden. Wir fliegen zurück." Ich sah ihn an. „Wohin?"

„Nach Hause." Er sagte es, als gäbe es keine Diskussion. Dann wandte er sich ab und ging zur Tür - blieb jedoch stehen, kurz bevor er sie erreichte.

„Alles Weitere besprecht mit Erol. Sicherheitsprotokolle. Rückzug. Übergabe." Er öffnete die Tür - ohne einen Blick zurück. Ohne ein Wort über Lyanna. Ohne ein Anzeichen, dass sie für ihn noch existierte.

Aiden und ich blieben zurück. Es war still. Viel zu still. „Hat er das wirklich gerade gesagt?", murmelte Aiden.

Ich nickte langsam. „Er will gehen. Und er nimmt sie nicht mit."

Einen Moment lang sagte keiner von uns etwas. Nur der leise Summton des Kühlschranks, irgendwo im Hintergrund, erinnerte daran, dass die Welt sich weiterdrehte. Dann sah ich zu meinem Bruder. „Wir reden mit Erol."

„Jetzt?", fragte Aiden.

Ich griff nach meiner Jacke, schnappte mir das Tablet mit den letzten Sicherheitsdaten. „Wenn Apollo sich abkapselt, dann müssen wir vorausdenken. Erol weiß, wo die Lücken sind." Aiden nickte knapp.

Wir verließen die Küche, durchquerten den Seitenflur zum Nebentrakt, wo der Kontrollraum untergebracht war. Diskret. Gesichert. Nur für interne Familienangehörige und Erol.

Erol wartete bereits im Sicherheitsraum – wie immer einen Schritt voraus. Der Raum war schlicht, aber durchsetzt mit Technik: Monitore, Pläne, verschlüsselte Kommunikation, Live-Zugänge zu allen sensiblen Standorten in Johannesburg. Er trug Schwarz, wie immer. Kein Schmuck. Keine Uhr. Nur das Messer am Gürtel.

„Er ist nicht mehr derselbe", sagte Aiden leise, während wir eintraten. Ich nickte. „Er hat Lyanna nicht ein einziges Mal erwähnt." Erol sah uns an, stellte seinen Kaffee ab und trat näher.

„Ich habe den Befehl gehört", sagte er ohne Umschweife. „Rückzug. In fünf Stunden sind wir raus. Klinikpersonal wird bezahlt. Die Spur zu Lyanna wird verwischt. Ihre Akte wandert in unser System. Keiner wird mehr wissen, dass sie je hier war."

„Außer uns", sagte Aiden scharf. Erol hob die Braue. „Und das ist das Problem, oder?" Ich trat ans Pult, überflog die Aufzeichnungen.

„Wie viele wissen aktuell von ihrer Verlegung?", fragte ich.

„Nur ich, zwei von meinen Männern und Esteria. Die restlichen Pfleger denken, sie wurde in ein anderes Land verlegt. Für Spezialtherapie. Was glaubst du, wie oft solche Dinge hier vorkommen?"

„Und Apollo?", fragte Aiden. „Hat er dich angewiesen, sie zu schützen? Oder hat er gesagt, du sollst sie vergessen?" Erol schwieg einen Moment. Dann sagte er leise: „Er hat nichts zu ihr gesagt. Nicht ein Wort." Ich sah ihn scharf an.

„Und du hältst das für normal?" Erol zuckte die Schultern. „Apollo hat viele Gesichter. Aber so leer habe ich ihn noch nie gesehen." Ich ging zur Wandkarte, betrachtete die markierten Punkte –

Verstecke, Routen, Abzugslinien. „Dann geben wir sie nicht auf", sagte ich ruhig. Aiden hob den Kopf.

„Was meinst du?" „Ich meine: Wir sichern sie. Auch wenn er es nicht befiehlt. Denn irgendwann wird er wieder auftauchen – und dann wird er sich fragen, ob wir sie sterben ließen."

Ich trat vom Tisch zurück, ließ den Blick kurz über die Überwachungsmonitore wandern, dann drehte ich mich zu den beiden.

„Ich habe den Kontakt zu Schwester Esteria aufrechterhalten", sagte ich ruhig. Aiden hob den Kopf. Erols Blick blieb kühl, aber wachsam.

„Ich habe heute Morgen mit ihr telefoniert. Sie war klar. Fokussiert. Sie weiß, dass Lyanna nicht einfach im Koma liegt – sondern irgendwo zwischen den Welten hängt." Ich ließ eine kurze Pause. „Was sie mir nicht direkt sagte, aber deutlich mitschwang: Sie kennt sich aus. Mit Methoden, die außerhalb unseres Systems liegen." Erol runzelte die Stirn. „Spiritueller Kram?" Ich nickte.

„Heilrituale, Pflanzenextrakte, alte Anwendungen. Ich habe ihre Herkunft überprüft. Mich in ihrer Heimatregion umgehört. Sie stammt aus einer Linie von traditionellen Heilerinnen. Diskret, aber bekannt – in den Kreisen, in denen das zählt." Aiden lehnte sich gegen den Tisch.

„Und das reicht dir, um sie mit Lyanna allein zu lassen?" „Nicht nur das", sagte ich ruhig. „Ich habe veranlasst, dass Lyanna aus der Klinik entlassen wird. Sie wird noch heute zu Esteria gebracht."

„Was?!", Aiden sah mich scharf an.

„In ihre Privatwohnung. Oder besser gesagt: in den hinteren Teil davon. Dort wird gerade ein Raum vorbereitet – medizinisch überwacht, mit allem ausgestattet, was wir brauchen: Vitaldaten, Notfallzugang, Sichtschutz, Sicherheitstechnik."

Erol nickte langsam. „Du traust ihr wirklich." Ich sah ihn ernst an. „Ich traue ihr, weil ich sie geprüft habe. Und weil sie die Einzige ist, die nicht aufgibt, obwohl niemand hinschaut." Aiden schwieg.

Dann sagte er leise: „Du weißt, dass Apollo das nicht gutheißen würde." Ich antwortete ohne Zögern: „Es ist mir egal, was Apollo gutheißt. Dann soll er damit leben." Ich ging zum Fenster, sah hinaus in die Dunkelheit der Stadt.

„Lyanna ist nicht irgendein Fall. Nicht irgendein Mädchen, das uns über den Weg gelaufen ist." Ich drehte mich zu den beiden.

„Sie ist uns allen ans Herz gewachsen. Jeder von uns – auf seine Weise. Und vielleicht verstehen wir nicht, warum oder wie tief. Aber wir wollen sie zurück."

Ich ließ den Blick über ihre Gesichter gleiten. Aiden. Erol.

„Die alte Lyanna. Die, die Licht brachte, obwohl wir alle im Schatten leben. Die uns hinterfragt hat. Herausgefordert. Aber uns nie verraten hat."

Dann, leise, fast wie ein letzter Gedanke: „Und besonders Apollo. Auch wenn er es gerade so weit verdrängt, wie es nur irgendwie möglich ist."

Esteria

Der Morgen war grau. Nicht neblig, nicht regnerisch – nur... still. Wie eine Bühne, auf der gleich etwas passieren sollte. Ich war seit vier Uhr wach. Nicht weil ich musste. Sondern weil ich nicht anders konnte. Die Vorbereitungen waren fast abgeschlossen. Heute würde Lyanna kommen. Nicht als Patientin unter Kliniklicht. Sondern als Gast in meinem Haus. Oder besser gesagt: als Seele, die sich weigert zu sterben – und die jemand auffangen musste. Ich ging durch den hinteren Flur, der zum abgetrennten Teil meines Zuhauses führte. Früher war das hier ein Werkraum gewesen. Jetzt war es eine Oase – zwischen Schulmedizin und altem Wissen. Das Krankenbett stand bereit – modern, diskret, mit versteckten Sensoren. Neben dem Fenster: Ein kleines Regal mit Heilkräutern, feinen Ölen, Glasfläschchen. Kein Hokuspokus. Nur das, was helfen konnte. Was berührte. Was erinnerte. Ich überprüfte die Geräte. Sauerstoff. Monitor. Zugang. Alles in Betrieb, alles stabil. Kein Fehler durfte passieren. Ich überprüfte noch einmal die Infusion, ließ die Tropfen langsam durch die Leitung gleiten – nicht, weil ich zweifelte, sondern weil es mich beruhigte.

Rituale schafften Raum, wenn das Leben zu groß wurde. Mein Blick glitt zur Uhr. Noch eine halbe Stunde. Dann würden sie sie bringen. Meine Gedanken wanderten zurück zu gestern. Zu dem Anruf. Aurel Caelus. Kurz. Direkt. Aber so klar, dass mir keine Sekunde Zweifel blieb.

„Wenn Sie bereit sind, sie bei sich aufzunehmen, verschwindet sie von der Bildfläche. Niemand wird sie suchen. Und niemand wird sie finden." Er hatte ruhig gesprochen, aber ich spürte das Gewicht dahinter. Nicht nur Schutz. Sondern Strategie. „Sie werden keine Nachteile haben. Keine Unkosten. Ihre Freistellung läuft über die Klinik – verschlüsselt. Und Ihre Entlohnung wird Ihrer Verantwortung entsprechen." Ich hatte keine Sekunde gezögert. „Ich nehme sie." Nicht aus Rebellion. Nicht aus Eitelkeit. Sondern, weil ich es wusste: Wenn sie hierherkommt – beginnt ihre Rückkehr.

Bald würde der Wagen vorfahren. Bald würde sie hier sein. Und dann lag es an mir. Und an ihr. Niemand sonst. Dann ging ich zur schmalen Truhe neben der Tür. Darin lagen Dinge, die sonst niemand hier sehen durfte. Zeremonielle Tücher. Kleine Steine mit Gravur. Ein Amulett aus Silber – alt, schwer, geladen. Ich legte es auf den Nachttisch. Nicht zur Zierde. Zur Verbindung. „Heute beginnt es", flüsterte ich. Ich ging noch einmal alles durch. Zettel, Ordner, digitale Pläne. Und doch wusste ich: Keines davon wird der

Schlüssel sein. Der Schlüssel liegt in ihr. Und ich musste ihn finden, bevor es jemand anderes tut.

Mit wenigen Schritten schaute ich aus dem Fenster, ließ die Finger gegen das kalte Glas sinken. Der Morgen war da – aber er fühlte sich nicht leicht an. Nicht wie Neuanfang. Eher wie das Einatmen vor einem Sturm. Seit dem Gespräch mit Aurel hatte ich recherchiert. Leise. Diskret. Und jedes neue Detail war schwerer als das vorherige.

Caelus.

Der Name war kein bloßes Familienwappen. Er war ein System. Ein Titan im Schatten aus Macht, Geld und Strukturen, die niemand freiwillig berührte. In der Klinik flüsterten sie. Von Verträgen. Von Verschwinden. Von plötzlichen Unfällen. Ich verstand, was es bedeutete: Die Caelus-Brüder waren keine Erben. Sie säuberten. In manchen Kreisen hoffte man, dass Apollo nach seinem Vater kam. Eine harte Hand, aber gerecht. Kein Sadist. Kein Willkürherr. Nur kalt. Berechnend. Effizient.

Aber Hoffnung war flüchtig. Und Angst blieb. Denn niemand wusste, wo dieser neue Weg hinführte – und wer ihn nicht überleben würde. Ich atmete flach, sah an mir herab. Meine Hände zitterten nicht. Aber innerlich war mir klar: Ich spiele jetzt auf einem anderen Feld. Und mein Einsatz heißt: Lyanna.

Wenn sie je herausfanden, dass ich mehr wusste als erlaubt... Wenn sie je den Verdacht hegten, dass ich nicht auf ihrer Seite stand... Dann war selbst mein Schweigen gefährlich. Aber trotzdem hatte ich Ja gesagt. Nicht weil ich sicher war – sondern weil ich wusste, dass sie niemanden sonst mehr hatte.

Ich hörte das Auto, bevor ich es sah. Ein dunkler Wagen, langsam die Einfahrt hinaufrollend. Kein Licht. Kein Geräusch außer dem Summen der Reifen auf Pflaster. Ich trat hinaus um sie in Empfang zu nehmen. Zwei Männer stiegen aus. Schwarz gekleidet, wie erwartet. Neutral. Kein Blickkontakt, keine Fragen. Sie öffneten die hintere Tür und zogen die Trage heraus. Lyanna lag darauf, in Decken gehüllt. Ihr Gesicht war friedlich. Wie eine Maske aus Licht über einem Sturm. Ich ging langsam auf sie zu. „Ist alles vorbereitet?", fragte einer der Männer tonlos. Ich nickte.

„Ja." Sie trugen die Trage ins Haus, folgten mir durch den hinteren Flur, bis zum vorbereiteten Raum. Es roch nach Kräutern. Nach Erde. Nach etwas Echtem. „Hier", sagte ich knapp. Sie legten sie vorsichtig auf das Bett. Ich prüfte sofort die Geräte – alles stabil. Puls. Sauerstoff. Temperatur. Dann ein kurzer Blick. Sie warteten.

„Danke", sagte ich. Mehr nicht. Sie nickten. Drehten sich um. Verließen das Haus. Die Tür fiel leise ins Schloss. Ich stand allein mit ihr.

Lyanna. Endlich. Ich trat an ihr Bett. Sah auf sie hinunter. „Jetzt gehörst du niemandem mehr", flüsterte ich. „Jetzt... bist du nur noch bei mir." Ich setzte mich. Nahm ihre Hand. Fühlte den Puls. Und wartete. Nicht auf ein Wunder – sondern auf ein erstes, stilles Zeichen, dass sie noch da war.

*

Drei Monate. Drei endlose Monate lagen nun zwischen dem Tag, an dem Lyanna dieses Haus betrat – und heute.

Jeden Morgen hatte ich ihre Decke glattgezogen, ihre Lippen befeuchtet, ihre Werte geprüft. Ich hatte Tees gebraut, Öle gerieben, alte Sprüche gemurmelt, die ich als Kind nie hatte hinterfragen dürfen. Ich hatte ihr Geschichten erzählt. Von der Welt draußen. Von der Welt in ihr. Von dem, was noch sein könnte, wenn sie nur wieder kam. Aber sie kam nicht. Nicht ganz. Manchmal zuckte ihre Hand. Manchmal flackerte ihr Puls. Aber nie genug. Nie so, dass ich hätte sagen können: Jetzt... jetzt passiert etwas. Ich hatte alles versucht. Wirklich alles. Bis vor einer Woche. Da kam der Anruf. Eine entfernte Verwandte meiner Mutter – die letzte in der Linie, die noch das „Große Wissen" trug. Sie lebte abgeschieden in den Bergen, sprach nur in Bildern, aber sie wusste es: Das alte Ritual. Das, was nicht gesprochen, sondern gerufen wird. Die Zutaten waren schwer zu bekommen. Manche illegal. Manche einfach vergessen. Ich hatte zwei Kontakte gebraucht, um überhaupt eine Spur von den Kräutern zu finden. Und als ich sie in Händen hielt, zitterte ich zum ersten Mal seit Monaten. Nicht vor Angst. Vor Ehrfurcht. Heute war es so weit.

Ich stand im Ritualraum – den ich in den letzten Tagen von Grund auf gereinigt hatte. Dreimal. Mit Rauch. Mit Salz. Mit Worten, die ich nur flüstern durfte. Das Elixier stand bereits auf dem Tisch. Dunkelgrün. Dickflüssig. Es roch nach Erde, Blut und Hoffnung. Ich hatte Kerzen aufgestellt – sieben, im Kreis. Die Schale mit Wasser stand bereit. Ein Tuch lag daneben, bestickt mit Zeichen meiner Linie. Ich atmete tief ein. Dann trat ich zu Lyanna. Sah sie an.

„Das ist mein letzter Ruf, Mädchen", sagte ich leise. „Danach... liegt es nicht mehr in meiner Hand." Ich hob ihre Hand, küsste sie sanft. Dann begann ich, den Raum zu wandeln. Die Energie füllte sich, wie ein Donner kurz vor dem ersten Schlag. Die sieben Kerzen flackerten. Nicht unruhig, aber wachsam. Ich trug das Tuch über der Schulter, den Kräuterrauch bereits entfacht. Der Duft erfüllte den Raum – schwer, fremd, fast metallisch. Ich trat in die Mitte des Kreises, dort wo das Symbol aus Salz auf den Boden gestreut war: Drei Linien, die sich in einem Punkt trafen. Für Körper. Für Geist. Für Seele. Ich hob das Fläschchen mit dem Elixier. Dunkelgrün. Langsam tropfte ich drei Tropfen auf Lyannas Stirn. Dann auf ihr Herz. Dann auf ihre linke Handfläche.

„Molá tene orasha…"

Die Worte kamen leise, aber fest. Eine Sprache, die ich nie ganz verstand – nur spürte.

„Sira vó lemah… enti roka… Lyanna… shal'ven."

Ich schritt einmal um sie herum. Langsam. Barfuß. Mit jedem Schritt flüsterte ich ein Wort. Ein Name. Ein Bild. Dann kniete ich nieder. Hielt ihre Hand. „Lyanna.

Tochter des Lichts und der Nacht. Wenn du noch da bist, dann rufe ich dich. Nicht mit Gewalt. Nicht mit Angst. Sondern mit allem, was ich bin."

Ich schloss die Augen. Lehnte die Stirn an ihre Hand. „Du darfst zurückkommen. Wenn du willst." Ich blieb so. Still. Lauschend. Nicht auf Geräusche. Sondern auf etwas, das man nur einmal im Leben hört – wenn eine Seele sich entscheidet, nicht verloren zu gehen.

Lyanna

Ich wusste nicht, was es war. Ich wusste nur, dass es anders war als zuvor. Der Nebel war noch da. Dicht. Schmutzig. Voller Stimmen, die keine waren. Aber plötzlich... vibrierte etwas darin. Wie eine Saite, die jemand tief im Inneren angeschlagen wurde. Ich war immer noch gefangen in mir selbst. In diesem wurde Raum ohne Fenster. Ohne Türen. Aber ich spürte... einen Hauch. Kein Geruch. Kein Geräusch. Sondern Präsenz. Etwas – oder jemand – war in der Nähe. Nicht körperlich. Nicht wie früher. Sondern... wie ein Echo von außen, das sich in mir brach. Ein Wort. Ich verstand es nicht. Aber ich spürte es. Es war wie ein Ruf. Ein Ruf, der nicht zog – sondern rief. Sanft. Aber bestimmt. Ich wollte antworten. Ich versuchte es. Aber ich wusste nicht, wie. Ich hatte keine Stimme mehr, nur Gedanken. Und selbst die kamen zerrissen, gefiltert durch diese endlose Wand zwischen mir und der Welt.

Dann kam Wärme. Ganz leicht. Wie Licht, das sich durch Spalten presst. Und ich... erinnerte mich. An eine Stimme. An ein Versprechen. An Hände, die mich gehalten hatten.

Und ich... erinnerte mich.

Und in diesem Moment, zwischen Nebel und Licht, zwischen Angst und Ahnung, wusste ich: Ich war noch nicht weg. Noch nicht ganz. Etwas in mir erwachte. Kein Gedanke, kein klarer Impuls. Nur ein Ziehen. Ein Flirren. Wie eine Erinnerung, die nicht denken, sondern sein wollte. Ich hielt still. Oder... nein. Ich versuchte, still zu halten. Aber da war etwas, das sich nicht mehr halten ließ. Es war, als hätte jemand den Nebel zerschnitten. Nicht mit einem Schwert. Sondern mit einem Flüstern. Ich spürte die Ränder. Zum ersten Mal. Den Raum, der mich hielt. Die Grenzen, die mich gefangen hielten. Ich war nicht mehr nur im Inneren verloren. Ich war plötzlich... orientiert. Wie eine Taube, die den Himmel wieder riecht. Wärme strömte durch mich. Zuerst zaghaft. Dann tiefer. Ich spürte sie.

Esteria.

Sie war da. Nicht über mir. Nicht neben mir. Sondern... bei mir. Ihre Stimme war keine Stimme. Sie war ein Strom. Eine leuchtende Ader, die durch meinen Nebel zog. Und sie nannte meinen Namen. Nicht wie andere. Nicht mit Mitleid. Nicht mit Druck. Sondern mit Geduld. Mit Ehrlichkeit. Mit Raum. Ich wollte ihr folgen. Wollte mich heben. Aber es war schwer. Jeder Versuch fühlte sich an, als müsste ich durch Lehm steigen. Ich hatte vergessen, wie es war, sich zu bewegen. Vergessen, wie man denkt, ohne sich zu verlieren. Aber ich erinnerte mich an eines: Ich war nicht allein. Und solange jemand da draußen wartete, konnte ich es noch versuchen. Noch einen Schritt. Noch ein Licht. Noch ein Gedanke. Vielleicht war das der Anfang von allem.

Etwas in mir spannte sich. Nicht viel. Aber es war... anders. Es fühlte sich an wie ein Zittern unter der Haut, wie das erste Zucken eines Muskels, den man fast vergessen hatte. Ich spürte meine Finger. Nur einen. Den kleinen an der linken Hand. Er war da. Nicht als Empfindung. Sondern als Möglichkeit. Und das allein war... überwältigend. Ich wollte ihn bewegen. Nur ein Stück. Nur ein Zeichen. Nicht für sie. Nicht für irgendjemanden. Nur für mich. Aber der Körper war träge. Zäh. Wie gefrorenes Wasser unter Haut.

Ich versuchte es trotzdem. Nur denken. Nur wollen. Nur... sein. Ein Ruck. Ein kaum merkliches Ziehen. Vielleicht war es Einbildung. Aber ich wusste: Ich habe es versucht. Und etwas hat geantwortet. Nicht laut. Nicht sichtbar. Aber wirklich. Und dann war da noch etwas. Etwas, das aus dem Innersten kam. Ein Wort. Ungeformt. Ungehört. Aber voll Bedeutung: „Ja." Kein flehendes Ja. Kein schwaches. Sondern das Ja, ich will wieder leben.

Esteria

Ich kniete noch immer, den Kopf gesenkt, die Stirn an Lyannas Hand gelehnt. Die Worte hallten in meinem Inneren nach – als hätte ich nicht gesprochen, sondern gerufen.

Nach etwas, das längst zu tief lag, um sich selbst zu hören. Der Raum war still. Die Kerzen brannten ruhig. Der Rauch zog in dünnen Linien zum Fenster hinaus. Ich hatte alles gegeben. Alles gesprochen. Alles geöffnet, was ich durfte. Ich wusste nicht, ob es gereicht hatte. Ich wusste nur: Dies war mein letzter Ruf gewesen.

Ich wollte mich gerade erheben, als ich es spürte. Ein Zittern. Kaum wahrnehmbar. Aber es war da. Lyannas Finger. Nicht gezuckt. Nicht bewegt. Angespannt. Für einen winzigen, flüchtigen Moment. Ich hielt die Luft an. Starrte auf ihre Hand. Und dann sah ich es: Der Herzmonitor. Ein Ausschlag. Kein Alarm. Kein Absturz. Nur ein einziger, abweichender Puls. Anders als zuvor. Ein Ausschlag - wie ein Flügelschlag im Dunkeln. Ich stand auf. Langsam. Trat zurück, wie man von einem Wunder zurücktritt – nicht aus Angst. Aus Respekt.

„Du bist da...", flüsterte ich. Meine Stimme war rau. Ich schloss die Augen. Und in mir stieg ein Gefühl auf, das ich drei Monate lang vorsichtig weggesperrt hatte. Hoffnung. Ich wagte kaum zu atmen. Der Puls hatte sich wieder beruhigt. Die Linie auf dem Monitor war wieder gleichmäßig. Doch ich wusste, was ich gesehen hatte. Was ich gespürt hatte. Ich trat leise zurück an Lyannas Seite. Beugte mich vor. Sah sie an. Nichts hatte sich verändert. Und doch war nichts mehr wie zuvor. Ihr Gesicht war ruhig. Wie immer. Aber ihre Stirn... war nicht mehr ganz entspannt. Da war ein Hauch Spannung. Ein winziges Zucken am rechten Augenwinkel. Ich beugte mich noch näher. Setzte mich neben sie. Nahm ihre Hand.

„Lyanna...?", flüsterte ich. Nicht lauter als ein Gedanke. „Wenn du mich hörst... dann weißt du: Du bist sicher."

Ich wartete. Und dann – ein Laut. Kein Wort. Kein Ruf. Nur ein Geräusch. Rau. Brüchig. Fast wie der Hauch eines Schluchzens, tief im Inneren gefangen. Ich starrte sie an. Die Augenlider. Sie zuckten. Nicht vollständig. Nicht offen. Aber - Bewegung.

„Ich bin hier", sagte ich leise, und meine Stimme brach fast. „Ich geh nicht weg." Ich streichelte ihren Arm. Und während ich dort saß, mit pochendem Herz und brennenden Augen, wusste ich: Heute Nacht ist etwas passiert. Nicht viel. Nicht genug. Aber genug, um weiterzumachen.

Lyanna

Licht. Kein grelles, brennendes Licht. Sondern ein Licht, das sich durch eine Ritze schob. Vorsichtig. Zögerlich. Fast wie eine Frage.

Ich spürte es nicht auf der Haut. Nicht in den Augen. Sondern... in mir. Als würde jemand mit einer warmen Hand gegen die Innenseite meiner Brust klopfen. Mein Atem war anders. Nicht tiefer. Aber bewusster. Ich spürte ihn. Nicht als mechanische Bewegung – sondern als meinen. Da war wieder die Wärme. Echt. Sanft. Sie kam von außen. Und ich wusste, was sie war: Eine Hand. Nicht irgendwer. Nicht fremd. Sie kannte mich. Ich versuchte, den Kopf zu heben. Nur innerlich. Aber es war, als würde ich gegen Wasser ankämpfen, gegen eine zähe, schwere Masse. Esteria. Ich wollte ihr antworten. Wollte schreien, dass ich hier bin. Dass ich höre. Dass ich... noch nicht fertig bin. Aber nichts kam. Nur ein Laut. Tief in meinem Inneren. Wie das Knarzen eines Tores, das zu lange verschlossen war. Und dann... ein Bild. Nur für den Bruchteil eines Herzschlags: Ein Fenster. Offen. Ein Windzug. Sonnenlicht auf meiner Haut. Ich war da. Ganz kurz. Dann zog es mich wieder hinab.

Aber diesmal wusste ich: Ich komme zurück.

Esteria

Am nächsten Morgen saß ich in der Küche, ein Becher Tee in der Hand. Ich hatte kaum geschlafen. Der Ritualraum war noch nicht aufgeräumt – die Kerzenreste lagen verstreut auf dem Boden, der Kreis war zur Hälfte verwischt. Trotzdem hatte ich das Gefühl, dass etwas anders war. Nicht sichtbar. Aber spürbar. Ich dachte an die Nacht. An das leichte Zucken an Lyannas Augenlid. An den leisen Laut. An den Ausschlag auf dem Monitor. Es war nicht viel gewesen. Aber es war mehr, als ich in den letzten drei Monaten gesehen hatte. Ich holte mein Notizbuch und trug die Beobachtungen ein.

04:17 Uhr – leichte Reaktion auf das Ritual. Pulsabweichung. Mikrobewegung linkes Augenlid. Unbestimmter Laut. Keine äußere Ursache. Erste spontane Reaktion seit Verlegung. Ich hielt kurz inne. Dann schrieb ich noch eine letzte Zeile dazu.

Sie ist da.

Ich legte den Stift weg und trank einen Schluck Tee. Mein Blick fiel auf das Handy, das neben dem Notizbuch lag. Keine neuen Nachrichten. Ich öffnete den Kontakt zu Aurel. Ich wusste, ich sollte ihn informieren. Er hatte mir diese Verantwortung übertragen. Er hatte zugelassen, dass Lyanna in meine Obhut kam – unter Bedingungen, aber mit echtem Vertrauen. Ich ließ den Finger über seinem Namen auf dem Display ruhen. Nicht jetzt. Noch nicht. Ich wollte einen klareren Beweis. Eine bewusste Reaktion. Ich würde warten. Heute. Vielleicht bis heute Abend. Dann würde ich es ihm sagen.

Ich war gerade dabei, die Messwerte auf dem Monitor auszuwerten, als ich merkte, dass sich etwas verändert hatte. Keine dramatischen Ausschläge, keine Warnsignale – aber die Kurven wirkten lebendiger. Reaktionsbereiter.

Lyannas Puls variierte minimal, ihre Atmung war etwas unregelmäßiger als sonst. Nicht besorgniserregend – aber auffällig, wenn man sie kannte. Ich trat näher ans Bett. Ihre Stirn war leicht feucht. Die Lippen bewegten sich kaum sichtbar. „Du kämpfst, oder?", murmelte ich leise. Ich beobachtete sie noch ein paar Minuten. Alles schien stabil. Doch tief in mir regte sich ein komisches Gefühl. So etwas wie Anspannung – nicht begründet durch Zahlen oder Technik, sondern durch Intuition. Ich entschied mich, kurz ins Bad zu gehen, etwas zu essen, mich zu sortieren. Ich hatte die ganze Nacht im Ritualraum verbracht. Mein Körper forderte eine Pause, selbst wenn mein Kopf nicht ganz mitspielte. Ich war gerade auf dem Weg zum Badezimmer, als mein

Handy klingelte. Ich blieb stehen, sah auf das Display.

Aurel.

Ich nahm den Anruf an, noch bevor der zweite Klingelton durch war. „Guten Morgen, Herr Caelus."

„Esteria." Seine Stimme war ruhig, wie immer. „Wie ist der Stand?"

Ich lehnte mich an den Türrahmen. „Es gab eine erste Reaktion letzte Nacht. Nicht viel, aber genug, um zu sagen: Sie ist da. Noch nicht wach, aber... näher." Am anderen Ende war es einen Moment still. Dann: „Details?" Ich berichtete kurz: Pulsabweichung, Bewegung, ein Laut, der nicht zuzuordnen war.

„Gut", sagte er schließlich. „Danke, dass Sie mich informiert haben."

Ich zögerte kurz. Dann fragte ich: „Wünschen Sie, dass ich Apollo oder Aiden ebenfalls informiere?" Ein weiterer Moment Stille.

„Nein. Nicht nötig. Das werde ich übernehmen."

Ich hielt das Handy fester. „Verzeihen Sie, wenn ich das sage, aber... Ich glaube, es würde Lyanna guttun, wenn er sich meldet. Oder – noch besser – sie besuchen würde. Gerade Apollo." Ich machte eine kurze Pause. „Seit Wochen kam nichts mehr von ihm." Die Leitung blieb still, aber ich hörte sein Atemgeräusch – dieses kontrollierte Innehalten, das ich inzwischen kannte. Dann sagte Aurel, hörbar kühler: „Apollo ist zurzeit stark eingespannt. Es gibt viele Dinge zu regeln. Entscheidungen zu treffen. Strukturen zu festigen."

„Ich verstehe", sagte ich ruhig, auch wenn ich innerlich den Kopf schüttelte. „Ich wollte es nur gesagt haben. Für Lyanna."

„Das haben Sie", antwortete er knapp. Dann: „Ich melde mich wieder."

„Natürlich." Er legte auf.

Ich starrte noch einen Moment auf das Display. Kein weiteres Wort. Kein Danke. Kein Versprechen. Aurel war der Einzige, der noch regelmäßig fragte. Der Einzige, der nicht so tat, als wäre Lyanna vergessen.

Kopfschüttelnd ging ich ins Bad. Ich war gerade unter der Dusche, das Wasser lief über meinen Nacken, als ich das Piepen hörte. Nicht das normale, monotone Signal. Sondern schnell. Laut. Alarmierend. Ich riss die Duschkabine auf, rannte barfuß und tropfnass durch den Flur. Mein Herz hämmerte. Als ich die Tür aufstieß, bestätigte sich der Verdacht. Die Monitore blinkten rot. Herzfrequenz – instabil. Sauerstoffsättigung –

rasant fallend. Puls – unregelmäßig, teilweise aussetzend. Ihr Körper war klatschnass vor Schweiß. Ihre Haut blass, fast gräulich.

„Nein!", schrie ich, stürzte zum Bett. „Nein, nicht jetzt! Nicht jetzt, wo du so nah dran bist!"

Ich kontrollierte schnell die Werte. Keine technischen Fehler. Kein Kabel verrutscht. Es war ihr Körper. Ihre Seele. Die Verbindung, die sich gerade lösen wollte. Ich spürte es. Sie war dabei, zu gehen. Ich griff zum Reanimationsset, fuhr das Bett elektrisch nach oben, bereit, sofort zu handeln.

„Lyanna! Hörst du mich?! Bleib hier! Bitte, bleib hier!"

Ihre Augen waren geschlossen, ihre Brust hob sich flach, zittrig. Ihr Herz schlug – aber nicht mehr lang in diesem Rhythmus. Ich war bereit, sie zurückzuholen. Dann, in dem Moment, als ich das Notfallmedikament aufziehen wollte – zuckte ihr Körper. Nicht heftig. Aber deutlich. Sie bäumte sich leicht auf, als würde sie sich gegen das Hinübergleiten stemmen. Dann fiel sie kraftlos ins Kissen zurück. Ihr Atem kam stoßweise, abgehackt. Und dann – blinzelte sie. Nur einmal. Langsam. Unkoordiniert. Aber klar. Ich hielt den Atem an. Mein Blick war starr auf ihr Gesicht gerichtet.

„Lyanna...?", flüsterte ich. Ihre Augen blieben offen. Unschlüssig. Flackernd. Aber offen. Ich spürte, wie mein ganzer Körper zitterte. Sie war noch da. Und diesmal... nicht nur in der Tiefe.

Ich stand noch immer neben dem Bett, das Notfallset in der Hand. Meine Finger zitterten. Mein Körper war nass, kalt. Nicht mehr nur vom Wasser – sondern vom Schock. Ich konnte kaum glauben, was ich gesehen hatte.

Lyanna... hatte geblinzelt.

Ich ließ das Medikament langsam sinken, atmete einmal tief durch und stellte es beiseite. Dann zog ich mir das Handtuch über die Schultern, fuhr mir mit einer freien Hand durch die Haare und zwang mich zur Ruhe.

„Okay... ruhig", murmelte ich. „Nicht vorschnell. Nicht überinterpretieren." Ich ging zu ihr, setzte mich auf die Bettkante. Ihre Augen waren offen – nicht ganz fokussiert, aber auch nicht leer. Sie wirkten... wach. Oder zumindest: nicht mehr verschlossen. Ich nahm ihre Hand. Sie war noch immer feucht, aber nicht mehr eiskalt. Die Haut spannte leicht, als hätte sie sich gerade durch einen inneren Kampf zurückgeholt. Sie schloss ihre Augen. Kein Wort. Ich saß einfach da. Hielt ihre Hand. Und ließ es zu. Der Monitor hatte sich beruhigt.

Herzfrequenz: stabil. Atmung: flach, aber gleichmäßig. Es war nicht vorbei. Noch lange nicht.

Aber sie hatte sich nicht verabschiedet. Im Gegenteil – sie hatte sich festgeklammert. An diesem Leben. An irgendetwas. Und ich wusste in diesem Moment: Sie würde kämpfen. Weil sie es schon getan hatte.

Ich lehnte mich leicht über sie. „Ich bin da", sagte ich leise. „Und ich geh nirgendwohin."

Keine Ärzte. Keine Telefonate. Kein Bericht. Nur wir. Jetzt.

Lyanna

Ich weiß nicht, wann ich das Gespräch mitbekommen habe. Oder ob ich es überhaupt wirklich gehört habe. Vielleicht war es ein Echo. Ein Traum. Ein Fragment zwischen Bewusstsein und Dämmerzustand. Aber es war da. Die Stimme war eindeutig. Esteria. Klar, sanft, wie immer – aber mit einem Hauch von Anspannung. Und dann die andere. Kühler. Tiefer. Aurel. Ich konnte keine Zeit greifen. Wusste nicht, ob es Nacht oder Tag war. Aber die Worte... sie kamen an. Als würden sie direkt in mein Herz fallen.

„Seit anderthalb Monaten hat er sich nicht mehr erkundigt."

Das war der Moment, in dem sich etwas in mir verschob. Nicht gebrochen – das war ich schon vorher. Es war eher, als würde ein Stück Hoffnung herausgeschoben. Sanft. Aber endgültig. Apollo. Kein Besuch. Kein Wort. Kein Gedanke.

Seit Wochen. Ich hatte kein Zeitgefühl, aber zu hören, dass er sein Leben weiterlebte – ohne mich, ohne nach mir zu fragen, ob ich noch da bin – war schlimmer als alles, was ich mir ausgemalt hatte.

Ich lag da, mein Körper fühlte sich immer noch fremd an, schwer, irgendwie blockiert.

Aber mein Kopf – mein Bewusstsein – war da. Nicht vollständig, nicht geordnet, aber genug, um zu denken. Und was ich dachte, tat weh.

Seit anderthalb Monaten kein Wort. Kein Besuch. Nicht von ihm. Nicht einmal ein kurzes Nachfragen, ob ich noch lebe. Ich wusste nicht, was schlimmer war – dass ich es jetzt erst verstand, oder dass es sich so endgültig anfühlte. Ich ging alles durch, an was ich mich erinnern konnte. Die letzten Begegnungen. Die Wärme, die Intensität, sein Blick. Wie oft hatte ich geglaubt, dass es mehr war als ein Spiel? Wie oft hatte ich mich selbst überzeugt, dass es einen Grund gab, warum er mich nicht aufgab?

Jetzt war da nichts mehr. Nur Leere. Aurel hatte sich gemeldet. Das war ehrenwert. Vielleicht sogar ehrlich. Aber er war nicht der, an den ich mein Herz verloren hatte. Er war nicht der, den ich... geliebt hatte.

Ich versuchte, nicht zu fühlen, aber es funktionierte nicht.

Die Leere war nicht neutral – sie brannte. Und das Wissen, dass ich einfach ausgeblendet worden war, wog schwerer als jede Wunde, die ich je gespürt hatte. Ich lag da, starrte ins Nichts –

innerlich. Und fragte mich: „Was bleibt noch übrig?"

Ich versuchte, mich an etwas Positives zu erinnern. Etwas, das mir zeigen würde, dass es sich lohnt, hierzubleiben. Aber mein Kopf funktionierte nicht wie früher. Es war, als würde jemand die Bilder vorsortieren – und nur die falschen übrig lassen.

Da war Marco. Seine Augen. Seine Stimme. Wie er mich angefasst hatte. Wie er mir das genommen hatte, was ich mir nie freiwillig hätte nehmen lassen.

Da war Raphael. Der Druck. Die Angst. Die Gewalt in seinen Worten. Und wie ich mich selbst nicht mehr wiedererkannte in seiner Nähe.

Dann kamen die Brüder. Erst Aiden. Dann Aurel. Und dann... er. Apollo. Die Erinnerungen mit ihm waren nicht eindeutig. Sie waren nicht nur gut oder nur schlecht. Sie waren intensiv. Aufwühlend. Schön. Zerstörerisch. Ich erinnerte mich daran, wie er mich ansah, als wäre ich das Einzige, das ihn noch an sich selbst erinnerte. Und daran, wie er mich behandelte, als wäre ich genau das nicht.

Und jetzt? Jetzt lebte er einfach weiter. Ohne mich. Kein Besuch. Kein Brief. Kein Lebenszeichen. Ich lag hier – zwischen Leben und irgendetwas anderem – und er... war weg.

Ich hatte gehofft, dass irgendjemand von ihnen kommt. Nur einmal. Um zu sagen, dass es nicht vorbei ist. Aber nichts. Ich merkte, wie mein Brustkorb sich anspannte. Wie mein Körper innerlich zitterte, obwohl ich ihn kaum bewegen konnte. „Ich habe niemanden mehr." Der Gedanke war klar. Er war nicht neu. Aber jetzt war er endgültig. Und dann kam die nächste Frage. Eine, die ich mir selbst leise stellte: „Warum bleibe ich überhaupt?" Ich wusste es nicht.

Aber irgendwann hörte ich auf, überhaupt noch nach Erinnerungen zu suchen. Da war nichts mehr, das mich hielt. Kein Name. Kein Gesicht. Kein Versprechen. Ich dachte, das wäre der Moment, in dem man einfach loslässt. Sich auflöst. Geht. Ein Teil von mir wollte das auch. Nicht aus Trotz. Sondern aus Müdigkeit. Ich war müde vom Hoffen. Vom Kämpfen. Von der Enttäuschung, die immer kam, wenn ich dachte, ich hätte etwas gefunden, das bleibt.

Und trotzdem... Irgendetwas hielt mich. Es war kein Mensch. Es war kein Wort. Es war kein bestimmtes Gefühl. Es war eher eine Erinnerung an mich selbst. Wie ich einmal war. Bevor das alles passiert ist. Bevor die Brüder. Bevor Marco. Bevor Raphael.

Ich sah mich selbst. Mit leuchtenden Augen. Mit Träumen, die nichts mit Macht oder Kontrolle zu tun hatten. Ich wollte leben. Ich wollte reisen. Schreiben. Atmen. Fühlen – ohne Angst.

Ich hatte vergessen, dass es diese Version von mir mal gab. Aber jetzt war sie da. Verschwommen. Aber echt. Und sie sagte nichts. Sie sah mich nur an. Und wartete. Auf meine Entscheidung. Ich spürte, wie etwas in mir zurückkam. Kein Sturm. Kein Aufbäumen. Es war eher eine Entscheidung, die still gefallen ist. Ich würde nicht gehen. Nicht so. Nicht unter diesen Bedingungen. Ich hatte genug Zeit damit verbracht, darauf zu warten, dass jemand kommt. Dass jemand mich zurückholt. Dass jemand mir zeigt, dass ich es wert bin. Aber niemand kam. Und das war gut so. Weil ich es war, die das entscheiden musste.

Nicht Apollo. Nicht Aurel. Nicht das, was Marco mir genommen hatte. Nicht die Fehler meiner Vergangenheit.

Ich. Nur ich.

Ich erinnerte mich an meine Träume. An die Wünsche, die ich hatte, bevor ich mich selbst verloren habe. Sie waren noch da. Vergraben. Aber lebendig. Ich wollte mein Leben zurück. Nicht um jemandem etwas zu beweisen. Nicht, um wieder geliebt zu werden. Sondern weil es mein Leben ist. Und ich das Recht habe, es zu leben. Auf meine Art. Ich wusste, es würde schwer werden. Vielleicht sogar einsam. Aber es war ein Anfang. Ich würde aufstehen. Ich würde zurückkommen. Und ich würde endlich tun, was ich immer wollte. Nicht für sie. Nicht für ihn.

Für mich!

Esteria

Ich hatte nicht geschlafen. Seit über einer Stunde saß ich auf dem Stuhl neben Lyannas Bett. Still. Wachsam. Einfach da. Etwas hatte sich verändert – und diesmal war es keine Einbildung. Ihre Atmung war ruhiger, ihr Gesicht entspannter. Nicht mehr so verkrampft wie in den letzten Tagen. Der Puls zeigte keine Auffälligkeiten – aber etwas in ihrer Präsenz fühlte sich... anders an. Wacher. Ich beobachtete sie weiter. Dann zuckte ihr Augenlid. Einmal. Ganz leicht. Ich beugte mich nach vorn. „Lyanna?", flüsterte ich.

Keine Antwort, doch ihre Augen bewegten sich unter den Lidern. Ich legte meine Hand vorsichtig auf ihre. Sie war warm. Nicht schlaff, nicht eiskalt wie sonst. „Du musst dich nicht beeilen", sagte ich leise. „Ich bin hier. Alles ist gut." Behutsam strich ich mit dem Daumen über ihren Handrücken. Sanft. Ruhig. Sie blinzelte. Einmal. Dann noch einmal. Nicht ganz koordiniert – aber eindeutig bei Bewusstsein. Mein Herz schlug schneller, aber ich zwang mich zur Ruhe. „Ganz langsam", sagte ich. „Du bist sicher. Du bist bei mir." Ich spürte, wie meine Stimme zitterte. Es war der Moment, auf den ich so lange gewartet hatte. Und jetzt, wo er da war, wollte ich nichts überstürzen.

„Du musst nichts sagen. Nur atmen. Nur bleiben." Ich sah, wie ihre Augen sich langsam auf mich richteten. Unscharf. Fragend. Aber sie sah mich.

Sie ist zurück.

Ich blieb ganz nah bei ihr, während ihre Augen langsam klarer wurden. Sie wirkte orientierungslos, blinzelte, als würde jedes Licht sie überfordern. Aber sie sah mich. Und ich sah sie. „Du bist bei mir", sagte ich leise. „In Sicherheit." Ich legte meine Hand auf ihren Arm, ließ ihr Zeit. „Mein Name ist Esteria. Ich bin Krankenschwester... oder besser gesagt: die, die dich die letzten Monate gepflegt hat." Ihre Augen folgten mir – langsam, noch unscharf. Ich sprach weiter, so ruhig ich konnte. „Du bist hier bei mir zu Hause. Sie haben bei mir einen Raum eingerichtet, nur für dich. Du warst lange bewusstlos, Lyanna. Sehr lange." Ich machte eine kurze Pause. Sie atmete tiefer. Vielleicht verstand sie, vielleicht nicht. Aber sie hörte zu. „Du wurdest nach einem Vorfall in einer Klinik behandelt. Es gab Komplikationen. Danach... bist du nicht mehr aufgewacht." Ich sah ihr in die Augen. „Du bist seit fast drei Monaten hier." Ein Zucken durchzog ihre Stirn. Es war nicht Schmerz – eher ein innerlicher Druck, der sich irgendwo anstauen wollte. „Ich weiß, das ist viel. Und ich werde dir nichts aufzwingen. Aber ich möchte, dass du weißt: Du bist nicht allein." Ich rückte etwas näher. „Einige Menschen haben sich

Sorgen gemacht. Einige... weniger. Aber das ist gerade nicht wichtig. Was zählt, ist, dass du jetzt wieder da bist."

Sie blinzelte wieder. Ihre Lider flatterten, als würde sie mit jeder Bewegung etwas mehr begreifen. Ich holte ein frisches Tuch, tupfte vorsichtig ihre Stirn ab.

„Dein Körper ist noch schwach. Aber dein Wille... ist zurück." Ich lächelte leicht. „Du hast dich zurückgekämpft. Ich hab's gesehen. Und ich bin hier, solange du mich brauchst."

Ich hatte genug Patientinnen betreut, um zu wissen, was auf uns zukam. Der Körper vergisst schnell, wenn er lange stillliegt. Und Lyannas Muskeln... sie waren schwach. Zu schwach für schnelle Fortschritte, aber nicht zu schwach für Hoffnung. Ich trat zum Schrank, holte die vorbereiteten Materialien hervor: Ein paar Lagerungskissen, weiche Tücher, eine neue Spritze für die Ernährungssonde, etwas Magnesium Öl für die Muskulatur.

„Wir machen das langsam", sagte ich, mehr zu mir selbst als zu ihr. Ich trat zurück ans Bett, stellte die Rückenlehne vorsichtig etwas auf. Lyanna reagierte – ein leichtes Zucken in der Schulter, ein Reflex, vielleicht auch Unbehagen. „Ganz ruhig, es ist nur die Lehne", sagte ich. Dann beugte ich mich vor, nahm ihre Hand. „Ich werde deine Arme ein bisschen bewegen, ja? Nur vorsichtig." Ich hob ihren linken Arm leicht an, führte ihn langsam zur Seite, dann wieder zurück. Widerstand war da – nicht von ihr, sondern vom Körper selbst. Die Muskeln hatten sich zurückgezogen, wie Pflanzen ohne Sonne. „Gut so", murmelte ich. „Du musst nichts tun. Ich übernehme das erstmal." Ich wiederholte die Bewegung ein paar Mal, wechselte dann die Seite. Lyanna war wach, aber erschöpft. Ihre Augenlider flatterten gelegentlich, ihr Blick blieb auf mich gerichtet – mal klarer, mal abwesend. Als ich die Arme durchbewegt hatte, richtete ich ihre Beine neu aus, polsterte sie mit Kissen, damit nichts einschlief oder scheuerte. Dann ging ich in die kleine Küchenecke, die ich für ihre Pflege eingerichtet hatte. Ich überprüfte die Nährlösung, zog die genaue Menge auf und schloss die Sonde an.

„Du bekommst heute eine leichtere Mischung", sagte ich, während ich die Tropfgeschwindigkeit einstellte. „Gut verdaulich. Ich will deinen Magen nicht überfordern." Ich warf einen Blick über die Schulter. Sie sah mich an. Nicht fragend. Nicht panisch. Nur... anwesend. Und das reichte.

Ich überprüfte den letzten Wert auf dem Monitor, stellte die Pumpe ab und dokumentierte die Verabreichung der Nahrungslösung. Alles verlief stabil. Keine Auffälligkeiten. Kein Grund zur Sorge. Als ich mich umdrehte, lag Lyanna mit halb geschlossenen Augen im Bett. Ich ging zurück zu ihr, um noch einmal die Lagerung zu kontrollieren, da fiel es mir auf: Ihr rechter Zeigefinger hatte sich leicht bewegt. Es war keine krampfhafte Reaktion. Keine Zuckung, wie ich sie manchmal in der ersten Wachphase bei Patienten beobachtete. Es war gezielt. Langsam. Klein. Aber gezielt. Ich trat näher, blieb ganz ruhig.

„Lyanna?", sagte ich leise, ohne sie zu drängen. Keine Antwort – aber ihre Augen öffneten sich einen Spalt mehr. Ich setzte mich wieder auf den Stuhl neben ihrem Bett, nahm vorsichtig ihre Hand. „Wenn du mich hörst – wenn du mich verstehst – dann beweg nochmal den Finger." Ein paar Sekunden vergingen. Dann ganz leicht: Bewegung. Minimal. Aber unbestreitbar. Ich atmete tief aus, lehnte mich ein Stück zurück. Nicht aus Erleichterung. Aus Respekt. „Das ist gut. Sehr gut, Lyanna."

Sie sah mich kurz an – nicht scharf, nicht lange. Aber direkt. Dann glitt ihr Blick leicht zur Seite – als koste selbst das zu viel Kraft. Ich strich ihr eine Strähne aus der Stirn, sprach leise weiter: „Du musst das nicht alles sofort können. Das hier ist ein Anfang. Und wir gehen ihn zusammen."

Sie schloss die Augen. Nicht unbewusst. Nicht desinteressiert. Eher wie jemand, der für einen Moment Kraft sammelt, bevor es weitergeht. Und ich ließ sie.

Lyanna

Es begann mit einem Finger. Dann ein Zucken im Bein. Dann ein halb gehobener Arm. Ich hatte vergessen, wie schwer ein Körper sein kann, wenn er nicht will. Oder nicht kann. Esteria war geduldig. Fast unheimlich ruhig. Jeden Morgen kam sie mit demselben Tonfall in mein Zimmer.

„Guten Morgen, Lyanna. Heute machen wir einen Schritt mehr." Die ersten Tage konnte ich kaum den Kopf drehen. Ich war wütend. Nicht auf sie. Auf mich. Auf meinen Körper. Auf alles, was mich hierhergebracht hatte.

„Es wird dauern", sagte sie. „Aber du wirst zurückkommen."

Und sie behielt Recht. Es dauerte Wochen. Aber ich stand irgendwann auf. Zuerst mit zwei Helfern. Dann mit einem Gestell. Dann mit einem Stock. Und irgendwann – stand ich allein. Es fühlte sich nicht wie ein Sieg an. Es fühlte sich an wie ein Befreiungsschlag, der viel zu lange gewartet hatte. Mein Körper war schwach. Aber mein Wille nicht mehr. Esteria stand mit verschränkten Armen vor mir.

„Bewegung baut nicht nur Muskeln auf", sagte sie. „Sie baut Schutz auf. Vertrauen. Kontrolle." Ich nickte. Nicht aus Höflichkeit. Ich verstand. Wir hatten mit kleinen Übungen begonnen. Beinheben. Gleichgewicht. Halteübungen mit Gewichtsmanschetten. Doch heute brachte sie etwas Neues mit: eine Matte.

„Ab jetzt trainieren wir auch deinen Kopf", sagte sie. „Und deine Reaktion." Sie zeigte mir einfache Abläufe: Ausweichbewegungen, Blocktechniken, gezielte Tritte. Ich kannte vieles davon. Raphael hatte mich gezwungen, es zu lernen. Damals war es keine Fürsorge. Kein Mitgefühl. Nur Härte. Ich hatte jede Bewegung gehasst. Heute nutzte ich sie. Es war nicht leicht. Manche Bewegungen lösten Erinnerungen aus. Ein Griff. Ein bestimmter Ablauf – und ich war wieder in jenem dunklen Raum, spürte den Atem im Nacken. Befehle. Macht. Kontrolle. Ich schüttelte es ab. Ich trat fester zu. Esteria ließ mich nicht los. Sie sah, wenn ich zitterte. Sie sagte nichts, wenn ich wütend wurde. Sie ließ es zu.

Nach ein paar Wochen stand ich wieder stabil. Ich konnte fallen – und aufstehen. Ich konnte zuschlagen – und meine Grenzen erkennen. Das Training veränderte nicht nur meinen Körper. Es klärte meinen Geist. Ich dachte nicht an ihn. Nicht an Raphael. Nicht an Marco. Nicht an Apollo. Nur an mich.

Der Moment kam nicht plötzlich. Er wuchs. Mit jedem Tag, den ich aufstand. Mit jedem Training, bei dem ich nicht mehr zitterte. Mit jedem Blick in den Spiegel, in dem ich mich selbst wiedererkannte.

Es war eine einfache Erkenntnis: Ich war wieder da. Nicht geheilt. Nicht neu. Aber stark genug, um zu entscheiden. „Ich will weg von hier", sagte ich zu Esteria. „Ganz weg. Neues Leben. Neuer Ort. Ohne die Brüder. Ohne Erinnerung." Sie sah mich lange an. Keine Überraschung in ihrem Gesicht. Nur Zustimmung.

„Gut", sagte sie. „Dann bereiten wir alles vor." Wir sprachen nicht über das Warum. Sie wusste es. Ich auch. Es hatte nichts mit Rache zu tun. Es war Selbstschutz. Wenn ich blieb, würde ich irgendwann wieder zurück in ihre Welt gezogen.

Die Welt der Caelus.

Und in dieser Welt gab es für mich keinen Platz mehr. Nicht nach allem, was passiert war. Wir planten diskret. Neue Dokumente. Deckname. Einfache Papiere – nichts Illegales, aber genug, um anonym zu starten. Esteria übernahm die Kontakte. Ich lernte ihre stille, organisierte Seite erst jetzt wirklich kennen. Für alles hatte sie einen Plan. Für mich – einen Ausweg.

Marbella. Spanien.

Weit genug weg, um zu verschwinden. Nah genug, um nicht vollkommen unterzutauchen. Ein Ort, der warm war. Lebendig. Unverdorben. Ich hatte nie dort gelebt. Aber ich würde dort anfangen.

*

Der Tag der Abreise begann wie jeder andere. Nur dass ich innerlich zählte: Letztes Frühstück. Letztes Training. Letzter Blick durch das Fenster im Zimmer, das mich zurückgeholt hatte. Esteria hatte alles vorbereitet.

„Du weißt, was du sagst, wenn dich jemand fragt?", fragte sie. Ich nickte.

„Ich wollte die Brüder überraschen. Ich habe dich gebeten, mich zum Flughafen zu bringen – und dich gebeten, es ihnen später mitzuteilen."

„Sehr gut." Sie wirkte ruhig. Aber ich wusste, dass auch sie nervös war. Nicht aus Angst vor den Caelus. Sondern, weil sie mich losließ. Wir fuhren früh los. Unauffällig. Kein großes Gepäck.

Am Flughafen trug ich einen schlichten Mantel, die Haare zusammengebunden. Ich sah aus wie jede andere Frau, die einfach irgendwohin wollte. Esteria begleitete mich bis zur Sicherheitskontrolle. Wir umarmten uns – kurz, aber fest. „Pass auf dich auf", sagte sie.

„Und wenn du etwas brauchst – du weißt, wie du mich erreichst."

Ich nickte. „Danke für alles."

Dann ging ich. Kein Blick zurück. Nur nach vorn.

Esteria

Ich saß in meinem kleinen Büro. Das Licht war gedämpft, der Schreibtisch leer. Nur das Telefon lag vor mir. Der Finger bereits auf der Kurzwahltaste. Ich wusste, was ich tat. Und ich wusste, dass es Konsequenzen haben könnte. Aber ich hatte es Lyanna versprochen. Ich wählte die Nummer. Aurel ging nach dem zweiten Klingeln ran. Seine Stimme klang wie immer – ruhig, fokussiert. „Esteria."

„Lyanna ist heute Mittag abgereist", sagte ich direkt. Ich hörte einen Moment lang nur Stille auf der anderen Seite. Dann: „Sie kommt nach Hause?"

„So hat sie es gesagt", antwortete ich.

„Sie wollte euch überraschen. Ich habe sie nur zum Flughafen gebracht. Mehr weiß ich nicht." Halbwahrheiten. Kein Wort gelogen. Aber auch nicht die ganze Wahrheit. Aurel sagte nichts mehr. Kein Danke. Kein Nachfragen. Er legte auf.

Ich starrte auf das Telefon. Dann atmete ich tief durch. Jetzt begann das eigentliche Spiel. Ich konnte mir vorstellen, wie es weiterging. Aurel würde Aiden informieren. Sie würden nach ihr suchen. Vielleicht sogar annehmen, sie hätte sich verirrt oder es sich anders überlegt.

Aber je mehr Zeit verstrich, desto klarer würde ihnen werden: Sie kam nicht zurück.

Unruhe. Dann Fragen. Dann... Panik.

Sie wussten nicht, wo sie war. Nicht in welchem Land. Nicht unter welchem Namen. Und das war gut so. Denn ich wusste es. Ich war die Einzige. Und ich würde es für mich behalten. Weil ich verstand, was es bedeutete, wenn eine Frau sich entscheidet, ihr Leben zurückzuholen – und zwar ganz.

Lyanna / Lia

Die Sonne in Marbella war anders. Sie war wärmer. Nicht aggressiv, nicht erdrückend – sie war einfach da. So wie ich es jetzt sein wollte. Ich kam in der kleinen Stadtwohnung an, die Esteria über ihre Kontakte organisiert hatte. Zwei Zimmer, ein Balkon, ruhige Seitengasse. Kein Luxus – aber es war meins. Ich hatte nur eine Reisetasche dabei. Ein paar neue Kleidungsstücke, ein schlichtes Handy, gefälschte Unterlagen mit meinem neuen Namen: „Lia Márquez."

Es war ungewohnt, nicht Lyanna zu sein. Aber es war einfacher, so. Weniger angreifbar. Unverbindlicher. Die ersten Tage waren ruhig. Ich erkundete die Umgebung. Kaufte ein. Meldete mich bei einer Sprachschule an, um mein Spanisch zu verbessern. Fing an, in einem kleinen Café auszuhelfen – ein Job, der mich nicht forderte, aber beschäftigte. Ich sprach mit niemandem über meine Vergangenheit. Niemand stellte Fragen. Und ich ließ keine zu. Doch obwohl ich hier war, präsent, in diesem neuen Leben – hatte ich das Gefühl, dass ein Teil von mir zurückgeblieben war. Oder vielleicht auch: dass etwas mitgekommen war, das ich nicht abgeschüttelt hatte.

Seit meiner Ankunft hatte ich mir Hilfe gesucht. Nicht weil ich schwach war. Sondern weil ich wusste, dass Stärke manchmal bedeutet, nicht alles allein tragen zu müssen. Ich hatte in der Klinik einen Therapeuten gefunden – diskret, kompetent, direkt. Kein Mitleid, kein Herumreden. Nur Klarheit. Wir sprachen über die Nächte. Über Marco. Über Raphael. Und ja, auch über Apollo.

Er sagte einen Satz, der sich eingebrannt hatte: **„Man heilt nicht, indem man vergisst. Man heilt, indem man lernt, mit dem Schmerz zu leben, ohne ihn weiterzutragen und daran zu zerbrechen."**

Ich wusste, dass er recht hatte. Die Trigger würden nicht verschwinden. Man konnte sie nicht auslöschen. Aber man konnte lernen, sie in Schach zu halten. Nicht zu ignorieren, sondern ihnen keine Macht mehr zu geben. Ich arbeitete daran. Tag für Tag. Und obwohl mich die Vergangenheit immer wieder einholte – war ich nicht mehr dasselbe Mädchen, das sich von ihr zerstören ließ. Ich war die Frau, die gelernt hatte, zu stehen, auch wenn es wackelt.

Die Menschen in Marbella waren anders als in Johannesburg. Unaufgeregt. Direkter. Aber herzlich – auf ihre eigene, leise Art. In dem Café, in dem ich arbeitete, wurde ich schnell Teil des Teams. Die Besitzerin, eine ältere Frau namens Clara, sprach wenig, aber ihre Augen lächelten oft.

Ich mochte das. Sie stellte keine Fragen. Ich gab keine Antworten. Das passte uns beiden. Nach Feierabend ging ich oft ans Meer. Einfach nur sitzen. Zusehen, wie die Wellen kamen und gingen. Es beruhigte mich. Es erinnerte mich daran, dass alles im Fluss war – auch ich.

Eines Abends kam David ins Café. Er war ein Freund von Claras Sohn, Fotograf, eher der stille Typ. Wir kamen ins Gespräch – zufällig. Er war nicht aufdringlich. Er fragte nichts über mein „Davor". Und genau das machte ihn angenehm. Wir trafen uns öfter. Spazieren. Kaffee. Mal ein Abendessen. Mehr nicht. Er war sanft. Nicht langweilig – einfach nur... ungefährlich. Ich wollte ihm glauben, dass das reichte. Dass diese Ruhe vielleicht das war, was ich verdient hatte. Aber in mir war immer noch diese Stimme:

„Er ist nicht Apollo."

Ich hasste diesen Gedanken. Denn Apollo hatte sich nie gemeldet. Er hatte mich nie gesucht. Nie gefragt, ob ich noch lebte. Und trotzdem blieb er in meinem Kopf wie ein unausgesprochener Satz.

*

Es war ein Freitagabend. David hatte mich eingeladen, mit ihm essen zu gehen. Ein neues Restaurant, irgendwo in der Altstadt. Modern, elegant, aber nicht übertrieben. Ich trug ein schwarzes Kleid. Schlicht. Nicht für ihn – für mich. Ich wollte wieder spüren, wie es ist, sich schön zu fühlen, ohne eine Rolle zu spielen. Das Essen verlief ruhig. David erzählte von einer Ausstellung, an der er mitarbeitete. Ich lachte sogar, als er über seine misslungenen Aufnahmen sprach. Und dann passierte es.

Wir verließen das Restaurant, traten hinaus auf die gepflasterte Straße. Es war mild, ein angenehmer Wind. Ich hakte mich bei ihm ein – nicht aus Zuneigung, sondern aus Gewohnheit. Und plötzlich... blieb ich stehen. Ein Ziehen in der Brust. Ein Kribbeln im Nacken. Der klare, unausweichliche Instinkt: Jemand sah mich an. Ich drehte mich um. Langsam. Nicht panisch – aber mit dieser inneren Anspannung, die man nicht steuern kann. Die Straße war belebt. Ein paar Leute standen am Rand. Andere gingen vorbei.

Doch da – hinter einem Baum, halb im Schatten, stand jemand. Schwarz gekleidet. Groß. Nicht erkennbar. Nur ein Bruchteil eines Profils. Ein Hauch von Präsenz. Ich blinzelte. Und er war weg. Ich drehte mich wieder nach vorn, versuchte mich zu fangen. David fragte, ob alles okay sei. Ich nickte. Zwang ein Lächeln. Aber mein Herz schlug wie wild. War es Einbildung? Ein Traumfetzen? Oder war es... Apollo? Ich wusste es nicht. Aber mein Bauch sagte: Doch.

In den Tagen nach dem Abendessen veränderte sich etwas. Nicht äußerlich. Nicht sichtbar. Aber spürbar. Ich sah mich öfter um, wenn ich unterwegs war. Manchmal blieb ich stehen, einfach so – weil ich glaubte, ein Geräusch gehört zu haben. Einen Schritt zu viel. Ein Schatten, der nicht dorthin gehörte. Aber da war nichts. Niemand. Ich sprach nicht darüber. Nicht mit David. Nicht mit Clara. Nicht einmal mit mir selbst. Ich tat so, als sei alles in Ordnung. Aber innerlich war ich wieder hellwach. Diese Art von Wachsein, die man sich abtrainieren musste, wenn man sich je sicher fühlen wollte. Ich wusste nicht, ob es Einbildung war. Ob mein Kopf mir einfach einen Streich spielte. Ob mein Herz sich nach jemandem sehnte, den ich längst verloren hatte. Dieses unterschwellige Unbehagen. Als würde mich jemand beobachten – aus der Ferne, aber gezielt. Ich konnte nichts beweisen. Ich konnte niemanden festmachen. Aber mein Körper reagierte, bevor mein Verstand es einordnen konnte. Ich redete mir ein, dass es Zufall war. Einbildung. Ein Echo aus der Vergangenheit. Aber tief in mir wusste ich: Es war nicht vorbei. Vielleicht würde es das nie sein. Vielleicht konnte man bestimmte Verbindungen nicht einfach abschneiden – selbst wenn man es wollte. Also machte ich weiter. Ich arbeitete, ich sprach mit Menschen, ich versuchte, das Leben zu führen, das ich mir aufgebaut hatte. Ich lachte. Ich aß. Ich schlief. Aber ich blieb aufmerksam. Nicht aus Angst. Sondern aus Erfahrung.

Erzähler

Das Blut an seiner Schläfe war getrocknet. Er hatte es nicht abgewischt. Nicht, weil er es nicht gesehen hätte. Sondern weil es ihn nicht interessierte. Apollo saß in einem heruntergekommenen Büro, das früher mal ein Treffpunkt für Spediteure gewesen war. Jetzt war es leer. Nur er, sein Team, und ein Mann mit aufgeplatzter Lippe, der an einen Metallstuhl gefesselt war.

„Noch einmal", sagte Apollo ruhig, „und diesmal ohne Umwege." Der Mann zitterte, spuckte Blut. „Ich habe dir alles gesagt. Ich weiß nicht mehr—"

Apollo zog wortlos den Schalldämpfer aus der Jacke, schraubte ihn auf die Pistole, stellte sie auf den Tisch. Es war kein Drohmittel. Es war eine Entscheidung. Der Mann wusste das.

„Okay... okay! Er wurde letzte Woche in Andalusien gesehen. Marbella. Er war nicht allein. Jemand hat gesagt, er sucht nach einer Frau. Dunkle Haare. Jünger. Verängstigt."

Apollo blinzelte nicht. Aber innerlich zog sich alles zusammen. Marbella. Eine Frau. Dunkle Haare. „Namen?", fragte er.

„Keine. Nur, dass sie dort in der Stadt wohnen soll. Dass sie geflüchtet ist. Mehr weiß ich nicht, ich schwöre." Apollo sah ihn lange an. Dann stand er auf, ging langsam zur Tür. „Was passiert mit mir?", rief der Mann. Apollo blieb stehen. Drehte sich nicht um. „Das hängt davon ab, ob deine Info stimmt." Dann war er weg.

Aiden stand an der Karte, Aurel saß am Tisch, mehrere Dossiers lagen offen im privaten Lagerhaus am Rand von Johannesburg. Als Apollo hereinkam, verstummten beide. „Wir haben was", sagte Apollo. „Wo?", fragte Aurel. „Marbella." „Bist du sicher?", Aiden runzelte die Stirn. Apollo nickte. „Er sucht dort nach jemandem. Und wenn ich recht habe, dann ist er nicht nur auf der Flucht – er verfolgt jemanden. Vielleicht sogar sie." Stille. Dann Aurel, leise: „Lyanna?" Apollo sah ihn kurz an. Nur für einen Moment. Aber der Blick reichte. „Ich fliege noch heute."

Apollo

Der Flug nach Marbella war ruhig, aber mein Kopf war es nicht.

Ich hatte kaum gesprochen, weder zu Aurel noch zu Aiden. Sie wussten, wann sie mich in Ruhe lassen mussten. Die Wahrheit war: Ich wollte nichts mehr hören. Keine Analyse, keine Strategievorschläge. Ich wusste, was ich tat. Und ich wusste, warum ich es tat. Ich dachte nicht an Lyanna. Nicht bewusst. Aber jeder Schritt, den ich machte, jeder Befehl, den ich gab – führte in ihre Richtung. Nicht, weil ich sie sehen wollte. Sondern weil ich musste. Weil Marco noch lebte. Und weil ich geschworen hatte, dass das nicht so bleiben würde.

Als wir landeten, wartete bereits ein Kontaktmann in einem dunklen BMW. Ich setzte mich ohne ein Wort auf den Beifahrersitz, während zwei meiner Leute hinten einstiegen.

„Du weißt, warum ich hier bin?", fragte ich. Der Mann nickte. „Marcos Name taucht immer wieder auf. Drogen, Waffen, Menschen. Aber vorsichtiger als früher." „Irgendwas Konkretes?", fragte ich, während ich mein Tablet aufklappte. „Er benutzt mehrere Decknamen. Zieht von Ort zu Ort. Meistens nur für Stunden. Aber vor drei Tagen wurde ein Lieferwagen mit seinem Kennzeichen am Stadtrand gesehen. Nähe des Hafens." Ich zoomte in die Karte. „Zeig mir, wo." Er tippte mit dem Finger auf ein unscheinbares Lagerhaus-Gebiet. „Da. Alte Fischereihallen. Meist leerstehend. Guter Ort für alles, was keiner mitbekommen soll." „Fahr hin."

Der Motor sprang an, der Wagen setzte sich in Bewegung. Ich lehnte mich zurück, schloss kurz die Augen. Nicht um auszuruhen. Sondern um die Umgebung zu filtern. Mich zu fokussieren. Ich war hier, um das zu beenden, was vor Monaten hätte enden müssen. Wir erreichten das Gelände kurz nach 23 Uhr. Der Himmel über Marbella war wolkenlos, aber das Licht der Stadt drang nicht bis hierher. Nur die Straßenlaternen am Rand warfen blasses Gelb auf den Asphalt.

„Sicher, dass er noch hier ist?", fragte ich. Der Fahrer nickte knapp. „Ein Zeuge hat ihn gegen neunzehn Uhr gesehen. Alleine. Er hat sich nicht abholen lassen. Wahrscheinlich hat er einen versteckten Zugang."

Ich stieg aus, prüfte die Umgebung. Die alten Fischereihallen lagen versetzt, verwinkelt. Manche Tore waren offen, andere verriegelt. Perfekt für Hinterhalte. Ich gab ein Handzeichen. Zwei Männer sicherten die Flanken, ich ging durch den

Mittelgang. Mein Atem war ruhig. Mein Herz nicht. Die Waffe in meiner Hand war entsichert, aber ich hielt sie tief. Kein Lärm. Keine Fehler. Wir schlichen uns an die Zielhalle heran – groß, baufällig, rostige Träger zogen sich wie Rippen unter dem Blechdach entlang. Ich drückte mich an die Wand, sah durch die halb gesprungene Fensterscheibe. Bewegung. Schatten. Da war jemand. Ich hob die Hand. Warten. Beobachten. Zwei Minuten lang war es still, dann trat er ins Licht einer flackernden Lampe. Marco. Eindeutig. Allein. Verschwitzt. Telefon am Ohr. Er wirkte nervös, aber nicht in Panik. Ich konnte den Gesprächspartner nicht hören, aber Marcos Stimme war klar: „Nein, ich habe sie nicht mehr gesehen. Hör auf, Panik zu schieben. Ich bin vorsichtig. Ich bleibe nicht mehr lange. Nur noch einen Tag, dann bin ich weg."

Er legte auf, warf das Handy auf einen Tisch, rieb sich die Schläfen. Ich trat leise zurück, bedeutete den Männern, sich zu positionieren. Wir würden durch die Rückseite gehen. Zwei von links, ich von rechts. Dann der Zugriff. Ich bewegte mich lautlos an den Seiteneingang, prüfte die Tür. Nicht abgeschlossen. Einatmen. Zählen. Drei. Zwei. Eins. Ich stieß die Tür auf, rannte rein.

„RUNTER!" Aber da war niemand mehr. Der Tisch war umgeworfen. Die Lampe pendelte. Das Handy zerschellt am Boden.

„Rückzug! Er ist raus!", rief ich ins Funkgerät. Von der Rückseite her hörte ich Schritte, Hektik, ein lautes Scheppern. Marco war weg. Durch einen Nebenausgang, den wir nicht gesehen hatten. Verdammt. Ich rannte durch die Halle, raus auf die andere Seite. Straße leer. Auto weg. Keine Spur. Er hatte es wieder geschafft. Wieder einmal eine Sekunde schneller. Wieder einmal zu glatt. Ich trat gegen einen Metalleimer. Er flog scheppernd gegen die Wand. Keiner sagte etwas. Alle wussten, was es bedeutete. Marco war in Marbella. Und er wusste, dass jemand ihm auf den Fersen war. Aber er wusste nicht, wer. Noch nicht.

Das Safehouse lag außerhalb von Marbella, versteckt in den Hügeln. Modern, funktional, anonym. Keine persönlichen Gegenstände, keine Bilder. Ein Ort zum Überleben. Nicht zum Leben. Ich betrat die Wohnung, legte Waffe und Jacke ab und ging direkt an den Monitor. Die Kameraaufzeichnungen der Halle liefen bereits. Zwei meiner Leute hatten versteckte Drohnenaufnahmen synchronisiert. Aber die Bilder waren zu spät. Marco war clever. Zu clever. Ich spulte zurück. Sah ihn, wie er telefonierte. Wie er kurz stehen blieb, in sich hineinhorchte – und dann entschied, zu verschwinden. Er hatte etwas gespürt. Vielleicht unsere Präsenz. Vielleicht mich. Ich starrte auf das Standbild.

Marcos Gesicht im Profil, leicht verzogen vor Anspannung. Ich kannte diesen Blick. Ich kannte auch seine Angst. Aber was ich nicht verstand: Warum er geblieben war. Warum er überhaupt noch hier war. Er hätte längst abhauen können. Aber irgendetwas hielt ihn. Ich öffnete die gesicherte Leitung und wählte eine alte Nummer. Sie wurde nach drei Mal Klingeln angenommen.

„Ich dachte, du rufst nie wieder an", sagte eine kratzige Stimme. „Ich brauche Informationen." „Was für eine Art?"

„Über einen Mann. Und eine Frau. Marbella."

Kurze Stille.

„Die Frau mit dem dunklen Haar? Die, von der sie sagen, sie sei tot?" Ich sagte nichts. „Sie lebt, nicht wahr?", murmelte die Stimme. „Verdammt. Ich wusste es." Ich schloss die Augen. „Ich will wissen, wer sie gesehen hat. Wo. Wann. Und ob Marco mit ihr in Kontakt steht." „Du bekommst alles, was ich finde. Gib mir 24 Stunden." Ich legte auf.

Es war fast drei Uhr morgens, als ich mich auf das Bett setzte. Ich starrte an die Decke, aber sah nichts. Hörte nur meinen Atem. Und meine Gedanken.

Lyanna lebt! Ich hatte es nie bezweifelt. Und doch... tat es weh, es jetzt so klar zu wissen. Denn wenn sie lebt – lebt sie ohne mich!

Und ich?

Ich war wieder genau da, wo ich immer endete: In einem fremden Zimmer, mit einer Waffe auf dem Tisch, und einer Schuld in der Brust, die niemand sehen konnte.

Der nächste Tag begann früh. Ich war nicht mehr schlafen gegangen. Ich hatte es versucht, aber mein Körper stand zu sehr unter Spannung. Das Update kam um 06:42 Uhr.

„Frau mit dunklem Haar. Café im Viertel El Barrio. Alleine. Sah sich mehrfach um. Nervös.

Ich öffnete die Datei. Es war nicht Lyanna. Aber für einen Moment hatte ich es geglaubt. Das Profil. Die Haare. Der Blick. Etwas an der Körperhaltung erinnerte mich an sie. Oder ich wollte es glauben. Ich war fünf Minuten später unterwegs.

Nicht weil ich dachte, sie sei es – sondern weil ich wissen musste, wer es war. Das Café war klein, versteckt zwischen zwei Altbauten. Touristen gingen achtlos vorbei. Nur Einheimische hielten hier an. Ich betrat den Raum, blieb kurz stehen. Die Frau saß am Fenster. Sie war jung. Vielleicht 25. Nicht Lyanna. Sie bemerkte mich, ihre Augen weiteten sich. Nicht vor Angst. Sondern weil sie mich kannte. Scheiße. Ich setzte mich ihr gegenüber, ohne zu fragen. „Wer hat dich geschickt?", fragte ich leise. Sie zögerte. Dann: „Ich sollte nur beobachten. Ich sollte nur sagen, wenn jemand nach Marco sucht."

„Also weißt du, wo er ist."

„Nein… nicht mehr. Ich hatte Kontakt. Aber seit zwei Tagen ist er untergetaucht. Kein Signal. Keine Nachricht."

Ich sah sie lange an. Sie wich meinem Blick nicht aus. Respekt.

„Was weißt du über die Frau?", fragte ich.

„Nur Gerüchte. Dass sie mal etwas mit ihm zu tun hatte. Dann mit dir. Dass sie verschwunden ist. Einige sagen, sie ist tot. Andere, dass sie ein neues Leben angefangen hat. Unter falschem Namen."

Ich schwieg. Dann stand ich auf, zog einen Umschlag aus der Jacke, legte ihn auf den Tisch. „Das reicht für einen Monat. Und du verschwindest aus Marbella. Heute." Sie nickte. Keine Widerrede. Ich ging. Draußen war es warm. Die Stadt war hell, freundlich – ein Ort zum Leben. Nicht zum Jagen. Ich blieb an einer Straßenecke stehen. Ein Gefühl überkam mich. Instinkt. Nichts Greifbares. Ich sah mich um. Eine junge Frau ging ein paar Meter entfernt an mir vorbei. Schwarze Sonnenbrille. Schlicht gekleidet. Ein Mann begleitete sie. Für einen Moment stockte mein Atem.

Lyanna?

Ich blieb stehen. Aber sie ging weiter. Sie hatte nicht zu mir gesehen.

Und ich... konnte mich nicht rühren. War sie es? Oder spielte mir mein Kopf wieder einen Streich?

Ich drehte mich um, trat einen Schritt zurück in den Schatten eines Baumes. Versteckt. Beobachtend. Die Frau drehte sich plötzlich um. Nur kurz. Dann ging sie weiter. Mein Herz raste. Aber irgendetwas in mir wusste: Ich war näher an ihr, als ich dachte. Und genau deshalb würde ich nicht aufgeben. Nicht, bis Marco tot war. Und nicht, bis ich wusste, ob sie mich hasste – oder vermisste.

Marco

Ich weiß nicht mehr, wie viele Nächte ich dort gesessen habe. Im Auto. In der Gasse. Vor dem Café, in dem sie arbeitete. Immer mit dem Motor aus, den Körper ruhig, die Gedanken nicht.

Lyanna.

Ich hatte sie wiedergefunden. Nicht über Kontakte. Nicht über Gewalt. Es war ein Zufall gewesen. Ein flüchtiger Tipp von jemandem, der keine Ahnung hatte, wer sie wirklich war. Aber ich wusste es. Ich hatte es sofort gewusst, als ich sie sah. Sie sah anders aus. Erwachsener. Nicht mehr wie das Mädchen, das sie mal gewesen war. Sondern wie eine Frau, die sich entschieden hatte zu leben – trotz allem, was sie durchgemacht hatte. Und ich hatte sie trotzdem erkannt. Jede Bewegung. Jede Geste. Sogar das Lächeln, das sie anderen zeigte, aber nie sich selbst. Ich wollte ihr näherkommen – und gleichzeitig für immer verschwinden. Der sie ohne Erklärung ins Nichts geschickt hatte. Der nichts erklärt, nichts beschützt, nichts getan hatte – außer zu spät zu verstehen, wer sie wirklich war. Und jetzt? Jetzt war sie hier. Und ich war nichts weiter als ein Schatten hinter der Windschutzscheibe.

Ich war nicht immer Marco.

Ich hatte mal einen anderen Namen. Einen, den ich nicht mehr kenne. Den man mir genommen hat, als man mich aus dem Leben meiner Eltern riss und in Raphaels Welt steckte.

Ich war sechs Jahre alt. Ein kleiner Junge mit großen Augen und zu viel Vertrauen. Mein Vater hatte Schulden. Er war süchtig. Spielsüchtig. Und in einer Nacht, in der er hätte verlieren dürfen, verlor er mich.

„Setz deinen Jungen", soll Raphael gesagt haben.

Und mein Vater – dieser erbärmliche Mann – hatte es getan. Er hatte mich als Einsatz auf den Tisch gelegt. Und dann verloren. Raphael hat mich mitgenommen. Nicht wie ein Entführer. Nicht mit Gewalt. Sondern mit offenen Armen. Er nannte mich „sein Blut". Sein „kleiner Cousin". Ich bekam neue Kleidung, gutes Essen, eine Schulbildung. Ich bekam alles. Nur keine Wahrheit. Die bekam ich ein paar Tage vor seinem Tod. Ein Streit mit Raphael – über Macht, über Verantwortung, über Loyalität.

Ich hatte genug. Genug von seinen Anweisungen, genug davon, Dinge zu tun, für die ich mich selbst hasste. Ich hatte ihn angeschrien: „Ich bin nicht dein Schatten! Ich bin nicht du!" Er hatte gelacht. Langsam. Verächtlich. Dann hatte er die Wahrheit rausgespuckt, als wäre sie ein schlechter Witz: „Du bist nicht mal mein Blut, Marco. Dein Vater hat dich an uns verkauft. Er hat verloren. Und wir haben gewonnen." Ich dachte, er lügt. Ich wollte ihm ins Gesicht schlagen. Aber er sah mich an – und ich wusste, es war wahr. „Deine Eltern sind tot. Wir haben sie ausgeschaltet. Nur das Mädchen war nicht da. Sie war nicht zu Hause." Ich schluckte.

„Deine Schwester, Marco. Sie lebt. Und du kennst sie."

Ich wusste nicht, was ich tun sollte. Ich wusste nicht mal, wer ich war. Ich bin aus dem Raum gestolpert, und an diesem Tag ist etwas in mir zerbrochen. Ich habe gebraucht, um herauszufinden, was er gemeint hatte. Wer sie war. Ich habe alte Aufzeichnungen gesucht. Berichte. Namen. Geburtsdaten. Ich habe mich durch Dreck gearbeitet, den ich nie wieder anfassen wollte. Und dann wusste ich es. Lyanna war das Mädchen, das nicht zu Hause war. Das Kind, das den Tod ihrer Eltern überlebt hatte. Das Mädchen, das in einem anderen Albtraum aufgewachsen war. Sie war meine Schwester. Meine Schwester. Und sie weiß nicht, wer ich war. Ich hatte sie verletzt. Ich hatte sie betäubt. Ich hatte sie verloren.

*

Ich hatte mir ein kleines Apartment gemietet, weit außerhalb des Stadtzentrums. Kein Luxus. Keine Spuren. Nur ein Raum, ein Bett, eine Tasche

– und ein Kühlschrank mit Medikamenten. Die Ampulle lag in einem gepolsterten Metalletui. Das Gegenmittel. Die letzte Korrektur. Ich hatte es beschafft, nachdem ich sie verloren hatte. Ein Kontakt, der mir noch etwas schuldete. Ich hatte ihn zur Rede gestellt, fast erpresst.

„Was du ihr damals gegeben hast, war eine spezielle Mischung", hatte er gesagt.

„Nicht tödlich, aber tief. Sie schlägt das Bewusstsein nieder, ohne das System komplett abzuschalten."

„Und wie hol ich sie zurück?", hatte ich gefragt. Seine Antwort: „Mit dem hier." Dann gab er mir die Ampulle. Ich trug sie seither überall bei mir. Monate lang. Immer mit dem Gedanken: Wenn ich sie finde – dann gebe ich es ihr. Dann rette ich sie. Dann... sage ich ihr die Wahrheit. Aber jetzt, wo sie lebte – wo sie lachte, sich bewegte, atmete – wusste ich nicht, ob ich das Recht dazu hatte. Ich war der Fehler in ihrer Geschichte. Der Schatten im falschen Moment. Ich hatte sie nicht beschützt. Nicht als Bruder. Nicht als Mensch. Und doch... ich konnte nicht anders. Ich musste es tun. Ich beobachtete sie weiter. Nie zu nah. Nie aufdringlich. Aber ich kannte ihren Rhythmus. Wann sie zur Arbeit ging. Welchen Weg sie nahm. Mit wem sie sprach. Ich wusste nicht, wie ich an sie herankommen sollte. Wie sollte man auf jemanden zugehen, dem man nichts als Schmerz hinterlassen hatte?

Ich hatte sie nie beschützt. Nie ihr die Wahrheit gesagt. Ich hatte sie einfach... genommen. Weil ich dachte, es wäre das Beste. Weil ich glaubte, wenn ich sie betäube, wenn ich sie rausziehe, dann rette ich sie vor allem – auch vor mir selbst. Aber ich hatte sie dadurch noch tiefer hineingezogen. In ein Nichts zwischen Angst, Vertrauen und Verrat.

Und jetzt... jetzt sah ich sie jeden Tag. Lebendig. Stärker, als ich es je war. Und ich stand im Schatten, unfähig, den ersten Schritt zu machen. Ich wollte kein Mitleid. Ich wollte nur, dass sie mich anhört. Fünf Minuten. Einen Satz. „Du bist das Letzte, was ich habe. Das Letzte, was von unserer Familie übrig ist."

Und vielleicht, irgendwann... verzeiht sie mir. Nicht heute. Nicht bald. Aber vielleicht, wenn sie in meinen Augen sieht, dass ich bereit bin, alles zu verlieren – nur um ihr zu sagen: „Es tut mir leid."

Ich wusste, wann sie Feierabend hatte. Ich wusste, welchen Weg sie nahm. Nicht, weil ich sie ausspionieren wollte. Sondern weil ich... weil ich einfach nicht aufhören konnte, bei ihr zu sein. Auch wenn sie nichts von mir wusste. Auch wenn sie mich hasste. Ich war nicht stolz auf das, was ich tat. Ich fühlte mich wie ein Feigling. Ein Verlorener, der zu spät alles begriff. Aber es war der einzige Ort, an dem ich noch ein bisschen das Gefühl hatte, nicht ganz allein zu sein. Ich stand in einer Gasse, die sie regelmäßig passierte. Ein Ort, den ich tagelang geprüft hatte. Abgeschirmt. Sicher. Und doch offen genug, dass ich sie – wenn der Moment kam – nicht überrumpelte, sondern einfach nur... ansprach. Redete. Ich hatte keine Pläne, keine Waffe, kein Zwang. Nur Worte. Und ein Rest Hoffnung, dass sie mich vielleicht nur eine Minute lang nicht als Feind, sondern als das sehen konnte, was ich war: Ein Bruder, der zu spät kam.

Meine Hand lag in der Jackentasche, um das Tuch zu greifen – nur falls sie schrie. Nicht um ihr weh zu tun. Nie wieder. Und dann hörte ich ihre Schritte. Leicht. Regelmäßig. So, wie sie immer ging. Ich trat aus dem Schatten. Nicht weil ich bereit war. Sondern weil ich es nicht mehr aushielt, im Verborgenen zu warten. Da war der Moment. Es war keine Entscheidung. Es war Instinkt.

Sie bog um die Ecke – allein, wie immer. Keine Menschen in der Nähe. Dämmerung. Ich trat vor ihr. Unsere Blicke trafen sich. Nur für den Bruchteil einer Sekunde. Sie erkannte mich. Und dann setzte ihr Körper aus.

Erstarrt. Kein Schrei. Kein Wort. Nur pure Angst – und dann das erste Zucken zum Davonlaufen. Aber ich war schneller. Nicht brutal. Nicht mit

Gewalt. Nur ein Griff. Das Tuch. Ein Atemzug. Und sie war weg.

Ich trug sie nicht weit. Nur ein paar Straßen weiter, in ein verlassenes Lagerhaus, das ich seit Tagen vorbereitet hatte. Kein Keller. Keine Ketten. Nur eine saubere Matratze. Wasser. Licht. Und mich. Ich blieb bei ihr. Stundenlang. Wartete, bis sie wach wurde. Wartete, bis ich erklären konnte. Ich hatte nicht vor, sie zu halten. Ich wollte sie nur sehen. Nur reden. Nur alles sagen, was ich ihr nie sagen konnte.

Sie kam zu sich mit einem tiefen, stoßhaften Atemzug. Ich hörte das Keuchen, noch bevor sie die Augen aufschlug. Dann schoss sie hoch – verwirrt, panisch, bereit zu kämpfen.

„Bleib weg!", rief sie sofort, noch bevor sie mich richtig sah. „Fass mich nicht an, ich schwöre, Marco—!" Ich hob die Hände. Zeigte ihr, dass ich unbewaffnet war. „Ich tue dir nichts", sagte ich leise. „Ich wollte nur reden." Sie lachte bitter. Ein Geräusch, das mehr Schmerz als Spott war.

„Reden? Du entführst mich – und willst dann reden?" Sie kam auf die Beine, wankend, aber voller Feuer.

„Ich hätte dich schreien lassen können", sagte ich ruhig. „Ich hätte dich festhalten können. Habe ich nicht."

„Weil du Angst hast", fauchte sie. „Weil du weißt, dass du verloren hast. Und jetzt tu nicht so, als wärst du das Opfer."

Ich ließ sie reden. Ich ließ sie toben. Sie hatte das Recht dazu. Und als sie schließlich stehen blieb, zitternd, erschöpft, sah sie mich an. Ich hätte lieber alles verschwiegen. Aber dann sagte ich:

„Ich bin dein Bruder, Lyanna."

Ihr Blick blieb auf mir, aber er war leer. „Was hast du gerade gesagt?"

„Ich bin nicht Raphaels Cousin. Ich bin… war… ein gekaufter Junge. Dein Bruder. Du warst nicht da, als sie unsere Eltern töteten. Ich dachte, du wärst tot. Jahrelang."

Sie schwankte. Ich machte einen Schritt nach vorn. Nicht bedrohlich. Nur da.

„Raphael hat es mir gesagt. Ausgerechnet er. Und ich habe Zeit gebraucht, um es zu überprüfen. Ich habe dich betäubt, weil ich dich rausholen wollte. Raus aus dem, was ich selbst nie entkommen bin. Ich habe es falsch gemacht. Aber ich wollte nur, dass du lebst."

Tränen liefen ihr übers Gesicht. Sie versuchte, sie zu ignorieren. Aber sie liefen weiter. „Du… bist mein Bruder", flüsterte sie.

Ich nickte. „Ich bin nicht hier, um dich zurückzuholen. Ich bin hier, um dich gehen zu lassen. Du bist frei. Schon lange. Und jetzt weißt du die Wahrheit."

Ich trat einen Schritt zurück. Dann noch einen.

„Dort vorne ist die Tür. Sie ist offen. Ich halte dich nicht auf." Sie sah mich an, als würde sie jeden Moment zusammenbrechen. Aber sie ging.

Langsam. Schritt für Schritt. Vorbei an mir. Ich sagte nichts mehr. Und sie auch nicht. Aber in diesem Moment – in dieser stillen, unfassbaren Minute – war mehr gesagt worden, als Worte je hätten ausdrücken können.

Lyanna / Lia

Ich wusste nicht, wie ich nach Hause gekommen war. Ich wusste nur, dass meine Füße brannten, meine Hände zitterten und sich jeder Schritt anfühlte, als würde ich durch Glassplitter laufen – nicht außen, sondern innen. Ich war nicht gefesselt gewesen. Nicht verletzt. Aber trotzdem fühlte ich mich, als hätte jemand meinen Verstand auseinandergerissen und mir die Einzelteile kommentarlos zurückgegeben.

Marco. Er hatte es gesagt. Einfach so. Ohne Vorwarnung. Ohne Aufbau.

„Ich bin dein Bruder."

Und dann hatte er mich gehen lassen. Keine Drohungen. Keine Hintertür. Nur diese Worte. Und einen Blick, in dem mehr Schmerz lag als ich je in einem Menschen gesehen hatte. Ich wusste nicht, was ich damit anfangen sollte. Mit ihm. Mit mir. Mit all dem, was jetzt in meinem Kopf umherflog wie zerbrochene Spiegel. Ich riss die Tür meiner Wohnung auf, schloss sie mit zitternden Fingern, lehnte mich dagegen, und glitt langsam zu Boden. Ich atmete flach. Nicht, weil ich keine Luft bekam – sondern weil ich keine Entscheidung traf, ob ich überhaupt atmen sollte. Ich wusste nicht, wie viel Uhr es war. Ich wusste nur, dass mein Handy vibriert hatte – mehrmals.

David.

Sicher wieder David. Ich ignorierte es. Ich brauchte keine Stimme, die mir sagte, dass ich gerade völlig neben mir stand. Das wusste ich auch so. Meine Gedanken gingen zurück. Nicht nur zu heute. Zu allem. Zu Raphael. Zu den Caelus. Zu dieser Welt, in die ich gestolpert war, ohne je gefragt worden zu sein, ob ich überhaupt mitspielen wollte.

Ich erinnerte mich an die erste Nacht mit ihnen. An Apollos Blick. An Aidens Lächeln. An Aurels kühlen Ton. Ich erinnerte mich an Marco. Wie er mich aus Situationen gezogen hatte, wie er mir manchmal half – und manchmal einfach verschwand. Und jetzt? Jetzt wusste ich, warum er nie blieb. Warum er immer so widersprüchlich war. Warum er mich betäubt hatte, statt mit mir zu reden. Weil er geglaubt hatte, es sei der einzige Weg. Und trotzdem war es Verrat gewesen. Ich presste meine Stirn gegen die Wand. Kalt. Ruhig. Real. Ich war müde. So müde, dass selbst Schlaf nicht mehr reichte. Ich war müde vom Erinnern. Vom Verstehen wollen. Vom Versuchen, nicht unterzugehen. Aber ich war noch hier. Und das hieß, dass ich irgendwie damit umgehen musste.

Mit der Wahrheit. Mit Marco. Mit mir selbst.

Ich schleppte mich ins Bad, stellte mich unter die Dusche und drehte das Wasser so heiß auf, dass meine Haut protestierte. Aber ich brauchte das. Hitze. Dampf. Ein Gefühl, das mich überrollte, ohne dass es Gedanken mitbrachte. Der Dampf war wie eine Decke. Aber er machte nichts besser. Er lenkte nur ab. Ich ließ das Wasser über mich laufen, bis meine Beine nachgaben und ich mich einfach auf den Boden der Dusche setzte. Nass. Erschöpft. Stumm. Was sollte ich tun? Marco war mein Bruder. Nicht metaphorisch. Nicht symbolisch. Blut. Und ich hatte ihn gehasst. Er hatte mich verletzt. Gebrochen. Allein gelassen. Aber hatte er das alles getan, weil er böse war? Oder weil er genauso gefangen war wie ich? Ich wusste es nicht. Ich wusste nur, dass ich gerade nicht wusste, wer ich bin. Ich trocknete mich mechanisch ab, zog etwas Einfaches an, ging zum Spiegel. Ich starrte mich an. Lange. Und dann fragte ich mich leise: „Wärst du eine andere, wenn du das alles nie erlebt hättest?" Und die Antwort war: Ja. Aber ich hätte diese Frau vielleicht nie kennengelernt. Diese, die mich jetzt anblickte. Mit Schatten unter den Augen. Aber auch mit Feuer. Ich war nicht nur Opfer. Ich war auch Überlebende. Nicht durch Zufall. Sondern weil ich mich immer wieder zusammengesetzt hatte – auch wenn ich jedes Mal dachte, das war's jetzt. Vielleicht würde ich auch diesmal einen neuen Teil von mir entdecken müssen. Einen, der vergeben konnte, ohne zu vergessen. Mein Handy vibrierte wieder. Ich hatte es lautlos gestellt, aber es war hartnäckig. So wie er. David. Ich griff danach, entsperrte es mit einem Daumen, der noch zitterte, und sah die Anrufe.

Sieben verpasste. Drei Nachrichten.

„Hey, ist alles okay?" „Mach mir ein bisschen Sorgen. Sag kurz was." „Wenn du Ruhe brauchst, sag's einfach. Aber sag was."

Ich starrte auf den Bildschirm. Minutenlang. Ich hätte so viele Dinge schreiben können. So viele Ausflüchte, Halbwahrheiten, Lügen. Aber dann tippte ich: „Bin zu Hause. Brauch einen Moment."

Ein paar Sekunden später kam die Antwort: „Okay. Ich bin da. Kein Druck."

Und das war's. Kein Nachfragen. Kein Drängen. Kein Misstrauen. Ein Satz, der in seiner Einfachheit fast schmerzte. Weil ich nicht wusste, ob ich bereit war, jemandem zu glauben, der es gut mit mir meinte. Ich ließ das Handy sinken und setzte mich auf das Sofa. Mein Kopf war schwer, mein Herz noch schwerer. Wie sollte ich David erklären, dass ich vor wenigen Stunden von meinem Bruder entführt worden war – einem Mann, von dem ich dachte, er sei Teil der Mafia, der mich manipuliert und gebrochen hatte?

Wie sollte ich erklären, dass ich es nicht mit Worten fassen konnte, wie es sich anfühlte, wenn dein ganzes Leben plötzlich kippt und du zwischen Wut, Schuld, Schmerz und Trauer schwankst?

Ich konnte es nicht. Noch nicht. Aber ich wusste: Ich musste entscheiden. Irgendwann. Denn wenn ich weiter schwieg, würde ich alles, was ich mir hier aufgebaut hatte, in mich hinein vergraben – und damit zerstören.

Ich schaute aus dem Fenster. Draußen war es ruhig. Die Nacht wirkte harmlos, fast so, als hätte sie nichts mit dem Tag zu tun, der hinter mir lag. Ich zog die Knie an die Brust, legte die Stirn auf die Arme und atmete. Es war kein tiefer, heilender Atem. Nur einer, der mich davon abhielt, wieder zu zerbrechen. Ich dachte an das Wort „Familie".

Was war das eigentlich? Blut? Zusammenhalt? Lüge? Schutz? Marco war mein Bruder. Aber er war es nie gewesen. Nicht in den Momenten, in denen ich ihn gebraucht hätte. Nicht in den Jahren, in denen ich alleine war. Nicht in der Nacht, in der er mich betäubt hatte. Aber er war es jetzt. Nicht, weil ich es wollte. Sondern weil es so war. Und ich wusste nicht, was ich damit anfangen sollte. Ich hasste ihn für das, was er mir angetan hatte. Aber ich sah in seinen Augen, dass er sich selbst dafür noch viel mehr hasste. Ich konnte ihm nicht verzeihen. Noch nicht. Vielleicht nie ganz. Aber ich konnte anerkennen, dass er da war. Dass er sich gezeigt hatte, wo alle anderen weggesehen hatten. Vielleicht war das ein Anfang. Vielleicht auch nicht.

Aber es war mehr, als ich je von Raphael bekommen hatte.

Die Gedanken kamen und gingen. Schmerz. Wut. Mitleid. Verwirrung. Aber unter all dem lag ein einziger Gedanke, der sich ganz leise in mir festsetzte: „Ich bin noch hier." Und ich werde nicht wieder verschwinden. Ich versuchte es wirklich. Ich stand auf. Ich trank Kaffee. Ich ging arbeiten. Ich redete mit Clara, lachte über die Gäste, schrieb Listen, wischte Tische. Und innerlich war alles... unfertig. Es war nicht so, dass ich zusammenbrach. Ich funktionierte. Aber ich spürte, dass da etwas in mir war, das noch nicht entschieden hatte, ob es wieder vertrauen wollte – dem Leben. Den Menschen. Mir selbst. Ich dachte an Marco, wenn ich stillstand. Wenn ich das Licht ausschaltete. Wenn ich das Geschirr stapelte. Er war wie ein Echo. Ein dunkler Nachhall einer Wahrheit, die ich noch nicht greifen konnte.

David kam zwei Tage nach meiner Rückkehr ins Café. Nicht unangekündigt. Nicht aufdringlich. Einfach da. Er setzte sich an seinen üblichen Platz in der Ecke. Wartete, bis ich zu ihm kam. Sah mich an, ohne Druck.

„Du siehst müde aus", sagte er sanft. Ich zuckte mit den Schultern. „Ich bin müde." Er nickte. „Ich frag nicht, was los ist. Aber wenn du willst, dass ich verschwinde – sag's. Und wenn du willst, dass ich bleibe – dann sag nichts." Ich stand einfach da.

Hielt das Tablett fest. Atmete durch. Dann setzte ich mich zu ihm. Und sagte nichts.

Er lächelte.

Wir saßen einfach nur da. Still. Minutenlang. Und es war das erste Mal seit Tagen, dass ich nicht das Gefühl hatte, mich verteidigen zu müssen – gegen Erinnerungen, gegen Fragen, gegen mich selbst. Ich wusste nicht, ob ich ihm je alles erzählen konnte. Oder wollte. Aber ich wusste: Ich brauchte nicht zu erklären, um gesehen zu werden.

Und vielleicht... war das gerade genug.

Die Wochen vergingen. Langsam zuerst. Dann schneller, wie es immer ist, wenn die Tage wieder Struktur bekommen. Morgens Arbeit. Mittags Routine. Abends David – manchmal. Ich begann, wieder durchzuatmen. Nicht, weil alles gut war. Sondern weil das, was passiert war, nicht mehr alles war. Marco war verschwunden. Ich hörte nichts von ihm, sah nichts, spürte nichts. Und das Gefühl, beobachtet zu werden – dieses stetige, unterschwellige Kribbeln im Nacken – war seitdem nicht zurückgekehrt.

Es war vorbei.

Zumindest sah es so aus. Und ich wollte, dass es so blieb. David wurde zu einem Ruhepol. Nicht laut. Nicht besitzergreifend. Er war einfach da. Und seine Nähe fühlte sich mit jeder Woche ein bisschen leichter an. Ein bisschen mehr wie etwas, das ich vielleicht halten konnte, ohne dass es wehtat.

Es war ein ruhiger Nachmittag, als er plötzlich im Café auftauchte. Er trug ein helles Hemd, die Sonnenbrille noch im Haar, und dieses verschmitzte Lächeln, das immer etwas Unausgesprochenes ankündigte.

„Hast du eigentlich schon mal eine Vernissage besucht?", fragte er, kaum dass er sich zu mir an den Tresen gesetzt hatte. Ich legte die Serviette aus der Hand.

„Du meinst so ein Kunst-Ding mit Champagner und zu vielen Menschen?"

„Genau das." Er grinste. „Meine Tante veranstaltet eine. Und ich habe nicht den Mumm, ihr allein unter die Augen zu treten. Sie ist... sagen wir mal... dominant."

Ich zog eine Braue hoch. „Und ich soll deine Schutzschild-Funktion übernehmen?"

„Das und mehr", sagte er. „Du wärst die einzige Person dort, bei der ich mich nicht wie ein fehl am Platz wirkender Schuljunge fühle."

Ich lachte. Zum ersten Mal seit Tagen laut. Und es fühlte sich gut an. „Wann ist es?", fragte ich.

„Freitagabend. Etwas schick, aber nicht steif. Ich hol dich ab, wenn du willst."

Ich nickte, ohne lange nachzudenken. Und während er noch irgendetwas über Kunst, peinliche Verwandtschaften und den besten Wein der Ausstellung erzählte, dachte ich nur: Vielleicht wird es wirklich leichter?

Ich konnte mich nicht erinnern, wann ich mich das letzte Mal so... nervös gefühlt hatte. Nicht ängstlich. Nicht unsicher. Sondern einfach aufgeregt. So, wie man es ist, wenn etwas passieren könnte. Ich stand im Schlafzimmer und betrachtete mich im Spiegel. Das Kleid war schlicht – und gleichzeitig gewagt. Schwarz, bodenlang, mit einem Rückenausschnitt, der fast gefährlich war. Es schmiegte sich an meinen Körper, betonte jede Linie, jede Kurve. Ich hatte lange gezögert, ob ich es wirklich anziehen sollte. Aber irgendwann dachte ich: Warum nicht? Heute Abend war keine Flucht geplant. Kein Schatten, kein Marco, kein Apollo.

Nur David. Und ich.

Ich hatte mein Haar hochgesteckt – locker, nicht zu gewollt. Make-up dezent. Ein Hauch von

Eleganz. Nicht um jemandem zu gefallen – sondern um mir selbst zu zeigen, dass ich es noch konnte.

Es klopfte an der Tür. Mein Herz machte einen Sprung. Ich atmete tief durch, griff nach meiner Clutch und ging zur Tür. Als ich öffnete, verschlug es mir für einen Moment die Sprache. David stand da – in einem perfekt sitzenden Anzug, weißes Hemd, schmaler schwarzer Schlips. Sein Haar war zurückgestrichen, und auf einmal wirkte er nicht mehr wie der sanfte Künstler aus dem Café, sondern wie jemand, der in anderen Kreisen zu Hause war.

„Wow", flüsterte ich. Mehr brachte ich nicht raus. Er lächelte, trat einen Schritt näher.

„Ich könnte dasselbe sagen", sagte er. „Du siehst... wunderschön aus." Ich errötete. Und das war selten geworden. Er reichte mir galant den Arm. „Darf ich Sie begleiten, Miss Márquez?"

Ich lachte leise. „So förmlich heute?"

„Warte's ab", grinste er. „Der Abend fängt erst an." Draußen wartete ein Wagen. Kein Taxi. Kein gewöhnlicher Mittelklassewagen. Ein Aston Martin. Ich blieb kurz stehen. „Das ist dein Auto?", fragte ich ungläubig. „Ein Erbstück von meinem Onkel", sagte er trocken. „Ich benutze ihn selten. Aber heute dachte ich – Stil muss sein." Er ging ums Auto herum und öffnete mir die Tür.

Ich stieg ein, noch immer leicht verwirrt – und ein wenig fasziniert. Die Fahrt begann ruhig. Ich dachte, wir würden in die Stadt fahren. Aber die Straßen führten uns weiter hinaus. An Parks vorbei. An Villen. An den Rand von Marbella.

„Wo findet das Ganze eigentlich statt?", fragte ich. „Ein Freund meiner Tante hat sein Anwesen zur Verfügung gestellt", sagte David. „Großzügiger Kerl. Künstlerfreund. Sehr diskret." Ich nickte, sah aus dem Fenster. Und dann tauchte das Gebäude auf. Ein herrschaftliches Anwesen, alt, aber restauriert. Weinranken an den Fassaden, große Fenster, beleuchtet. Vor dem Eingang parkten schon Dutzende Fahrzeuge. Ich sog leise die Luft ein.

„Wow...", flüsterte ich. David warf mir einen Blick zu. „Nicht einschüchtern lassen." „Ich wollte gerade sagen, dass ich beeindruckt bin", erwiderte ich. „Die Location ist... ein Kunstwerk für sich." Er lächelte. „Das dachte ich mir." Doch in meinem Inneren stieg ein anderer Gedanke auf. Etwas ganz leises. Ganz plötzlicher Stich: Apollo hätte hier reingepasst. Ich schluckte den Namen runter. Vergrub ihn. Nicht jetzt. Nicht heute. David hielt vor dem Eingang. Ein Mitarbeiter in schwarzer Uniform öffnete die Tür. David ging ums Auto herum, reichte mir die Hand, half mir beim Aussteigen. Dann übergab er die Schlüssel – ganz selbstverständlich. Und wir traten gemeinsam durch die Flügeltür in das Herz dieser Nacht.

Es fühlte sich an, als würde ich in eine andere Welt treten. Samt, Glas, Gold. Warme Beleuchtung, gedämpfte Stimmen, feine Musik, die irgendwo zwischen Jazz und Klassik schwebte. Menschen flanierten durch die Räume, hielten sich an Gläsern fest, lachten zu leise und taxierten einander mit diesen Blicken, die mehr sagten als jedes Gespräch. Ich wusste sofort: Hier waren Menschen mit Einfluss. Viel Einfluss. David schien das zu spüren. Er rückte näher an mich heran. Nicht aufdringlich – mehr wie jemand, der wusste, dass diese Räume nicht nur aus Wänden, sondern auch aus unausgesprochenen Regeln bestanden.

„Ist es okay für dich?", fragte er leise. „Oder zu viel?" Ich atmete einmal tief ein und schüttelte den Kopf. „Alles gut. Nur... interessant." Er grinste.

„Das ist Diplomatensprache für: ‚Ich würde jetzt lieber Pizza essen, aber ich tu so, als wär's okay.'"

Ich lachte kurz. „Vielleicht." Ein Kellner kam vorbei, elegant wie ein Balletttänzer und reichte uns zwei Gläser Prosecco. David nahm sie, reichte mir eines, prostete mir zu.

„Auf den Abend." Ich nickte. „Auf den Abend." Wir gingen durch die Räume. Die Wände waren voll von Gemälden – moderne Kunst, Skulpturen, Fotografien. Aber das Gebäude selbst war das eigentlich Beeindruckende: alte Deckenmalereien, Marmorböden, Fenster, die Geschichten zu erzählen schienen. „Das Gebäude ist ein Kunstwerk", murmelte ich mehr zu mir selbst. David hörte es trotzdem. „Genau das sagt meine Tante auch jedes Mal, wenn sie es nutzt. Ich glaube, sie liebt den Ort fast mehr als die Kunst, die sie ausstellt." Ich drehte mich zu ihm. „Wo ist sie eigentlich?" Er sah sich kurz um, dann deutete in Richtung einer opulenten Doppeltür, durch die gerade eine Gruppe Menschen trat – in deren Mitte eine Frau um die sechzig, mit silbernem Haar, rotem Lippenstift, und einer Präsenz, die den Raum für sich einnahm, ohne ein einziges Wort sagen zu müssen.

„Dort. Das ist sie." Ich hob die Brauen. „Sie sieht aus wie jemand, der den französischen Präsidenten duzt." David verzog das Gesicht leicht. „Ich fürchte... das ist keine Übertreibung."

„Willst du wirklich, dass ich da mit dir hingehe?", fragte ich zögerlich. Er nickte.

„Wenn ich's allein mache, hält sie mir eine zwanzigminütige Rede über mangelndes Stilgefühl. Wenn du dabei bist, fängt sie an, sich für deinen Hintergrund zu interessieren – und ich kann in der Zeit einen Drink holen."

„Sehr charmant", murmelte ich. Aber ich war neugierig. Als wir uns ihr näherten, drehte sich die Frau zu uns um. Ihre Augen – eisgrau, wach, prüfend – scannten mich in Sekunden. Dann lächelte sie.

„David", sagte sie, umarmte ihn flüchtig, kaum berührend. „Und das muss deine Begleitung sein." Ich streckte die Hand aus. „Lia Márquez."

„Madame Colette Marceau", sagte sie, nahm meine Hand. Ein kurzer, fester Händedruck. Dann ein Nicken, das alles bedeutete: Zustimmung, Einordnung, Registrierung. „Sehr erfreut", sagte sie. „Du hast ein gutes Auge, David." David schmunzelte verlegen. „Ich weiß."

„Ich hoffe, der Abend gefällt Ihnen, Lia?", fragte sie mich. Ich nickte. „Sehr. Das Ambiente ist beeindruckend."

„Der Ort trägt die Energie seiner Zeit in sich. Wenn man leise genug ist, hört man sie noch." Ich wusste nicht, ob sie das ernst meinte oder poetisch wirkte – aber irgendetwas an ihr war faszinierend.

„Wird heute auch verkauft oder nur gezeigt?", fragte ich. Smalltalk, wie ich ihn von früher kannte. „Beides", sagte sie.

„Aber die wahren Deals werden immer dort gemacht, wo man nichts sieht."

Ich lächelte höflich. Und in meinem Inneren flackerte ein Bild auf: Apollo, in einem ähnlichen

Raum, mit denselben Menschen, aber ganz anderer Absicht. Ich zwang mich, zu atmen. Nicht jetzt.

Nachdem wir uns von Davids Tante verabschiedet hatten, zogen wir weiter durch die Räume. Ich spürte, wie sich die Anspannung langsam legte. Vielleicht, weil ich David vertraute. Vielleicht, weil der Abend eine Leichtigkeit hatte, die ich lange nicht gespürt hatte. Vielleicht... weil ich zum ersten Mal seit langer Zeit das Gefühl hatte, nicht ständig auf eine Explosion vorbereitet sein zu müssen. Wir tranken noch ein Glas, sahen uns ein paar Werke an – ich mochte vor allem eine Fotografie eines alten, heruntergekommenen Treppenhauses. Verlassen, grau, von der Zeit gezeichnet. Aber in der Mitte: ein Lichtstrahl. Ganz dünn. Ganz hell.

„Das bist du", sagte David plötzlich. Ich sah ihn fragend an. „Der Lichtstrahl", erklärte er.

„Du bist nicht das Dunkle. Du bist das, was es durchdringt." Ich schluckte. Wusste nicht, ob ich lächeln oder weinen sollte. Also tat ich keins von beidem. Es war kurz darauf, als es passierte.

Ich drehte mich zu einer Skulptur um – eine abstrakte, zerklüftete Form aus Glas und Stahl – und da war er.

Aiden.

Ich erkannte ihn sofort, noch bevor mein Verstand es verarbeiten konnte. Er stand ein paar Meter entfernt, in einem Gespräch verwickelt, aber sein Blick war nicht dort, wo sein Gesprächspartner war. Er war bei mir. Seine Haltung veränderte sich, kaum merklich – aber ich sah es. Er hatte mich gesehen. Und er hatte nicht damit gerechnet. Ich fror. Nicht äußerlich. Aber innerlich erstarrte alles. David redete neben mir weiter, aber ich hörte ihn nicht mehr. Nicht wirklich. Ich zwang mich, weiterzugehen. Drehte den Kopf weg. Atmete. Nicht jetzt. Nicht wieder. Doch mein Herz schlug schneller. Nicht vor Angst. Vor... irgendetwas anderem. Er war hier. Aiden war hier. Was bedeutete das? War er allein? Waren sie alle hier? Ich versuchte, ruhig zu bleiben. David bemerkte es.

„Alles okay?", fragte er leise. Ich nickte.

„Ich... glaube, ich habe jemanden gesehen, den ich nicht erwartet habe."

„Ein Ex?", fragte er vorsichtig, aber mit einem Lächeln, das mich nicht unter Druck setzte. Ich lächelte gequält.

„So was in der Art." Er sagte nichts weiter. Nur: „Wenn du gehen willst – sag's. Ich fahr dich sofort nach Hause." Ich schüttelte den Kopf. Noch nicht. Ich musste wissen, ob ich es aushielt. Und ob er allein war. Ich hätte einfach weitergehen können.

So tun können, als hätte ich ihn nicht gesehen. Als gäbe es da keine Vergangenheit, die mich ansah, als wäre sie nie vergangen. Aber ich blieb stehen. Langsam drehte ich mich um. Nicht weil ich wollte. Sondern weil ich musste. Aiden stand nicht mehr allein. Aurel war bei ihm. Ich hatte ihn nicht kommen sehen. Aber das war typisch für Aurel. Er war der Schatten, der nie laut wurde – aber immer da war. Beide blickten mich an. Nicht feindselig. Nicht offen. Nur... abwartend. Mein Blick blieb an Aiden hängen. Ein Moment, ein Augenkontakt – und mein Körper wusste, was mein Verstand noch verdrängte. Dann trat David neben mich. Er folgte meinem Blick. „Die kennst du?", fragte er leise. Ich nickte nicht. Ich sprach nicht. Ich konnte nicht. David sah die beiden Männer und runzelte die Stirn.

„Warte...", murmelte er. „Das sind die Caelus-Brüder. Ihnen gehört dieses Anwesen. Sie sind Freunde meiner Tante. Ich habe sie nur einmal getroffen – auf einer ihrer Privatveranstaltungen. Das sind... ziemlich einflussreiche Leute."

Ich drehte mich mechanisch zu ihm. „Was?", flüsterte ich. Mir wurde schlagartig schwindelig. Die Luft schien dicker. Meine Knie gaben kurz nach. David fing mich auf.

„Lia? Was ist los?"

Aiden trat sofort vor. „Lyanna?", sagte er scharf, aber besorgt. Aurel war keine Sekunde später da. „Lyanna? Was ist passiert?"

David sah die beiden an, dann mich. Sein Blick war purer Schock. „Lyanna...?", wiederholte er.

„Sie heißt Lia?", fragte er leise, fast verletzlich. Ich konnte nichts sagen. Nur ein kaum sichtbares Nicken. Dann drehte ich mich langsam zu Aurel. „Ist er auch hier?", flüsterte ich. Aurel verstand sofort.

„Er ist geschäftlich noch unterwegs. Aber... er sollte jeden Moment eintreffen."

Mein Herz schlug gegen meine Rippen, als wollte es raus. Weglaufen. Aiden legte die Hand auf Davids Schulter.

„Wir müssen reden", sagte er ruhig, aber mit Nachdruck. „Im hinteren Bereich. Kommt mit." David blickte von einem zum anderen. Sein Griff um meine Taille blieb fest, aber behutsam.

„Was zum Teufel ist hier los?", murmelte er. Aber er folgte. Mit mir. Mit ihnen. Und plötzlich fühlte sich der edle Abend wie ein Minenfeld an – und ich stand mittendrin.

Der Weg durch die Flure fühlte sich an wie ein Tunnel. Alles verschwamm. Stimmen, Gesichter,

Kunst an den Wänden. Nur Davids Hand an meiner Taille war fest. Und Aidens Blick, der immer wieder zu mir wanderte – angespannt, wachsam. Aurel ging voraus. Er hatte nichts gesagt seit meiner Frage nach Apollo. Aber ich sah es in seinem Rücken: Er war bereit. Für was, wusste ich nicht. Wir betraten einen kleinen Nebenraum – edel, aber ruhig. Gedämpftes Licht, schlichte Ledersessel, ein Barwagen in der Ecke. Aurel schloss die Tür. Ich blieb stehen. Mitten im Raum. Nicht, weil ich wollte. Weil ich nicht mehr wusste, wohin. David war noch immer bei mir. Sein Blick flackerte zwischen mir und den Brüdern. Seine Stimme war leise, aber angespannt.

„Also... Lia. Wer ist Lyanna? Was ist das hier?" Ich drehte mich zu ihm. „Es ist... schwer zu erklären." Aiden trat vor.

„Sie war unter unserem Schutz", sagte er ruhig. „Lange Zeit. Sie hatte ihre Gründe, neu anzufangen."

David runzelte die Stirn. „Ihr kanntet sie? Aus Johannesburg?"

Aurel antwortete, bevor ich konnte. „Wir kannten sie gut. Sehr gut." David wich einen Schritt zurück. Nicht feindlich – aber verwirrt. Getroffen.

„Und warum hast du mir nie was gesagt?", fragte er mich. Ich spürte, wie mein Brustkorb sich verengte. „Weil ich einfach... atmen wollte", flüsterte ich. „Weil ich für einen Moment so tun wollte, als wäre ich jemand, der nicht aus Blut, Gewalt und Lügen besteht."

Stille. David atmete aus. Langsam. „Und wer ist er?", fragte er schließlich.

„Apollo? Einer von ihnen. Der, den ich nie vergessen konnte."

Aurel ging zur Bar, schenkte sich ein Glas Wasser ein, aber trank es nicht. Er sah mich an.

„Er weiß, dass du hier bist. Und er kommt. Heute Nacht." Ich schloss die Augen. Kurz. Nur ein Moment. Aber genug, um das Gewicht dieser Worte zu spüren. David setzte sich langsam auf einen der Sessel. Sein Blick ruhte auf mir. Nicht vorwurfsvoll – aber voller Fragen.

„Liebst du ihn noch?", fragte er leise. Die Frage traf mich wie eine Faust. Nicht, weil ich keine Antwort wusste. Sondern weil ich sie zu gut kannte. Ich zögerte. Nicht, um ihn zu schonen. Sondern, weil ich mir selbst nicht wehtun wollte.

„Ich weiß es nicht", sagte ich schließlich. „Es ist... kompliziert."

David nickte kaum merklich. Dann sah er zu Aiden. „Was ist das hier für ein Spiel? Ihr kommt aus dem Nichts, sprecht sie mit einem anderen Namen an, redet von Vergangenheit, Schutz. Aber nichts ist konkret. Was wollt ihr von ihr?"

Aiden trat einen Schritt näher. Seine Stimme war ruhig, sachlich – aber unter jeder Silbe lag etwas, das schwerer wog als Worte.

„Wir wollten sie beschützen", sagte er. „Damals. Vor allem. Auch vor sich selbst. Aber... es ist schiefgelaufen."

„Das ist eine Untertreibung", murmelte ich.

Aurel trat hinzu. „Apollo war nie wie wir. Nicht ganz. Er hat sie geliebt. Auf eine Weise, die gefährlich wurde. Für sie. Für ihn."

David runzelte die Stirn. „Und deshalb hat er sie einfach... verlassen?"

Aiden schloss kurz die Augen. „Er hat sich selbst dafür gehasst. Aber er war überzeugt, dass seine Nähe sie zerstört. Also hat er sich zurückgezogen. Hat alles aus der Ferne beobachtet. Jeden Tag. Jeden Schritt. Aber nie... gehandelt."

Ich spürte, wie mir der Atem stockte. Ein Teil von mir wollte schreien. Ein anderer... wollte weinen.

„Er hätte mich fragen können", flüsterte ich. „Mir die Entscheidung überlassen."

Aurel nickte langsam. „Das hätte er. Aber Apollo glaubt nicht an Entscheidungen. Er glaubt an Schuld. Und an Kontrolle."

David lehnte sich zurück. „Und ihr? Glaubt ihr an zweite Chancen?"

Aiden sah mich an. Dann sagte er still: „Manchmal ist Liebe nicht gerecht. Aber sie ist... hartnäckig."

Es war nur ein Geräusch. Leise Schritte auf dem Marmorboden vor der Tür. Ein Flüstern. Ein Schatten. Aber mein Körper wusste es, noch bevor die Türklinke sich bewegte. Ich richtete mich auf. Spürte, wie meine Hände zitterten – nicht vor Angst. Sondern vor dem, was unausweichlich war. Die Tür öffnete sich langsam. Geräuschlos. Fast feierlich. Und dann stand er da.

Apollo. Dunkler Anzug. Offenes Hemd. Der Blick wie früher – aber leerer, müder, als hätte man ihm das Licht aus der Seele gezogen und er würde es niemandem zeigen wollen. Er sah mich. Nur mich. Nicht David. Nicht Aiden. Nicht Aurel. Nur mich. Und in diesem Moment war alles andere still. Ich hätte etwas sagen können. Ich hätte ihn anschreien können. Weinen. Fliehen. Fragen. Aber ich stand nur da. Und er auch. Sekunden vergingen. Eine Ewigkeit. Oder ein Wimpernschlag. Dann atmete er ein – tief, langsam, als hätte er vergessen, wie das geht.

„Lyanna", sagte er.

Nur meinen Namen. Aber in seiner Stimme lagen tausend Sätze, die er nie gesagt hatte. Ich wusste nicht, ob ich ihm glauben konnte. Ob ich ihm verzeihen wollte. Ob ich ihn noch liebte. Aber ich wusste, dass das hier der Anfang von etwas war. Etwas Echtem. Oder etwas Endgültigem. Ich konnte ihn nicht ansehen. Und ich konnte auch nicht wegsehen. Sein Blick hielt mich wie ein Stromschlag. Ich fühlte ihn in jeder Zelle, als hätte mein Körper sich daran erinnert, wohin er gehörte - obwohl mein Verstand laut dagegen anschrie.

Apollo. Alles an ihm war wie früher. Und doch ganz anders. Härter. Leer. Zerfurcht von etwas, das ich nicht sehen konnte – aber spürte. Unsere Augen waren verbunden, und in mir tobte ein Sturm. Bilder rauschten durch meinen Kopf: Die Nacht im Krankenhaus. Die Wärme seiner Nähe. Sein Schweigen. Sein Verschwinden. Mein Schmerz. Meine Wut. Meine Hoffnung. Zu viel. Ich spürte, wie mein Körper zitterte. Wie sich meine Schultern verkrampften, meine Kehle zuschnürte.

„Warum...", setzte ich an – aber kein Ton kam heraus. Tränen stiegen auf, und ich konnte nichts dagegen tun. Nicht jetzt. Nicht hier. Ein Schluchzen bahnte sich den Weg – roh, ungeschützt, echt. Ich hielt mir die Hand vor den Mund und stolperte rückwärts.

„Lyanna", hörte ich Aiden. Oder war es David? Ich wusste es nicht. Ich drehte mich um. Lief los. Nicht durch den Haupteingang. Nicht dorthin, wo alle sehen konnten, wie ich zerfiel. Ich riss die Tür zum Hinterflur auf. Dann weiter. Immer weiter. Bis ich den kalten Luftzug spürte, der mich wie ein Schlag traf. Und erst draußen, als die Nacht mich umschloss, ließ ich los. Ich brach zusammen.

Kauerte mich an die Wand. Und weinte.

Endlich.

David

Ich hatte es gesehen, lange bevor es passierte. Den Blick zwischen ihnen. Die Verbindung. Die Geschichte, die zwischen den beiden Bände sprach, während kein einziges Wort fiel. Ich wusste, ich hatte nie eine Chance. Nicht gegen sowas. Nicht gegen ihn. Und trotzdem konnte ich nicht einfach dastehen. Als sie weglief, spürte ich etwas in mir zerreißen. Nicht aus Eifersucht. Sondern aus dem Wissen, dass ich sie vielleicht nie ganz erreicht hatte. Ich sah zu ihm. Apollo stand wie versteinert. Aber in seinen Augen lag ein Schmerz, der mich traf, weil ich ihn kannte.

Sehnsucht. Verlust. Reue.

Unsere Blicke trafen sich. Ein stummes Verständnis. Ein stiller Krieg. Dann wandte ich mich ab und ging. Nicht, weil ich gewinnen wollte. Sondern, weil ich sie nicht allein lassen konnte mit etwas, was sie fast zerbrochen hätte.

Lyanna / Lia

Ich weiß nicht, wie lange ich schon draußen war. Die Luft war kühl, aber ich fühlte nichts. Ich saß am Rand der steinernen Treppe, die Hände um meine Knie geschlungen, mein Gesicht nass, meine Gedanken ein einziges Durcheinander. Ich hasste es, wenn Gefühle wie Sturmfluten kamen. Weil ich nie wusste, was sie mit sich forttrugen. Ich hörte Schritte. Langsam. Bedacht. Ich hob den Kopf nicht, aber ich wusste, wer es war.

David. Er sagte nichts, als er sich neben mich setzte. Kein fragendes „Was war das?" Kein „Willst du reden?" Er saß einfach da. Nähe. Ich atmete flach. Zu viele Gedanken. Zu wenig Ordnung.

„Tut mir leid", flüsterte ich schließlich. David sah geradeaus. „Wofür?" Ich zuckte mit den Schultern. „Für alles." Er nickte. „Okay." Nur das. Okay. Keine Forderung. Kein Trost, der nach Antworten verlangte. Ich wagte es, ihn kurz anzusehen. Sein Blick war offen. Verletzt vielleicht – ja. Aber nicht vorwurfsvoll. Nur... da.

„Ich habe Dinge erlebt, die ich nicht so einfach abschütteln kann", sagte ich nach einer Weile.

„Und manche Menschen lassen dich nie ganz los –
auch wenn du sie längst gehen lassen wolltest."

Er nickte langsam. „Und du musst mir nichts
erklären. Nicht heute."

Ich atmete tief ein. „Danke." Wieder Stille.
Diesmal tröstlich.

Dann sagte er leise: „Ich weiß nicht, was
zwischen euch war. Aber ich hab's gesehen. Und
ich werde nicht so tun, als wäre das nichts."

Ich wollte etwas erwidern, aber mir fehlten die
Worte. Er sah mich an. „Aber ich geh nicht einfach.
Nicht, solange du da bist."

David saß noch immer schweigend neben mir,
als er sich schließlich leicht zu mir drehte. „Willst
du bleiben?", fragte er ruhig. „Oder fahren?"

Ich zögerte. Nicht, weil ich überlegte. Sondern
weil mein Körper immer noch im Schockmodus
war. Aber die Antwort war klar. Glasklar. „Ich will
weg von hier", flüsterte ich. „Bitte."

Er nickte. Nicht überrascht. Nicht enttäuscht.
„Gut", sagte er einfach. Und stand auf. Er reichte
mir die Hand, und ich nahm sie. Ich hatte keine
Kraft mehr. Gemeinsam gingen wir zurück.

Nicht durch den Haupteingang, sondern durch
den schmalen Flur, den wir vorher genommen

hatten. Ich sah mich um, fast automatisch – als würde mein Unterbewusstsein nach ihnen suchen.

Nach Aurel. Nach Aiden. Nach ihm.

Aber sie waren nicht mehr da. Der Raum, in dem wir gesprochen hatten, war leer. Nur zwei Gläser auf dem Tisch und ein Schatten auf dem Boden, der von einer Tischlampe kam. Kein Apollo. Kein Wort. Kein Abschied. Wir gingen schweigend weiter. Durch das große Foyer. An Menschen vorbei, die zu sehr mit sich selbst beschäftigt waren, um uns zu bemerken.

Draußen übernahm ein junger Mann wortlos den Wagen. Wenige Minuten später fuhr der Aston Martin vor. David öffnete mir die Tür. Ich stieg ein. Er setzte sich ans Steuer. Der Motor sprang leise an, und wir fuhren los. Ohne ein Wort. Ohne Blick zurück.

Die Fahrt war still gewesen. Kein Wort. Keine Musik. Nur das gleichmäßige Brummen des Motors und die Gedanken, die in meinem Kopf so laut waren, dass sie fast körperlich wehtaten. David hatte mich nicht gedrängt. Nicht gefragt. Einfach gefahren. Er parkte vor meinem Haus, ließ den Motor laufen. Dann drehte er sich langsam zu mir.

„Wie soll ich dich eigentlich nennen?", fragte er leise. „Lyanna... oder Lia?"

Ich starrte geradeaus. Dann wandte ich mich ihm zu. Ein müdes Lächeln zuckte über meine Lippen. „Ich weiß es selbst nicht." Er nickte.

„Willst du, dass ich mit hochkomme?" Ich schüttelte den Kopf. „Nicht heute. Ich bin... einfach müde." Er sagte nichts. Verstand es. Ich beugte mich vor, küsste ihn leicht auf die Wange. Ein Hauch. Ein Zeichen. Nicht von Nähe. Sondern von Dankbarkeit. Dann stieg ich aus. Ohne mich umzudrehen. Ohne ein weiteres Wort Ich hörte den Motor noch, bis die Haustür hinter mir ins Schloss fiel. Dann stieg ich die Treppe hinauf. Langsam. Jeder Schritt schwerer als der letzte. Ich schloss meine Wohnung auf, tastete nach dem Lichtschalter. Und in dem Moment, in dem die Tür hinter mir zufiel – zerbrach ich.

Ich sank zu Boden. Knie, Hände, Stirn gegen den kalten Flur. Und ich weinte. Leise. Heftig, weil all das einfach zu viel war. Zu nah. Zu spät. Und zu tief.

Ich lag auf dem kalten Boden, das Gesicht in den Armen vergraben, der Atem stoßweise, die Schultern bebend. Und das Einzige, was ich in meinem Inneren hören konnte, war sein Name.

Apollo. Er hatte kaum etwas gesagt. Nur meinen Namen. Und doch war es, als hätte dieses eine Wort alles eingerissen, was ich mir mühsam wieder aufgebaut hatte. Ich hatte geglaubt, ich hätte es geschafft. Dass ich wieder laufen konnte. Atmen. Fühlen. Und dann stand er da. Ein Blick - und alles fiel. Ich erinnerte mich an den Moment, als sich unsere Blicke trafen. Wie sein Schmerz in meine Brust kroch, als hätte er mich nie verlassen. Ich erinnerte mich an das Zittern in seiner Stimme. An dieses eine Wort: „Lyanna." Nicht kalt. Nicht leer. Sondern wie ein Gebet, das man zu lange in sich behalten hat. Ich presste die Hände auf mein Gesicht.

„Warum jetzt?", flüsterte ich. „Warum nicht früher? Warum überhaupt...?" Aber es gab keine Antwort. Nur diese verdammte Sehnsucht, die mir das Herz aus der Brust reißen wollte. Dieses Verlangen, ihm alles an den Kopf zu werfen – und gleichzeitig in seine Arme zu fallen. Ihn zu verfluchen. Ihn zu küssen. Alles zugleich. Ich konnte nicht mehr klar denken. Meine Gedanken stolperten übereinander. Meine Gefühle explodierten in mir wie Glassplitter. Ich hatte ihn geliebt. Vielleicht liebte ich ihn noch. Vielleicht würde ich ihn immer lieben. Und genau das war das Problem. Ich lag da, und mein Innerstes schrie nach ihm – während mein Verstand darum bettelte, endlich frei zu sein. Und ich wusste: So einfach wird das nicht. Nicht mit ihm. Nicht mit mir. Nicht mit dieser Geschichte.

Apollo

Ich hatte ihren Namen gesagt. Nur das eine Wort, das mir seit Monaten auf der Zunge lag, wie ein Messer, das ich nie wagte zu ziehen.

„Lyanna."

Und sie war gegangen. Nicht wie jemand, dem alles gleichgültig war. Sondern wie jemand, der alles auf einmal fühlte – und daran zerbrach. Ich hätte ihr folgen können. Ich hätte ihr folgen können. Sie aufhalten. Aber ich stand da – versteinert. Gefesselt von meinem eigenen Zweifel. Was hätte ich sagen sollen? Dass ich sie vermisst hatte? Dass ich sie geliebt habe – liebe – immer lieben werde? Dass ich sie nie besucht habe, weil ich Angst hatte, sie würde beim Anblick meines Gesichts vollends aufgeben? Dass ich jeden verdammten Tag Nachrichten von Aurel bekommen habe, jede Entwicklung, jeden Atemzug von ihr – und es mir trotzdem nicht erlaubt habe, den Raum zu betreten? Ich stand da, während ihr Rücken langsam aus meinem Blickfeld verschwand. Dann sah ich ihn – David. Sein Blick traf meinen. Und alles, was ich nie aussprach, lag in diesem einen Moment zwischen uns.

Er hatte es gesehen. Gefühlt. Er sah mich an, als hätte er endlich verstanden, warum zwischen ihm und Lyanna eine Lücke war, die er nicht füllen konnte. Und dann ging er. Ihr hinterher. Und ich? Ich stand da. Und wusste, dass ich erneut zu spät war.

Ich blieb lange in der Tür stehen. Das Glas in meiner Hand – unberührt. Der Raum – leer. Der Moment – vorbei. Aurel hatte nichts gesagt. Aiden auch nicht. Sie wussten, dass ich keine Erklärungen wollte - oder geben konnte. Irgendwann hörte ich sie leise gehen. Eine Tür. Schritte. Dann nur noch Stille. Und ich blieb zurück. Mit ihrem Namen in meiner Kehle. Und der Gewissheit, dass ich wieder einmal genau das zerstört hatte, was ich hätte halten sollen. Ich drehte mich langsam um und ging los.

Ziellos. Nur raus aus dem Raum, raus aus der Luft, die nach ihr roch. Der Flur war lang, gedämpft beleuchtet, und jeder Schritt hallte leiser, als er sich anfühlte. Ich wanderte durch das Gebäude. Zuerst schnell, dann langsamer. Meine Hände in den Taschen. Die Schultern verspannt.

Der Kopf? ... ein einziges Chaos.

Ich erinnerte mich an das erste Mal, als ich sie gesehen hatte. Vor diesem Club. Verloren. Feinfühlig. Nicht gemacht für unsere Welt. Und trotzdem... war sie das Einzige gewesen, was sich je richtig angefühlt hatte. Vor mir ein Gemälde: Farbflecken, Pinselstriche, eine einzige Explosion. Ich verstand nichts von Kunst. Aber das hier – das war ich. Ungeordnet. Zerrissen. Falsch zusammengesetzt. Ich dachte an ihre Tränen. An das Geräusch, das sie gemacht hatte, als sie sich umdrehte. Kein Wutlaut. Kein Vorwurf. Es war... Schmerz. Ein Schmerz, den ich verursacht hatte. Weil ich glaubte, sie schützen zu müssen. Weil ich nicht mutig genug war, ihr die Wahrheit zu geben: Dass ich sie liebe, und dass ich Angst davor habe. Ich presste die Hände gegen die Wand, lehnte die Stirn dagegen. Kalt. Hart. Wie ich selbst. Aber sie hatte mich gesehen. Nicht so, wie ich mich zeigte. Sondern wie ich wirklich war. Und das machte es so unerträglich.

Ich betrat die menschenleere Terrasse. Nur ein paar Gläser auf den Tischen. Weit weg vom Trubel, der drinnen wie ein Echo vibrierte. Ich zündete mir eine Zigarette an, auch wenn ich selten rauchte. Manchmal brauchte man etwas, das langsamer verglühte als man selbst. Der Rauch kringelte sich nach oben, verlor sich im Dunkel der Nacht. Kühl. Beruhigend. Ich trat an das Geländer. Lehnte mich leicht vor. Der Blick fiel nach unten, an die Auffahrt, wo Autos parkten und einer davon...

Da waren sie. Lyanna. Und er. David. Sie standen nebeneinander - nicht eng, nicht vertraut. Aber in ihrer Haltung lag etwas, das mir die Kehle zuschnürte. Sie redete nicht. Er auch nicht. Dann drehte sie sich zu ihm, Stiegen ins Auto und fuhren davon. Und ich blieb oben – unsichtbar, mit der Zigarette zwischen den Fingern und dem brennenden Impuls, ihr einfach hinterherzulaufen. Sie zurückzuholen. Zu reden. Zu erklären. Zu...

Aber ich rührte mich nicht. Ich konnte es nicht. Nicht heute. Nicht so. Denn selbst wenn ich sie liebte – vielleicht war ich genau das, wovor sie sich retten musste. Ich drückte die Zigarette aus, legte sie in den Aschenbecher, und trat zurück in die Dunkelheit. Ich hatte nicht damit gerechnet, dass er auf mich wartete. Aber da stand er - Aurel. Wie immer in dunkler Kleidung, die Arme verschränkt, mit diesem Blick, der kaum sprach, aber alles verriet.

„Also...", sagte er ruhig. „War das der große Plan?" Ich blieb stehen. Schweigend. Wartete, bis er weitersprach.

„Sie zu beobachten. Dann aufzutauchen wie ein Geist. Sie aus der Fassung bringen – und wieder verschwinden?"

Ich antwortete nicht. Weil ich wusste, dass jede Antwort eine Lüge gewesen wäre. Aurel seufzte leise und machte einen Schritt auf mich zu.

„Du hast sie zerlegt, Apollo. Ohne ein Wort. Nur mit einem Blick."

Ich presste die Lippen zusammen. Der Rauch in meiner Kehle war längst verschwunden – aber der Druck blieb.

„Was willst du hören, Aurel?", murmelte ich. „Dass ich's vermasselt hab? Dass ich sie nie loslassen konnte? Dass ich jede verdammte Nacht wach lag und gehofft habe, sie würde mich hassen – weil Hass leichter zu ertragen ist als das hier?"

Aurel sah mich an, als hätte ich ihm gerade etwas offenbart, was er längst wusste.

„Ich will gar nichts hören", sagte er. „Ich will nur, dass du endlich aufhörst, so zu tun, als wärst du der Einzige mit Narben."

Ich sah ihn an. Hart. Abwehrbereit. „Und du?", fauchte ich. „Du hast alles mitgetragen. Alles abgesegnet. Du warst genauso ruhig wie ich!"

„Ich war nie der, der sie geliebt hat, Bruder." Seine Stimme war ruhig. Aber sie schnitt.

„Das warst du. Und du warst auch derjenige, der sie in der dunkelsten Phase ihres Lebens allein gelassen hat."

Ich wollte etwas sagen. Etwas Scharfes. Etwas, das mir Kontrolle zurückgibt. Aber es kam nichts. Einfach nichts. Und Aurel, der mich ansah, als wäre ich gerade kleiner geworden. Ich senkte den

Blick. Nicht weil ich ihm recht geben wollte – sondern weil ich wusste, dass jedes weitere Wort von mir nur eine Rechtfertigung wäre. Und Rechtfertigungen hatten Lyanna nie geschützt. Aurel trat näher. Nicht konfrontativ. Nicht aggressiv. Nur echt.

„Weißt du, was sie in den letzten Monaten durchgemacht hat?", fragte er. Ich nickte stumm.

„Wirklich?", hakte er nach. „Weißt du, was es bedeutet, wenn ein Mensch jeden Tag neu entscheiden muss, ob er leben will – nur weil der eine Mensch, der ihr Halt geben sollte, einfach nicht kommt?" Ich ballte die Fäuste. Nicht gegen ihn. Gegen mich selbst.

„Ich habe sie beobachtet, Apollo. Nicht nur durch die Sicherheitsberichte. Ich habe gesehen, wie sie sich wieder aufgebaut hat. Wie sie gelacht hat, obwohl ihr Inneres ein Trümmerfeld war." Er machte eine kurze Pause. „Und du? Du hast das alles gesehen – und bist trotzdem im Schatten geblieben. Weil du glaubst, du wärst Gift für sie."

Ich hob langsam den Kopf. Meine Stimme war leise. Fast rau. „Vielleicht bin ich das auch."

„Dann lass es sie verdammt nochmal selbst entscheiden!", knallte Aurel zurück. „Sie ist kein Mädchen mehr. Sie ist nicht eine Verlorene. Sie hat dich damals aus der Dunkelheit geholt. Sie ist dein

Licht. Deine Zukunft... Sie ist nicht irgendein Mädchen – sie ist deine Frau. Mit einer Geschichte. Und mit einem Herzen, das stärker schlägt als deins, Bruder."

Ich schluckte.

„Sie verdient eine Wahl", sagte Aurel dann ruhiger. „Und du musst dir verdammt sicher sein, ob du sie verlieren willst, ohne dass sie je sagen durfte, ob sie bleiben würde."

Ich sagte nichts. Nicht sofort. Die Worte stauten sich in mir, wie Wasser hinter einem alten Damm. Aurel stand noch immer ruhig da, die Arme locker verschränkt, die Stirn in feinen Falten. Er wartete nicht auf meine Reaktion. Er rechnete mit allem. Aber dann kam nur eine Frage. Leise. Ehrlich. Fast wie ein Gebet.

„Glaubst du... sie hasst mich?"

Aurel sah mich an. Und in seinen Augen lag kein Spott. Kein Zynismus. Nur... Menschlichkeit.

„Nein", sagte er. Ohne zu zögern. Aber bevor ich aufatmen konnte, fügte er hinzu: „Und genau das ist das Problem." Ich runzelte die Stirn.

„Sie hasst dich nicht, Apollo. Sie vermisst dich. Und das tut mehr weh, als jeder Hass es je könnte."

Ich schwieg. Er trat an mir vorbei. Blieb kurz stehen. Seine Stimme war ruhig, aber bestimmt.

„Du kannst jetzt wieder verschwinden. Oder du zeigst ihr, dass sie dir nicht egal ist. Aber was du nicht mehr tun kannst... ist gar nichts."

Dann ließ er mich stehen. Mit der Wahrheit. Mit mir selbst. Und mit einer Entscheidung, die ich viel zu lange vor mir hergeschoben hatte.

Aurel

Es war spät geworden. Der Konferenzraum wirkte wie eine verlassene Bühne nach dem letzten Akt. Gedimmtes Licht hing über dem Tisch, die Schatten zogen sich lang über den Boden – nur Aiden und ich waren noch da. Er saß schräg an der Sofalehne, den Kopf in den Nacken gelehnt, und spielte mit seinem Glas Wasser, als würde es gleich explodieren, wenn er es zu lange anstarrte.

„Weißt du", begann er leise, „es gab diesen Moment heute... als ich sie gesehen hab."

Seine Stimme war leise, kaum mehr als ein Murmeln. „Mein Körper war wie eingefroren. Als hätte sie... nicht hierhergehört. Nicht in unsere Welt. Nicht mehr."

Ich sagte nichts. Stand am Fenster, die Hände hinter dem Rücken verschränkt, den Blick auf die Einfahrt gerichtet, wo sie nur Stunden zuvor aus dem Auto gestiegen war – mit erhobenem Kopf, aber innerlich so zerbrechlich, dass ich sie am liebsten aufgefangen hätte.

„Sie war wirklich da", sagte Aiden leise. „Einfach so. Ohne Ankündigung. Ohne... ein einziges Wort."

Ich nickte. Nur leicht. Aber ich verstand ihn. Zu gut. „Ich hätte ihr den Kopf abreißen können", sagte ich schließlich. „So abzuhauen... ohne wenigstens mir Bescheid zu geben."

Aiden schnaubte. „Du hättest sie umarmt. Gib's zu."

Ich zuckte mit den Schultern. „Vielleicht. Und dann den Kopf abgerissen." Ich drehte mich zu ihm um. „Ich habe mich gefreut wie ein verdammter Schneekönig, Aiden. Aber dann hat sie uns angeschaut... als wären wir Geister. Als wäre alles, was war, nicht mehr real." Er schwieg. Ich fuhr fort, fast mehr zu mir selbst: „Ich frag mich manchmal, ob wir sie verändert haben. Ob das, was sie geworden ist, unser Werk war. Oder ob sie einfach nur... trotz uns überlebt hat."

Aiden trank. „Beides, vermutlich. Wir haben sie stärker gemacht. Aber auch zerrissen."

Ich nickte wieder. Das tat weh, weil es wahr war. „Und David?", fragte ich.

Aiden rollte die Augen. „David, der Künstler mit Gentleman-Allüren. Er passt nicht in unser Bild. Aber... er war echt. Und fehl am Platz. So wie wir früher."

Ich schnaubte. „Was für ein Fortschritt."

„Was für eine Tragödie", murmelte Aiden. Er ließ sich tiefer sinken. „Ich war... überfordert. Ich geb's zu. Ich habe sie nicht erwartet. Und schon gar nicht... mit ihm."

„Er hat gesehen, was zwischen ihr und Apollo ist", sagte ich. „Und das reicht. Mehr braucht er nicht zu wissen."

„Sie hat uns nicht mal die Chance gegeben, irgendwas zu sagen", warf Aiden ein. „Nicht mal ein Gespräch."

„Was hätte sie sagen sollen?", entgegnete ich. „Hey Jungs, ich bin nicht mehr im Koma, hab mich heimlich verpisst und ein neues Leben angefangen'?" Ich lachte bitter auf. „Ich hätte sie trotzdem umarmt. Und dann... ja, dann hätte ich ihr den Kopf abgerissen."

„Und Apollo?", fragte Aiden nach einer Pause.

Ich atmete tief durch. „Er ist nicht mehr derselbe."

„Sie auch nicht." Dann klopfte es. Ich wusste, wer es war, bevor er eintrat. Erol. Wie immer schwarz gekleidet. Wie immer zu ruhig, um harmlos zu sein. Er trat ein, ohne Umschweife.

„Wir haben was", sagte er. Ich richtete mich auf.

„Marco." Meine Sinne schärften sich sofort. Erol legte das Tablet auf den Tisch, aktivierte die Aufnahme. Marco. Vor einem Café. Unauffällig. Aber regelmäßig. Immer zur gleichen Zeit. „Zwei Sichtungen. Unterschiedliche Quellen. Unabhängig voneinander", erklärte Erol. „Seit mehreren Tagen."

„Und du kommst erst jetzt damit raus, weil...?", fragte ich mit schneidender Stimme.

„Weil ich sicher sein wollte", sagte er. „Jetzt sind wir es."

Ich trat näher, sah auf das Bild. Marco. Kapuzenjacke. Basecap. Fast anonym. Aber nicht genug.

„Er will gesehen werden", murmelte ich. „Vielleicht hofft er, dass sie kommt. Oder dass wir kommen."

„Hat Lyanna ihn gesehen?", fragte Aiden.

„Laut allem, was wir wissen – nein", antwortete Erol. Er klappte das Tablet zu. „Aber ich trau ihm zu, dass er genau das will."

Ich lehnte mich zurück. „Er hat uns einmal ausgetrickst. Nicht noch mal."

„Was machen wir, wenn wir ihn finden?", fragte Aiden. Die Ruhe in seiner Stimme täuschte. Ich kannte das Flackern dahinter. Ich sah ihn lange an.

„Dann stellen wir Fragen", sagte ich ruhig. „Und wenn die Antworten nicht passen... regelt sich der Rest von selbst. Sag den Jungs, sie sollen auf alles vorbereitet sein. Wenn Marco da ist... holen wir ihn uns."

Erol nickte. Verließ den Raum. Die Tür schloss sich lautlos. Und ich... ich setzte mich auf die Sesselkante. Lehnte die Ellbogen auf die Knie. Starrte ins Leere. Ich hatte sie nicht nur gesehen. Ich hatte sie gespürt. Schon bevor sie sich zu uns umgedreht hatte. Bevor sie mich erkannt hatte. Bevor sie... zerbrach. Und das war das Schlimmste. Sie spürt uns noch. Mich. Apollo. Aiden. Trotz allem.

Und vielleicht... war genau, dass der Grund, warum ich sie mehr denn je zurückholen wollte.

Der Morgen roch nach Spannung. Nach Planung. Nach Kontrolle. Aber auch... nach etwas anderem. Etwas, das ich nicht benennen konnte. Noch nicht. Es war kurz nach acht. Der Konferenzraum im sicheren Bereich unseres Anwesens war ruhig, aber geladen. Erol stand bereits vorn. Wie immer: perfekt vorbereitet. Unaufgeregt. Fokussiert. Neben ihm vier Männer aus unserem engsten Sicherheitsteam – alle loyal, trainiert, stumm.

Aiden saß neben mir, den Ellbogen aufgestützt, der Blick müde, aber wachsam. Ich hatte kaum geschlafen. Meine Gedanken waren nicht zur Ruhe gekommen. Nicht nach gestern. Nicht nach ihr.

Erol begann sachlich: „Marco wurde zuletzt gestern Abend gegen 18:45 Uhr gesichtet." Er klickte eine Aufnahme an – unscharf, aber deutlich genug. Marco. Vor dem Café. Wieder einmal. „Nur zehn Minuten. Drittes Mal in Folge, gleiche Uhrzeit. Wir vermuten, dass er auf jemanden wartet. Oder jemanden beobachtet."

Ich spürte, wie Aidens Blick zu mir wanderte. Ich sagte nichts. „Lyanna?", fragte er schließlich.

Erol zuckte kaum merklich mit den Schultern. „Unklar. Das Viertel ist beliebt, gut besucht. Aber es liegt zu nah an ihrer Arbeit, als dass wir es als Zufall betrachten könnten." Ein leises Knacken, als Erol die nächste Folie aufrief. Eine Karte. Markierungen. Klar. Präzise. Seine Handschrift.

„Drei Teams", erklärte er knapp. „Eins direkt vor dem Café. Eines deckt die Nebenstraße ab – Sicht auf beide Ausgänge. Drittes mobil im Viertel. Zugriff leise, schnell, präzise."

Ich nickte. Kurz. „Verstanden."

Aiden warf mir einen Seitenblick zu. Dann sagte er: „Wann?"

„Heute. 17 Uhr", antwortete Erol. „Wenn er das Muster beibehält."

Ich stand auf. Langsam. Aber mit dem Gewicht, das Worte wie ein Befehl brauchen. „Dann beenden wir das", sagte ich. Meine Stimme war ruhig, aber etwas daran brannte unter der Oberfläche. „Ich will Antworten. Und vielleicht... Gerechtigkeit."

Aber in Wahrheit wollte ich etwas anderes: Sicherheit. Für sie. Und ein Ende, das nicht wieder in Scherben lag.

Lyanna / Lia

Ich hatte die Nacht kaum geschlafen. Wälzte mich stundenlang, vergrub das Gesicht in Kissen – nur um festzustellen, dass Erinnerungen nicht ersticken. Apollo war wieder da. Ich hatte geahnt, gespürt – und doch traf es mich wie ein Betäubungsschlag. Nur ohne Narkose. Ich wusste nicht, wie ich am Morgen überhaupt aus dem Bett kam.

Aber ich tat es.

Weil es immer so war. Weil ich nicht anders konnte. Ich duschte, machte mir einen Kaffee, warf einen Blick in den Spiegel. Die Frau, die mir entgegentrat, war erschöpft – aber wach. Vielleicht zum ersten Mal seit Langem.

David wartete unten. Er hatte geschrieben, ob wir reden konnten. Ich hatte ja gesagt. Weil ich es ihm schuldete. Weil ich es mir selbst schuldete. Wir gingen ein Stück am Strand entlang. Schweigend. Dann blieb ich stehen.

„David… ich muss dir was sagen."

Er sah mich nur an. Keine Überraschung, kein Druck. „Ich habe dich nicht angelogen", begann ich ruhig. „Aber ich habe dir auch nicht alles erzählt."

„Ich hab's geahnt", sagte er leise.

Ich nickte. „Die Männer, die du gesehen hast... Aiden, Aurel, und... Apollo – sie sind Teil meiner Vergangenheit. Einer sehr dunklen. Und sie waren mehr als nur Bekannte."

David senkte den Blick. „Er war mehr als nur ein Ex, oder?" Ich schwieg. Dann sagte ich: „Ja."

„Und ich?", fragte er, kaum hörbar.

Ich trat näher zu ihm. „Ich mag dich. Sehr sogar. Und ich bin dir dankbar für alles, was du mir in den letzten Monaten gegeben hast. Du hast mich zum Lachen gebracht. Mir gezeigt, wie sich Frieden anfühlt." Er hob den Kopf. Unsere Blicke trafen sich. „Aber ein Teil von mir... ist noch nicht frei. Vielleicht wird er das nie sein."

David nickte langsam. Nicht bitter, nicht gekränkt – nur ehrlich. „Also ist da kein Platz für mich?"

Ich schüttelte den Kopf. „Doch. Aber nicht so, wie du ihn brauchst."

Er schwieg. Und das tat mehr weh als jeder Vorwurf. Ich holte tief Luft. „Ich will dir noch etwas zeigen. Es ist wichtig. Und du darfst Nein sagen, wenn du nicht willst."

„Was denn?", fragte er vorsichtig. „Ein Ort. Der mir keine Ruhe lässt." Die Fahrt dorthin verlief schweigend, aber nicht unangenehm.

Das Lagerhaus lag am Rand der Stadt. Verwildert. Verlassen. David parkte etwas abseits. Ich stieg aus, ging langsam über das trockene Gras. Die Luft roch nach Rost und Dreck. Und seltsam... auch nach Antworten. „Was ist das hier?", fragte David hinter mir.

Ich blieb stehen. „Ein Ort, an dem ich mich verloren habe." Er trat neben mich. „Willst du rein?" Ich nickte. „Nur kurz."

Drinnen war es kühl und dunkel. Nur ein paar Lichtstrahlen fielen durch die alten Fenster. Ich ging in die Ecke, wo damals die Matratze lag. Wo ich aufgewacht war. Ich hockte mich hin, zog einen Stift und einen Notizzettel aus meiner Tasche. Ich schrieb: Ich war hier. Ich bin bereit, dir zuzuhören. Aber kein Spiel mehr. Kein Versteck. Kein Gift. Ruf mich an. Ich faltete den Zettel, legte ihn auf einen rostigen Metallbalken und beschwerte ihn mit einem Stein. Dann stand ich auf. David sagte nichts. Aber ich spürte seine Gedanken. Als wir wieder draußen waren, blickte ich noch einmal zurück. Nur ein Ort. Aber für mich... ein ganzes Kapitel.

Ich hatte nicht wirklich damit gerechnet, dass er sich meldet. Dass er den Zettel findet. Dass er den Mut aufbringt, mich zu kontaktieren. Aber zwei Tage später, spät abends, kam ein Anruf von einer unbekannten Nummer. Ich starrte lange auf das Display, mein Herz pochte in einem irren Takt. Ich wusste, wer es war. Noch bevor ich abhob. Ich zögerte. Und nahm ab.

„Lyanna?" Seine Stimme war tiefer, rauer als in meiner Erinnerung. Aber es war eindeutig er. Marco. Ich sagte nichts. Nicht sofort. „Ich habe deinen Zettel gelesen", fuhr er fort. „Ich wusste nicht, ob ich's glauben soll. Aber... ich bin froh, dass du da warst."

Ich atmete leise aus. „Ich wollte dich nicht wiedersehen", flüsterte ich. „Und gleichzeitig... musste ich es versuchen." Stille am anderen Ende. Dann: „Darf ich dich sehen? Ich will nur... ein ehrliches Gespräch."

Ich schloss die Augen. Ein Teil von mir wollte Nein sagen. Wollte auflegen. Nie wieder öffnen, was so lange verschlossen war. Aber ich sagte: „Wann?"

„Morgen. 16 Uhr. Innenstadtcafé."

Ich nickte fast automatisch. „Ich bin da."

Am nächsten Tag kam ich zu früh. Natürlich. Ich war nervös, meine Hände zitterten, mein Magen rebellierte. Das Café war hell, freundlich, ein völlig normaler Ort – und vielleicht gerade deshalb surreal. Ich setzte mich ans Fenster, bestellte einen Tee, wartete. Und dann kam er. Marco. Kein Feind. Kein Retter. Nur ein Mann, dessen Gesicht meine Vergangenheit trug. Er trat langsam an den Tisch, fragte nicht, ob er sich setzen durfte. Er tat es einfach. Unsere Blicke trafen sich. Und da war kein Hass. Keine Wut. Nur Fragen. Und Müdigkeit.

„Danke, dass du gekommen bist", sagte er. Seine Stimme war ehrlich. Nicht kalkuliert. Nicht manipulativ.

Ich nickte. „Du hast früher nie auf eine Nachricht von mir reagiert."

„Weil ich dich nicht gefährden wollte", sagte er leise.

„Weil ich nicht wusste, was ich dir sagen soll …."

Ich schwieg. Er fuhr fort: „Ich weiß, ich war grausam. Damals im Krankenhaus. Aber ich wollte dich da rausholen. Ich wusste nicht, wie."

Ich sah ihn an. „Du hast mich betäubt. Du hast mich verschleppt."

„Ich weiß." Seine Stimme brach fast.

„Aber das war nicht der Plan. Ich wollte dich retten. Ich wollte... es wieder gutmachen."

Ich schüttelte den Kopf. „Man macht so etwas nicht gut, Marco. Man steht dazu. Und lebt mit den Konsequenzen."

Er nickte langsam. „Ich weiß. Und trotzdem... wollte ich dir sagen, dass ich es bereue. Alles. Weil du... meine Schwester bist."

Die Worte trafen mich, auch wenn ich sie längst gespürt hatte. Ich schluckte schwer. „Ich brauche Zeit."

„Ich weiß", sagte er.

Marco fuhr sich mit einer fahrigen Bewegung durch die Haare, seine Stimme brüchig. „Ich wusste es nicht, Lyanna. Wirklich nicht. Nicht damals. Ich dachte... du wärst nur ein Mittel zum Zweck. Eine Schwachstelle, mit der ich Apollo treffen konnte." Er schüttelte den Kopf. „Wenn ich gewusst hätte, dass du meine Schwester bist – ich hätte alles gestoppt. Ich hätte dich befreit. Verdammte Scheiße, ich hätte dich nie dagelassen."

Ich starrte ihn an. Keine Wut. Kein Zorn. Nur diese bittere, dumpfe Leere. „Und wann hast du es erfahren?"

„Wie ich es dir schon erzählt hatte. Erst vor ein paar Monaten", antwortete er leise. „Im Streit. Raphael hat es mir an den Kopf geworfen – wie eine dieser Wahrheiten, die alles zerstören sollen. Aber ich konnte es nicht glauben. Ich dachte, er lügt. Bis ich's überprüft habe. Bis ich... deine Akte fand. Die echten Daten. Die Verbindung." Er schluckte. „Noch nie habe ich mich so sehr gehasst wie in diesem Moment."

Ich schwieg. Die Vergangenheit rollte über mich wie eine Flutwelle. Die Zeit bei Raphael. Die Nächte in der Klinik. Die Schmerzen. Die Dunkelheit. Und mittendrin Marco – als Mittäter, nicht als Bruder. Ich versuchte mir vorzustellen, wie alles hätte sein können, wenn wir es damals schon gewusst hätten. Wenn er mich beschützt hätte. Wenn ich einen Bruder gehabt hätte in dieser Hölle.

„Weißt du, was das Schlimmste ist?" Meine Stimme war kaum mehr als ein Flüstern. „Ich habe mich so oft gefragt, warum du's getan hast. Warum du mich manchmal beschützt hast und wieder nicht. Und jetzt sitze ich hier – und erfahre, dass du es getan hättest. Wenn du es nur gewusst hättest."

Er schloss die Augen, atmete zittrig ein. „Ich werde dich nie wieder im Stich lassen, Lyanna. Nie wieder. Ich weiß, ich habe kein Recht mehr auf dich. Aber ich will da sein. Für dich. Als Bruder. Als Familie."

Ich ließ die Worte wirken. Sie hallten in mir nach – wie ein Echo durch einen langen, dunklen Tunnel.

„Raphael wusste es die ganze Zeit", sagte ich leise. „Er wusste es. Und er hat uns beide spielen lassen. Wie Figuren auf einem verdammten Schachbrett."

Marco nickte. Langsam. „Er hat dich benutzt. Und mich genauso. Er hat mich zu dem gemacht, was ich geworden bin. Und dich... zu seinem Besitz erklärt."

Ich schüttelte den Kopf. „Er hat uns beides genommen: die Wahrheit und die Zeit."

„Aber nicht alles", flüsterte Marco. „Noch ist nicht alles verloren."

Ich sah ihn an. Zum ersten Mal – wirklich. Und in seinen Augen war keine Strategie. Kein Plan. Nur Reue. Und ein letzter Funken Hoffnung. „Vielleicht", sagte ich leise, „haben wir wenigstens das noch: die Möglichkeit, neu anzufangen."

Erol

Seit einer Stunde hatte ich das Café im Blick. Diskrete Position. Seitenstraße. Perfekte Übersicht. Marco war pünktlich gewesen – wie erwartet. Allein. Keine Begleiter, keine sichtbare Absicherung.

Ich hatte die Anweisung: Zugriff – lebend, wenn möglich. Tot, wenn nötig. Kein Problem für mich. Ich hatte Schlimmeres gesehen. Schlimmeres getan. Und dann... trat sie ins Bild. Ich bemerkte sie erst, als sich Marco ihr gegenübersetzte. Schlicht gekleidet. Kaum geschminkt. Die Haare locker. Der Blick – vorsichtig, aber aufrecht. Ich griff automatisch zum Fernglas. Scharfstellung. Vergrößerung.

Lyanna.

Mein Herz setzte aus. Für exakt einen Moment. Dann funktionierte ich wieder. Tablet – Kamera live. Zoom. Bestätigt.

Scheiße.

Was zur Hölle tat sie da? Ich zwang mich zur Ruhe. Sie war nicht entführt. Nicht gefesselt. Nicht bedroht. Sie sprach mit Marco. Ruhig. Konzentriert.

Vertraut? Ich schloss die Augen für eine Sekunde. Wenn ich jetzt rein ging, verlor ich vielleicht jede Chance auf Informationen. Wenn ich es nicht tat, konnte es sein, dass ich zu spät kam. Ich atmete einmal tief durch. Dann nahm ich mein Funkgerät. „Zentrale, Zugriff aussetzen. Ich gehe rein. Allein. Keine Deckung. Keine Waffen im Anschlag."

„Bestätigt.", kam die Antwort. Ich legte den Sender beiseite. Überprüfte meine Kleidung. Verstaute die Waffe. Dann trat ich über die Straße. Das Café war halbvoll. Musik spielte leise im Hintergrund. Ich steuerte direkt auf ihren Tisch zu. Marco bemerkte mich zuerst. Erstarrte. Lyanna drehte sich nur eine Sekunde später. Ihre Augen weiteten sich – aber nicht vor Angst. Eher... Überraschung. Ich setzte mich einfach. Kein Wort. Kein Gruß. Nur Blickkontakt. Erst zu ihr. Dann zu ihm.

„Also DAS", sagte ich langsam, „war so nicht geplant." Lyanna senkte leicht den Kopf.

„Ich weiß." Marco atmete schwer. Seine Stimme war ruhig.

„Willst du's jetzt beenden, Erol? Vor ihren Augen?"

Ich antwortete nicht sofort. Dann: „Wenn ich das gewollt hätte, wäre ich nicht durch die Tür gekommen."

Dann nahm ich mein Handy. Schickte nur ein Wort an Aurel: „Änderung."

Marco sah mich an, als wollte er mich abtasten. Nicht einschüchtern – nur begreifen, wie weit ich gehen würde. Ich blieb still, ließ meinen Blick zwischen den beiden wandern. Lyanna hatte die Schultern gestrafft, aber ihre Augen verrieten alles. Sie war nicht panisch. Nicht eingeschüchtert. Aber angespannt. Und müde.

„Also", sagte ich ruhig, „vielleicht erklärt mir jetzt jemand, was hier wirklich los ist. Und zwar ohne Umschweife."

Marco sah zu ihr. Dann zu mir. „Ich habe ihr gesagt, was ich musste. Warum ich sie damals mitgenommen hab. Dass ich nie wollte, dass es so endet."

„Und du hast ihr auch gesagt, was du wirklich bist?" Meine Stimme war noch immer ruhig, aber etwas schärfer.

Er nickte. „Ich habe ihr die Wahrheit gesagt."

Lyanna stützte die Arme auf die Tischkante. „Es stimmt, Erol. Ich... ich hab's gespürt, dass da etwas sein muss. Schon lange. Ich wusste nur nie, was. Jetzt weiß ich es."

Ich lehnte mich zurück. „Du bist mutig, Lyanna. Aber auch leichtsinnig – verdammt leichtsinnig. Er hätte dich genauso gut diesmal endgültig verschwinden lassen können."

„Ich weiß", sagte sie leise. „Aber wenn ich weggelaufen wäre, hätte ich nie gewusst, wer ich wirklich bin. Und ich hätte nie erfahren, warum er getan hat, was er getan hat."

Ich sah Marco an. „Und was ist jetzt? Noch ein großer Plan? Noch ein Spiel?"

Er schüttelte den Kopf. „Ich bin fertig mit Plänen. Ich wollte ihr nur in die Augen sehen und sagen, dass es mir leidtut. Dass ich ihr nie schaden wollte."

„Du hast ihr geschadet", erwiderte ich knapp.

„Ich weiß." Seine Stimme zitterte kurz. „Aber ich dachte, ich kann sie retten. Ich dachte... ich bin der Einzige, der sie aus eurer Welt rausholen kann."

Lyanna runzelte die Stirn. „Es ist nicht nur ihre Welt, Marco. Es war auch meine und deine. Und ich bin da selbst hineingeraten. Ich habe Entscheidungen getroffen. Manche davon haben mich beinahe zerstört – aber sie haben mich auch wachgerüttelt."

Ich nickte langsam. „Und jetzt? Was willst du, Marco?"

Er atmete tief durch. „Ehrlich? Ich will ihr helfen."

Ich musterte ihn. Kein Zucken. Keine Fluchtbereitschaft. Nur tiefe Erschöpfung. Marco hob langsam die Hände, als würde er sich ergeben wollen – aber sein Blick war fest auf mich gerichtet. Kein Zögern. Keine Spielchen.

„Sie ist meine Schwester", sagte er.

Für einen Moment glaubte ich, mich verhört zu haben. „Was?", fragte ich scharf.

„Sie ist meine Schwester."

Ich sah erst ihn an, dann Lyanna. Zurück zu ihm. War das sein Ernst? „Verarsch mich nicht, Marco."

„Ich meine es ernst. Ich hab's erst vor ein paar Monaten erfahren. Raphael hat es mir unter die Nase gerieben – im Streit. Mein Vater hatte Spielschulden. Hat mich als Einsatz gesetzt. Ich wurde von seiner Familie gekauft. Meine leiblichen Eltern wurden... beseitigt. Nur meine kleine Schwester hat überlebt. Und das war sie. Lyanna."

Ich atmete langsam durch, aber mein Puls raste. Mein Blick wanderte zu Lyanna. Sie saß reglos da, die Schultern angespannt, aber sie wich meinem Blick nicht aus.

„Es stimmt", sagte sie leise. „Ich hab's auch erst vor Kurzem erfahren."

Ich schnaubte. Lehnte mich in meinem Stuhl zurück und fuhr mir mit einer Hand durchs Gesicht. „Scheiße..."

Und wieder hat die Wahrheit einen Plan zerschossen. Dann zückte ich mein Handy, fast mechanisch – und genau in diesem Moment kam die Nachricht von Aurel rein.

„Zugriff stoppen. Ich habe neue Infos."

Ich tippte zurück, ohne zu überlegen: „Ich ahne, worum es geht."

„Familie", kam zurück.

Ich zögerte. Dann schrieb ich: Blutsverwandtschaft. Familie."

Aurel antwortete nur ein einziges Wort: „Ja."

Mein Blick ruhte noch einmal auf Lyanna – diesmal weniger skeptisch, mehr... vorsichtig. Marco hatte es geschafft, die Dynamik vollständig zu kippen. Und obwohl ich ihn am liebsten direkt zu Boden gedrückt und in Ketten gelegt hätte, saß ich nun hier – mit einem verdammten

Familiengeheimnis auf dem Tisch, dass jede Strategie in Frage stellte.

Ich seufzte. „Okay. Dann ändert sich das Spiel. Aber denkt nicht, dass ich euch jetzt vertraue. Ich bin hier, um zu beobachten. Und zu entscheiden. Und heute – habt ihr Glück, dass ich kein impulsiver Mensch bin."

Marco nickte nur stumm. Und Lyanna? Sie sah mich an, ruhig, ehrlich, erschöpft – und ich wusste: das hier war keine Lüge. Ich hatte das Handy gerade sinken lassen, als Lyanna sich langsam zu mir beugte. Ihre Stimme war ruhig, beinahe beiläufig, aber in ihren Augen brannte etwas, das ich nicht einordnen konnte.

„Was machst du eigentlich hier, Erol?", fragte sie.

Ich hob leicht die Brauen. „Gute Frage. Ursprünglich wollte ich Marco festnehmen. Oder, sagen wir, aus dem Spiel nehmen. Mit allen Optionen."

„Hm", machte sie. Dann sah sie zu Marco, dann zurück zu mir. „Dann kannst du was ausrichten."

Ich wartete. „Marco ist jetzt tabu."

Ich blinzelte. „Wie bitte?"

„Du hast richtig gehört. Er ist tabu. Nur über meine Leiche, solange ich mir nicht sicher bin, wie ich mit ihm weitermache." Sie sprach klar, ohne Zögern. Die Luft knisterte.

Marco drehte den Kopf zu ihr, atmete hörbar ein. Ich sah, wie seine Schultern sich anspannten.

„Ich weiß nicht, ob ich ihm jemals verzeihen kann", fuhr sie fort, „aber eins weiß ich: Ich habe das Vorrecht, ihn umzubringen. Niemand sonst. Klar?"

Marco und ich zogen gleichzeitig scharf die Luft ein. Marco sah sie fassungslos an, ich musste ein Grinsen unterdrücken. Lyanna hob ihre Teetasse, als wäre nichts gewesen, und sagte trocken: „Und falls jemand anderer Meinung ist, der darf's gern versuchen." Sie nahm einen Schluck. Ganz ruhig. Als hätte sie gerade nicht das emotionale Äquivalent einer Handgranate auf den Tisch geworfen. Ich lehnte mich zurück, musterte sie erneut. „Du bist wirklich zurück", murmelte ich.

„War ich je weg?", fragte sie mit einem Schmunzeln.

Ich schnaubte. „Oh ja. Aber das hier... das ist die Lyanna, die uns allen mal das Fürchten gelehrt hat."

Marco lächelte schwach, mehr Schmerz als Erleichterung. Lyanna warf ihm einen Seitenblick zu. Keine Wärme, aber auch kein Hass. Noch nicht.

„Ich will nur reden", wiederholte Marco leise. „Mehr nicht."

„Aber unter meinen Bedingungen. Sonst redest du... mit Erol."

Ich hob abwehrend die Hände. „Ich bin nur der stille Beobachter."

„Schön", sagte Lyanna kühl. „Dann beobachte, wie ich mein Leben zurückhole."

Und in diesem Moment wusste ich: Ich würde heute niemanden beseitigen. Nicht, weil ich es nicht könnte. Sondern weil ich es nicht sollte.

Aurel

Es war früher Morgen, und ich war bereits im Sicherheitsflügel. Die Monitore zeigten die üblichen Live-Feeds der Überwachungskameras, mein Kaffee war noch heiß, und mein Kopf voll mit allem, was schieflaufen konnte. Routinen bedeuteten in unserem Geschäft Sicherheit. Und gleichzeitig – das Risiko, blind zu werden. Ich stand gerade vor einem der Hauptmonitore, als das Telefon auf dem Tisch vibrierte. Es war kein Anruf. Nur eine Nachricht. Absender: Nicolas, einer unserer neuen Leute. Früher bei Raphael, jetzt bei uns – zumindest offiziell.

"Ich habe was mitbekommen. Marco. Es könnte wichtig sein. Komme hoch."

Wenige Minuten später stand Nicolas in der Tür. Blass. Nervös. Kein typisches Verhalten für ihn. Ich deutete auf den Stuhl. „Red."

Er setzte sich langsam, wirkte, als würde er mit sich ringen. „Es geht um Marco. Ich… war damals bei Raphael. Nicht im innersten Kreis, aber nah genug dran. Ich habe einen Streit mitbekommen. Zwischen Marco und Raphael. Kurz bevor alles eskalierte."

Ich verschränkte die Arme. „Und du erzählst das jetzt?"

„Weil ich glaube, dass ihr es wissen müsst. Jetzt. Raphael... hat ihm damals die Wahrheit gesagt. Im Streit. Dass Marco nicht sein Cousin ist."

Ich starrte ihn an. „Was?"

Nicolas nickte. „Marco wurde gekauft. Von seinen Eltern weggegeben – Spielschulden. Sein Vater hat ihn verloren. Raphaels Vater hat ihn geholt. Großgezogen. Aber er war nie Familie. Nicht wirklich."

„Und Lyanna?"

Nicolas zögerte. Dann: „Sie ist seine Schwester. Seine leibliche. Das hat Raphael ihm im Streit vor den Kopf geknallt. Ich hab's mitgehört. Und ich glaube, Marco war genauso geschockt wie ich."

Ich lief zwei Schritte durch den Raum. Mein Puls beschleunigte sich. All die Puzzleteile fielen plötzlich ineinander. Marcos Verhalten. Seine Flucht. Sein Interesse an Lyanna. Sein scheinbarer Sinneswandel.

„Woher willst du wissen, dass das stimmt?"

„Weil Raphael es nie zurückgenommen hat. Und Marco... hat anders reagiert danach. Ruhiger. Aber entschlossener." Nicolas holte tief Luft. „Ich weiß, ich habe lange geschwiegen. Aber ich habe gesehen, was mit euch los ist. Und mit Lyanna. Ich dachte, vielleicht hilft es."

Ich sah ihn lange an. Dann nickte ich. „Es hilft."

Als Nicolas gegangen war, blieb ich allein im Sicherheitsflügel zurück. Die Tür fiel hinter ihm ins Schloss, doch für mich stand die Zeit still. Ich rührte mich nicht. Stand einfach nur da, die Augen auf die Monitore gerichtet, obwohl mein Kopf längst woanders war. Marcos Gesicht auf dem Bildschirm war nicht mehr nur das eines Gegenspielers. Es war das Gesicht eines Mannes, der ein Teil von Lyannas Blut war. Teil ihres Ursprungs. Teil ihrer Geschichte. Familie. Ich presste die Lippen aufeinander, versuchte, die Konsequenzen zu greifen. Wenn das stimmte – und mein Instinkt sagte mir, dass es das tat – dann bedeutete das weit mehr als eine Verschiebung im Kräfteverhältnis. Das war kein Spielzug mehr. Das war eine tektonische Verschiebung. Ein Erdbeben. Und dann war da Apollo. Ich rieb mir über die Stirn. Wenn Apollo nichts ahnte und Marco plötzlich vor ihm stand – oder schlimmer: wenn er ihn erwischte, bevor die Wahrheit ans Licht kam... Verdammt. Apollo würde ihn kaltmachen. Ohne Fragen. Ohne Warnung. Und Lyanna... sie würde es niemals verzeihen. Nicht nach allem. Nicht, wenn sie je herausfand, wer Marco wirklich war. Ich griff zum Funkgerät.

„Zugriff stoppen. Ich habe neue Infos."

Die Antwort kam prompt. Ich konnte Erols Konzentration durch das Knacken des Signals fast spüren. Er tippte zurück: „Ich ahne, worum es geht." Ich schrieb nur: „Familie." Kurze Pause. Dann kam Erols Antwort: „Blutsverwandtschaft. Familie."

Ich starrte die Worte an. Es war wie ein Schlag in die Magengrube, obwohl ich es wusste. Ich antwortete nur ein einziges Wort: „Ja."

Ich legte das Gerät beiseite, trat einen Schritt zurück, lehnte mich gegen den Tisch. Die Oberfläche war kalt unter meinen Fingern, aber mein Inneres brannte. Was bedeutete das jetzt? Für Marco? Für Lyanna? Für uns? Aber ich konnte Apollo nicht länger in Unwissenheit lassen. Er musste es wissen. Und zwar bald. Ich brauchte einen Moment. Einen klaren Kopf. Und einen, der mir half, die richtigen Worte zu finden. Aiden. Er war mein Kompass, wenn meine Loyalität zu flackern begann. Und gerade jetzt fühlte sich alles nach Sturm an.

Ich fand ihn im hinteren Gartenbereich. Er saß auf der steinernen Bank unter dem alten Olivenbaum, die Arme locker auf den Knien abgestützt, eine Zigarette zwischen den Fingern, die mehr glühte als brannte. Er sagte nichts, als ich mich zu ihm setzte. Tat so, als hätte er mich nicht bemerkt. Aber das hatte er. Natürlich hatte er.

„Ich brauche deinen Verstand. Deinen Blick von außen.", begann ich leise.

„Du hast mich doch schon", erwiderte er und sah mich erst jetzt an. Kein Lächeln. Kein Sarkasmus. Nur diese tiefe, ehrliche Bereitschaft, zuzuhören.

Ich atmete tief durch. „Es geht um Marco."

„Was ist mit ihm?" Aiden wirkte sofort wachsamer, richtete sich leicht auf.

„Er ist nicht nur irgendein Gegner, Aid." Ich suchte nach Worten. „Er ist Lyannas Bruder."

Die Stille, die darauf folgte, war schwer. Fast greifbar.

„Was?" Es war mehr ein Hauch als ein Wort.

„Ich habe mit Nicolas gesprochen. Wie du weißt, war er früher bei Raphael. Hat einen Streit mitgehört, kurz bevor er starb. Marco wurde nicht nur von seiner leiblichen Familie getrennt – Raphael hat sie töten lassen. Nur ein Kind überlebte. Das Kind war Lyanna."

Aiden ließ die Zigarette fallen. Trat sie nicht aus. Nur... starrte ins Leere. „Und das ist sicher?"

„So sicher, wie es eben sein kann."

„Scheiße", murmelte er.

„Scheiße, Aurel. „Was bedeutet das für uns – und für sie?"

Ich schüttelte den Kopf. „Dass alles komplizierter wird. Dass wir Marco nicht einfach ausschalten können. Nicht, ohne Lyanna damit endgültig zu verlieren. Nicht, ohne alles kaputt zu machen."

Aiden fuhr sich über das Gesicht. „Weiß Apollo schon Bescheid?"

„Noch nicht. Ich wollte erst mit dir sprechen. Du weißt, wie er ist, wenn er in diesem Tunnelblick verfällt. Er wird nicht nachdenken. Er wird handeln. Und wenn er Marco erwischt, bevor er die Wahrheit kennt..."

„Dann gibt's kein Zurück", beendete Aiden den Satz.

Wir schwiegen wieder. Nur der Wind spielte leise mit den Blättern über uns.

„Was schlägst du vor?", fragte Aiden schließlich.

„Ich rede mit Apollo. Heute noch. Du... bleib in der Nähe. Wenn ich's vermassle, musst du übernehmen."

„Du wirst es nicht vermasseln", sagte er. Dann legte er eine Hand auf meine Schulter. „Aber wenn doch – bin ich da. Wie immer."

Ich nickte.

*

Die Sonne stand schon hoch, als wir das Hauptgebäude durchquerten. Unsere Schritte hallten über die Marmorflure, begleitet vom leisen Klicken der Sicherheitskameras, die unseren Weg verfolgten. Ich spürte Aidens Blick im Rücken – nicht aufdringlich, sondern wachsam. Er wusste, dass dies kein einfaches Gespräch werden würde. Es würde ein Moment der Wahrheit werden. Und die konnte scharfkantig sein.

Vor Apollos Tür blieb ich stehen. Kurz. Tief durchatmen. Dann klopfte ich zweimal.

„Rein", kam seine Stimme von innen – kühl, gewohnt kontrolliert. Ich öffnete.

Er saß an seinem Schreibtisch, die Stirn leicht gerunzelt, die Fingerspitzen aneinandergelegt. Vor ihm lagen mehrere Berichte, Überwachungsbilder, Datenfeeds. Alles über Marco. Ich erkannte das Café. Den Zeitstempel. Die Bewegungsmuster. Er hob den Blick, als er mich sah – und direkt dahinter Aiden.

„Wenn ihr beide auftaucht, sieht das nicht nach Routine aus", bemerkte er trocken.

Ich trat ein, nickte ihm zu. Aiden blieb an der Tür. Wie ein stiller Anker. „Es gibt etwas, das du wissen musst", begann ich, ohne mich zu setzen. Ich wollte keinen bequemen Einstieg. Ich wollte, dass er wach blieb. Jede Sekunde.

„Es geht um Marco", sagte ich. Apollo verzog keine Miene.

„Was ist mit ihm? Ist er endlich greifbar?"

„Nein." Ich hielt seinem Blick stand. „Aber... er ist nicht das, was du denkst." Ein kurzes Flackern in seinen Augen.

„Heißt was? Dass er doch kein Verräter ist?"

Ich schüttelte den Kopf. „Er war vielleicht vieles. Aber eins war er nicht: ein Fremder."

Apollo lehnte sich langsam zurück. Ich konnte sehen, wie in seinem Kopf die Zahnräder zu kreisen begannen. „Was willst du mir sagen, Aurel?"

Ich ging langsam einen Schritt näher. „Ich habe heute mit einem von Raphaels ehemaligen Leuten gesprochen. Nicolas. Er hat Dinge erzählt – Dinge, die er nur gehört hat, weil er damals zufällig zur falschen Zeit am richtigen Ort war."

Apollo schwieg. Seine Haltung war ruhig, aber ich kannte ihn. Ich sah, wie seine Kiefermuskeln arbeiteten.

„Ein Streit. Zwischen Marco und Raphael. Tage bevor der Sache im Restaurant. Worte sind gefallen. Sätze, die Nicolas nicht einordnen konnte – bis jetzt." Ich machte eine Pause. Nur kurz. Nur um ihm die Gelegenheit zu geben, selbst zu greifen.

„Marco ist Lyannas Bruder, Apollo." Stille. Kein Laut. Kein Atemzug. Nur das leise Surren der Monitore. Apollo blinzelte. Nur einmal. Dann stand er auf. Langsam.

„Was hast du gesagt?", fragte er – aber seine Stimme war nicht überrascht. Nicht einmal aufgewühlt. Sie war... leer. Ich wiederholte es. Ruhig. Wachsam.

„Marco. Ist. Ihr. Bruder."

Apollo atmete einmal tief durch. Dann zuckte er mit den Schultern. „Gut", sagte er. „Dann wissen wir das jetzt auch."

Aiden und ich tauschten einen kurzen Blick. Auch er hatte diesen Satz gehört. Diese Reaktion. Und sie fühlte sich falsch an. Unnatürlich. Nicht... Apollo. „Auch?", fragte Aiden scharf, trat einen Schritt näher. Apollo blickte ihn an, als hätte er eine belanglose Frage gestellt. „Ich meine, dass es mich nicht mehr überrascht. Dass es... irrelevant ist."

Mir zog es den Magen zusammen. Das war nicht das, was wir erwartet hatten. Kein Aufbegehren. Kein Fluch. Keine Emotion. Nur diese kalte, fast gleichgültige Maske.

„Apollo", begann ich vorsichtig, „du hast es gewusst, oder?"

Er sah mich an. Seine Kiefermuskeln zuckten ganz leicht. Aber sonst – nichts. „Schon eine Weile", sagte er schließlich. „Nicht genau. Nicht offiziell. Aber ich hatte... Hinweise."

Aiden trat einen halben Schritt nach vorn. „Du wusstest, dass Marco Lyannas Bruder ist – und hast nichts gesagt?"

Apollo sah ihn nur an. „Was hätte es geändert?"

Aiden lachte bitter. „Alles, verdammt nochmal! Du wolltest ihn ausschalten!"

„Vielleicht musste ich das", erwiderte Apollo ruhig. „Vielleicht ist es das, was am Ende alle schützt."

Ich sah, wie es in Aiden brodelte. Seine Fäuste spannten sich, seine Brust hob sich schwer. Seine Fäuste ballten sich. „Schützt?! Du hast ernsthaft in Erwägung gezogen, den einzigen lebenden

Verwandten von Lyanna zu töten – obwohl du wusstest, wer er ist?"

Apollo blieb stehen. Still. Hart. „Ich hatte meine Gründe."

„Scheiße, Apollo!", fauchte Aiden. „Du hattest ein verdammtes Geheimnis nach dem anderen – wir haben dich verloren, Stück für Stück! Was zur Hölle ist mit dir passiert?!"

Ich trat dazwischen. Eine Hand leicht gegen Aidens Brust. Nicht um ihn zu stoppen – nur um ihn daran zu erinnern, dass wir gemeinsam hier waren. Dann drehte ich mich zu Apollo.

„Du fühlst dich ertappt, stimmt's?", sagte ich leise. „Es geht hier nicht um Marco. Es geht darum, dass dein Kartenhaus zu wackeln beginnt."

Apollo erwiderte meinen Blick. Aber diesmal – nur für den Bruchteil einer Sekunde – sah ich etwas. Ein Riss. Nicht groß. Aber da war er.

„Ich wollte euch schützen", sagte er.

„Bullshit", sagte Aiden. „Du wolltest dich schützen. Vor der Wahrheit. Vor Lyanna. Vor dir selbst."

Apollo sah zur Seite. Zum Fenster. „Ich kann nicht ändern, was war."

„Aber du kannst ändern, was du jetzt tust", sagte ich ruhig. Aiden trat zurück. Tief durchatmend. Noch immer aufgeladen – aber wieder Herr seiner selbst. Apollo schwieg. Er stand auf und ging zum Fenster.

Apollo

Meine Fingerspitzen ruhten am kühlen Glas – ein letzter Halt, bevor das Schweigen brach. Marbella lag unter mir, weit, ruhig, wie eine Lüge, die jeder glauben wollte. Hinter mir waren Aurel und Aiden. Ich spürte ihren Blick. Ihre Fragen. Ihre Unruhe. Aber Schweigen war keine Option mehr. Nicht in diesem Moment. Nicht, wo das Kartenhaus wackelte, das ich mir seit Jahren aufgebaut hatte. Ich hörte Aurels Stimme. Fest. „Du wirst Marco nicht anfassen. Nicht bevor wir mit ihm gesprochen haben. Nicht bevor sie weiß, dass du es wusstest."

Ich nickte. Nur ein einziges Mal. Nicht als Zustimmung – sondern als letzter Versuch, nicht zu zerbrechen Es war ein Riss. Ein Bruch in der Fassade. Und ich wusste, sie hatten es gemerkt. Ihr versteht es nicht. Nicht im Ansatz. Ich konnte schweigen. Ich konnte täuschen. Aber nicht mehr vor ihnen. Nicht, wenn die Wahrheit sowieso kam.

„Ihr glaubt, das hier ist die Wahrheit. Aber das ist nur der Anfang."

Aurel trat näher. Ich konnte ihn im Glas sehen. Seine Kiefer angespannt. Aiden rührte sich nicht. „Was meinst du damit?"

Kaum waren die Lider geschlossen, fluteten die Bilder zurück. Blut. Schreie. Der Geruch von Schießpulver und Angst.

„Ich wusste es nicht nur...", sagte ich. „Ich war es." Aiden erstarrte. Aurel wurde blass.

„Was... warst du?" Ich wandte mich ihnen zu.

„Der Tod ihrer Eltern."

Die Worte hingen im Raum wie Gift. Ich erwartete Wut. Ich erwartete Fäuste. Aber keiner rührte sich. Also sprach ich weiter.

„Wir waren jung. Raphael und ich. Vielleicht vierzehn. Vielleicht fünfzehn. Sein Vater hatte uns mitgenommen. Geldeintreiben. Einschüchtern. Ich dachte, ich sei bereit. Dass das der Weg sei, den ich gewählt hatte." Ein bitteres Lachen entrang sich meiner Kehle – kurz, leer.

„Sein Vater hatte eine Familie im Visier. Ein Mann, der seine Schulden nicht gezahlt hatte. „Bring mir seinen Kopf", sagte er zu Raphael. Das sollte sein Beweis werden. Sein erster Mord. Seine Eintrittskarte in die Welt der Männer. Aber Raphael konnte es nicht. Als wir in der Wohnung waren... Er zitterte. Stand nur da. Die Pistole in der Hand, aber nicht imstande, abzudrücken." Ich sah Aurel an. Dann Aiden. „Er konnte ihnen nicht in die Augen schauen. Aber ich konnte es."

Ich holte tief Luft. „Ich nahm ihm die Waffe aus der Hand. Ich trat vor. Zwei Schüsse. Schnell. Sauber. Und der Klang – er hallt bis heute in mir nach. Schnell. Sauber. Ohne Fragen. Ohne Mitleid. Ich war stolz auf mich in diesem Moment. Wirklich stolz. Ich dachte, ich hätte etwas bewiesen."

Meine Stimme brach kurz. Aber ich zwang mich weiter. „Dann reichte ich ihm die Waffe zurück. „Mach wenigstens die Spuren", sagte ich. Er drückte einmal ab, neben den Körper. Damit die Schmauchspuren stimmten. Ich ging ins Bad, wusch mir die Hände. Und dann sah ich sie. Die Fotos an der Wand. Ein Junge. Ein Mädchen. Lachend. Mit einem Schriftzug darunter: Marco & Lyanna. Bruder und Schwester. Unzertrennlich."

Ich schloss die Augen. Spürte, wie es in meiner Brust brannte. „Ich hatte ihre Eltern getötet. Ohne es zu wissen. Ohne zu fragen, wer sie waren. Ohne zu begreifen, was das bedeutete." Ich senkte den Blick. „Wir sammelten die Hülsen ein. Schworen uns, zu schweigen. Damit Raphaels Vater glaubte, er hätte es getan. Und er sein Gesicht behielt."

Ich trat einen Schritt näher an meine Brüder.

„Und dann kam Marco nach Hause. Der Junge stand im Flur. Völlig betäubt. Ich konnte nichts tun. Ich konnte ihn nicht retten. Nicht damals Raphaels Vater hatte ihn mitgenommen.

„Jahre später, als ich in der Organisation aufstieg ... da suchte er Schutz bei uns, wie ihr wisst. Ich gab ihm den Schutz. Arbeit. Einen Namen. Ich wollte es wiedergutmachen. Aber ich sagte ihm nie, wer ich war. Was ich getan hatte."

Ich stockte, ließ meinen Blick durch den Raum wandern, ohne ihn wirklich zu fokussieren.

„Mit den Jahren hatte sich auch die Freundschaft zu Raphael verändert. Zuerst schleichend. Dann spürbar. Wir haben alle denken lassen, es lag an den Frauen. An Machtspielchen. An Eifersucht. Aber das war nur die Oberfläche."

Ich hob den Blick.

„Der eigentliche Grund war immer dieses Geheimnis. Es lag zwischen uns, wie ein toter Körper, den keiner bewegen wollte. Er erinnerte mich an meine Schuld, und ich ihn daran, dass er es nicht selbst durchgezogen hat. Wir haben beide geschwiegen. Aus Feigheit. Aus Loyalität. Aus Angst. Aber was auch immer es war – am Ende hat es uns beide zerfressen."

„Als Marco mich verriet, traf es mich wie ein Dolch. Nicht, weil er mich hinterging. Sondern weil ich das Gefühl hatte, es war das, was ich verdiente."

Ich sah meine Brüder an. „Jetzt wisst ihr alles." Die Stille war ohrenbetäubend.

Ich saß wieder, aber mein Inneres stand unter Strom. Ich hatte gesprochen – endlich. Doch statt Erleichterung hinterließ es nur Leere. Und eine Angst, die ich seit Jahren zu unterdrücken versuchte. Meine Brüder ...

Aiden mit dieser Mischung aus Entsetzen und stillem Verständnis. Aurel – wachsam, innerlich brodelnd, aber ruhig. Sie waren mein Rückgrat. Meine Familie. Sie wussten jetzt fast alles – und sie blieben. Noch. Aber würden sie das auch, wenn Lyanna alles wusste? Ich erinnerte mich an das Gespräch mit meinem Vater damals, kurz nach dem Mord. Ich hatte es ihm erzählt – alles. Kein Zittern in der Stimme, keine Reue, nur Pflichtbewusstsein. Und er hatte mich angesehen, als hätte ich die Sonne persönlich vom Himmel geholt. Stolz. Das war sein einziger Ausdruck gewesen. Kein „Was hast du getan?" – nur ein „Gut gemacht, Sohn."

Damals dachte ich, das sei das höchste Ziel. Heute ... ekelte es mich an. Und dann war da Lyanna. Ich liebe sie. Mehr, als ich fassen kann. Mehr, als ich je fassen dürfte. Aber ich kann nicht mit ihr zusammen sein. Nicht, wenn sie das erfährt. Nicht, wenn sie weiß, dass ich der Mann bin, der ihr Leben zerstört hat. Dass ich den Abzug gedrückt habe. Dass mein Gesicht das letzte war, das ihre Eltern je gesehen haben. Sie wird mich hassen. Und sie wird jedes Recht dazu haben.

Ich weiß, dass sie Marco vielleicht niemals verzeihen wird. Aber wenn sie ihn anhört ... wenn sie ihm zuhört ... dann mit vielleicht auch. Weil ich will, dass sie heilt. Weil ich will, dass sie diesen letzten Teil ihrer Geschichte selbst in der Hand hält. Nur eines darf nicht passieren: Er darf es ihr nicht erzählen. Nicht Marco. Nicht so. Nicht mit halber Wahrheit, nicht mit Schuldumkehr. Wenn sie es erfährt – und sie wird es – dann soll es von mir sein. Von dem Mann, der sie liebt. Und der weiß, dass er sie niemals verdienen wird. Die Stille war nicht nur um uns. Sie war in mir. Wie ein hohler Raum, in dem jede Bewegung, jedes Wort ein Echo hatte. Ich hatte gesprochen. Alles gesagt. Endlich. Und jetzt war nichts mehr wie vorher. Aurel starrte mich an, als hätte er mich nie gekannt. Sein Blick war ein Sturm aus Entsetzen, Verwirrung, Wut. Ich sah, wie seine Finger sich zu Fäusten ballten, sich dann wieder öffneten. Kampf gegen sich selbst. Gegen das, was er gerade von mir gehört hatte.

"Du... hast Lyannas Eltern getötet?" Seine Stimme war leise. Kein Vorwurf. Noch nicht. Nur Fassungslosigkeit. Ich hielt dem Blick stand. Nickte. Ein einziges Mal.

Aiden sprach als nächster. "Und du hast sie trotzdem geliebt." Ein Kloß in meinem Hals. Ich konnte nichts sagen. Nur atmen. Und selbst das fiel mir schwer.

"Wie hast du das miteinander vereint, Bruder?"

Ich zwang meine Stimme durch die Enge meiner Brust. "Gar nicht. Es war ein täglicher Kampf. Und ich habe ihn jeden Tag verloren."

Aurel trat weg, lief ein paar Schritte. Kam zurück. Fluchte leise. "Das ist..." kein Fehler. Kein Ausrutscher. Das ist..." Seine Stimme stockte. Die Hände zitterten, bevor er sie zu Fäusten ballte. Er brach ab. Ich wusste, was er nicht sagte.

Aiden hob die Hand. "Lass ihn." Er sah mich an. Tiefer, als ich es ertrug. "Was jetzt, Apollo? Was willst du tun?"

" Sie wird es erfahren. Alles. Vom ersten Moment bis zur letzten Schuld."

"Apollo..."

"Nein." Meine Stimme war ruhig. Zu ruhig. "Sie verdient die Wahrheit. Und wenn sie mich danach hasst, wenn sie mich vernichtet – dann ist das ihr gutes Recht. Aber sie soll es von mir hören."

Aurel stand jetzt dicht vor mir. "Und wenn sie daran zerbricht?"

Ich zuckte kaum merklich. "Dann breche ich mit ihr. Aber ich werde es nicht mehr verbergen."

Aiden nickte langsam. "Und Marco?"

Ich schloss die Augen. "Wenn sie entscheidet, dass er leben darf... dann wird er leben. Wenn sie ihn anhört, ihm vergibt – dann werde ich das auch tun."

Am Fenster verweilend, glitt mein Blick über das Grundstück. Ich erinnerte mich an die Nacht damals. Wie ich meinem Vater gesagt hatte, dass ich es getan hatte. Wie sein Blick sich zum ersten Mal nicht leer, sondern stolz gezeigt hatte. Wie er die Hand auf meine Schulter gelegt hatte, so fest, dass ich sie Stunden später noch spürte. "Gut gemacht", hatte er gesagt. "Du bist einer von uns." Und ich hatte gedacht, das wäre ein Sieg. Jetzt wusste ich, es war der Anfang vom Ende gewesen. Ich liebe Lyanna. Mehr als alles andere in meinem Leben. Aber ich kann nicht mit ihr sein, wenn sie es nicht weiß. Wenn sie erfährt, dass ich ihre Eltern getötet habe – sie wird mich hassen. Für immer. Und das hat sie auch jedes Recht. Aber sie soll es von mir erfahren. Nicht durch Marco. Nicht durch Zufall. Ich will ihr in die Augen sehen, wenn ich ihr das sage. Und ich will, dass sie sieht, was ich trage. Jeden verdammten Tag. Ich dachte an Marco. Wenn sie ihm verzeihen kann, vielleicht – nur vielleicht – kann sie es mir irgendwann. Ich wandte mich meinen Brüdern zu. "Ich muss sie sehen. Heute noch."

Aurel trat an mich heran. "Dann geh. Aber wenn du sie verletzt, Apollo – dann werde ich dir das nie verzeihen."

Ich nickte. "Ich bitte dich nicht um Vergebung. Nur um die Zeit, es zu versuchen."

Aiden sagte nichts mehr. Aber als ich an ihm vorbeiging, legte er eine Hand auf meine Schulter. Und zum ersten Mal seit langer Zeit fühlte ich: Ich war nicht allein. Doch ich wusste auch: Wenn ich heute spreche, wird alles anders. Entweder wird es uns heilen. Oder zerstören. Aber ich werde nicht mehr schweigen. Kaum war ich aus dem Raum, war mir ein Gedanke gekommen. Erol. Er war unterwegs. Mit dem Auftrag, Marco zu beobachten. Vielleicht sogar mehr als das. Und wenn sich alles überschlug... war er jetzt noch dort. Im Café. Bei ihm. Und bei ihr. Ich griff nach meinem Handy, entsperrte es mit zitternden Fingern. Wählte Erols Nummer.

Einmal. Zweimal. Kein Freizeichen. Kein Signal. Nur Stille. Ich probierte den internen Kanal. Nichts. Meine Gedanken rasten. Wenn Marco jetzt sprach... wenn Lyanna ausgerechnet von ihm erfuhr, was ich ihr hätte sagen sollen... Dann war es vorbei. Endgültig. Ich holte tief Luft, zwang meine Stimme in ein neutrales Kommando.

„Erol. Hier ist Apollo. Wenn du das hörst – melde dich sofort. Keine Aktion. Kein Zugriff. Kein Gespräch. Warte. Ich bin unterwegs." Ich wartete. Drei Sekunden. Fünf. Keine Antwort. Ich fluchte leise, ließ das Funkgerät sinken, dann tippte ich nur noch eine Nachricht. Kurz. Klar.

„Ich bin unterwegs. Kein Wort zu ihr. Noch nicht. Ich sag es ihr heute."

Ich ließ den Blick durch den Raum wandern. Hier hatte ich eben alles gesagt. Alles offenbart. Und trotzdem war noch nichts entschieden. Wenn sie es von Marco erfuhr… Wenn er ihr zuerst alles sagte… Dann blieb von mir nur das Bild des Mörders. Nicht des Mannes, der sie liebt. Ich schloss die Augen. Und in diesem Moment fühlte ich nicht Schuld – sondern Angst. Angst, dass es zu spät war. Du darfst sie nicht verlieren. Nicht noch einmal. Dann ging ich los. Nicht als Boss. Nicht als Caelus.

Nur als Apollo. Und als Mann, der endlich bereit war, zu fallen – wenn es sein musste – aber in Wahrheit.

Lyanna

Die Tasse Tee wärmte meine Hände, aber innerlich war ich ein Frack. Marco saß mir gegenüber, seine Augen waren gezeichnet von den Jahren, von Schuld, Sehnsucht, Schweigen. Und plötzlich war es da – diese Stille zwischen uns, nicht bedrohlich, sondern voller Dinge, die gesagt werden mussten. Ich stellte die Tasse ab. Meine Stimme war leise, kaum mehr als ein Flüstern.

„Sag mir... war da je ein Moment, an dem du wusstest, dass ich deine Schwester bin – bevor du's offiziell erfahren hast?" Marco blinzelte. Dann senkte er den Blick. Seine Stimme war brüchig, aber aufrichtig.

„Nein... nicht bewusst. Aber unbewusst? Vielleicht. Es gab Momente. Deine Art zu schauen. Dein Mut. Dein verdammter Trotz." Er lachte leise, bitter. „Du hast mich an jemanden erinnert. Ich dachte... ich hab's mir eingebildet."

Ich sah ihn lange an. „Du hast mich betäubt, Marco. Du hast mich... verschleppt. Weißt du, was das mit mir gemacht hat?"

Er nickte. Nur einmal. Und seine Augen glänzten feucht. „Jede Nacht frage ich mich, was wäre gewesen, wenn ich damals gewusst hätte, wer du bist. Ich hätte dich befreit. Ich hätte dich weggebracht – egal wohin. Aber ich... ich wusste es nicht. Und als ich's erfuhr, warst du weg. Und ich... kaputt."

Ich schluckte. Meine Stimme zitterte. „Und trotzdem bist du geblieben. Du hättest fliehen können."

„Weil ich's wieder gutmachen will. Weil du das Letzte bist, was ich an Familie habe. Und vielleicht... bin ich das auch für dich." Ein Kloß saß in meinem Hals. Ich spürte, wie meine Schutzmauer bröckelte – wie sein Schmerz meiner berührte. Ich lehnte mich zurück.

„Manchmal, wenn es still wurde, habe ich mich gefragt, was aus dir wurde. Dass du irgendwo bist und... irgendwann vielleicht hörst, was ich zu sagen hab." Er wollte etwas sagen – doch genau in dem Moment vibrierte Erols Handy auf dem Tisch. Marco und ich zuckten beide zusammen. Erol nahm es auf, tippte, las – und erstarrte. Nur eine Nachricht auf dem Display: „Ich bin unterwegs. Kein Wort zu ihr. Noch nicht. Ich sag es ihr heute." Ich bemerkte den Schatten, der über Erols Miene zog.

„Alles okay?", fragte ich vorsichtig.

Erol hob den Blick, schob das Handy langsam beiseite. „Nur ein Reminder, dass es da draußen Leute gibt, die... einen eigenen Zeitplan haben." Sein Blick wanderte zu Marco, dann zu mir. Und irgendetwas lag darin – als würde er abwägen, wie viel Wahrheit der Moment noch tragen konnte. Ich wollte gerade etwas sagen, da beugte sich Marco leicht vor. Seine Stimme nur noch ein Hauch.

„Weißt du noch... als wir klein waren? Ich erinnere mich an einen Garten. Einen Apfelbaum. Und du... du hast immer versucht, bis ganz nach oben zu klettern."

Ich hielt den Atem an. Etwas in mir vibrierte. Eine Erinnerung, wie ein Bild im Nebel, schwebte auf.

„Du bist gefallen... und ich habe geweint", fuhr Marco fort. „Ich wusste nicht, warum. Nur, dass du weh hattest – und ich's nicht ertragen konnte."

Mir traten Tränen in die Augen. „Du warst da..." flüsterte ich. „Ich habe immer gedacht, ich wäre allein gewesen."

„Warst du nicht", sagte er. „Nie." Und in diesem Moment war nichts anderes mehr wichtig. Kein Clan. Kein Verrat. Kein Schmerz. Nur dieser eine Mensch vor mir, mit dem ich durch Blut verbunden war – und durch all das, was uns genommen wurde.

Apollo

Ich parkte in der Nebenstraße. Der Motor summte nach, als ich ihn abstellte – ein Echo meines Herzschlags. Ich hatte das Café schon aus der Ferne gesehen, bevor ich es bewusst wahrgenommen hatte. Die großen Fenster. Die weichen Lichter. Und mittendrin: Lyanna. Sie saß mit dem Rücken zu mir. Ich erkannte sie trotzdem. Diese Haltung. Diese Spannung in ihren Schultern. Und mir wurde schlagartig klar: Sie wusste nichts. Noch nicht. Nichts von dem, was ich wusste.

Und Marco? Er saß direkt gegenüber. Zwischen ihnen: ein zerbrechlicher Friede. Noch. Ich atmete durch. Einmal. Zweimal. Dann griff ich zum Handy. Wählte Erol. Er ging nicht ran. Verdammter Mist. Ich tippte stattdessen eine Nachricht.

„Bin gleich da. Kein Wort zu ihr. Noch nicht. Ich sag es ihr heute."

Dann blieb ich sitzen. Ich starrte durch die Windschutzscheibe. Auf diesen kleinen Ort, der für Lyanna gerade offenbar ein sicherer Hafen war – mit ihm. Marco. Es tat weh, ihn dort zu sehen. Nicht wegen Eifersucht. Sondern weil ich wusste, was hinter seinem Blick lag. Schuld. Wie meine.

Aber anders. Und vielleicht... verzeihlicher. Ich war der, der ihr Leben zerstört hatte. Nicht absichtlich. Aber endgültig.

Ich stieg aus. Gelächter aus einem anderen Teil der Straße. Und ich wünschte, für einen Moment, ich wäre irgendjemand sonst. Irgendein Mann, der gerade seine große Liebe von früher wiedertraf. Ohne Leichen im Keller. Ohne ein blutiges Erbe. Ohne das Bild eines Kindes in einem verstaubten Bilderrahmen – mit einem Herz und einer Aufschrift: Marco & Lyanna – ein Herz, eine Seele.

Ich trat näher ans Café. Noch nicht durch die Tür. Ich blieb draußen stehen, versteckt im Schatten. Mein Blick glitt durch das Fenster. Marco wirkte ruhig. Ernst. Reifer. Zerschlagen – aber aufrecht. Lyanna sah verletzlich aus – aber nicht zerbrochen. Da war ein Funkeln in ihr, das ich seit Monaten vermisst hatte. Und dann – trafen sich unsere Blicke. Sie hatte mich gesehen. Nur ein Augenblick. Ein einziger. Aber genug. Ihre Schultern versteiften sich. Ihre Hand krampfte sich um die Tasse. Marco wandte sich halb um, folgte ihrem Blick – und erstarrte. Erol war der Letzte, der reagierte.

Dann öffnete ich die Tür. Ein kaum sichtbares Nicken von Erol – stumme Verständigung. Ein „Er weiß es" in stummer Sprache von Erol in meine Richtung. Die Geräusche des Cafés wurden dumpf. Nur drei Blicke trafen mich. Drei Welten. Drei

Wahrheiten. Ich ging langsam auf den Tisch zu. Lyanna stand auf. „Apollo", flüsterte sie.

Mein Name in ihrer Stimme. Es war der schönste Klang – und der grausamste zugleich. Ich blieb stehen. Direkt vor ihr. „Wir müssen reden", sagte ich.

Erol warf einen letzten prüfenden Blick in Apollos Richtung, dann auf Marco, schließlich auf Lyanna – als wollte er sicherstellen, dass wirklich alles unter Kontrolle war. Ein stummes Nicken. Dann trat er zurück, ließ das Gespräch hinter sich und verschwand durch die Glastür hinaus auf den Bürgersteig. Seine Silhouette verlor sich in der Bewegung der Passanten, doch ich wusste: Erol blieb in Reichweite. Für den Fall der Fälle. Ein Moment der Tatenlosigkeit. Schwer. Verdichtet. Ich setzte mich. Nicht herrisch. Nicht überheblich. Ich wollte keine Macht demonstrieren. Nur reden. Erklären. Endlich. Erol hatte sich verabschiedet. Ich sah ihm noch einen Moment hinterher, bis sich die Tür des Cafés langsam hinter ihm schloss. Die Geräuschkulisse des Raumes trat wieder in mein Bewusstsein – leise Stimmen, das Klirren von Besteck, der dumpfe Bass der Hintergrundmusik. Aber all das war fern. Unwichtig. Mein Blick wanderte zu Marco. Er erwiderte ihn. Ruhig. Wachsam. Vielleicht zum ersten Mal nicht mit Feindseligkeit – sondern nur mit dieser stillen Vorsicht, die unter Männern herrscht, die einander lange nicht vertrauten – und jetzt plötzlich mussten.

„Ich weiß, was du denkst", sagte ich. Meine Stimme klang tiefer, als ich es selbst erwartet hatte. „Und du hast jedes Recht, zu zweifeln. Aber du musst wissen: Ich bin nicht hier, um dich zu verletzen. Nicht dich, Lyanna. Nicht dich, Marco."

Marco nickte. Ganz leicht. Ich atmete durch, langsam. Schwer. „Und ich bin hier, um den Rest zu sagen. Um das, was ich... zu lange verschwiegen habe."

Ich richtete den Blick auf ihn. „Du bist kein Feind mehr. Das habe ich verstanden. Vielleicht zu spät. Vielleicht zu spät für alles. Aber das ändert nichts an meiner Verantwortung."

Marco sah mich an. Für eine Sekunde war da dieses unausgesprochene Einverständnis. Kein Frieden, aber auch kein Krieg. Dann wandte er sich an Lyanna. „Wenn du willst, dass ich bleibe..."

„Geh ruhig", sagte sie leise. Beherrscht. Aber ich spürte, wie viel Kraft es sie kostete. „Ich glaube... ich muss das allein hören."

Marco nickte. Warf mir noch einen letzten Blick zu, dann ließ er uns zurück. Endlich allein.

Ich blieb still, während ich sie ansah. Ihre Haltung. Ihre Augen. Ihre Unnahbarkeit. Alles an ihr schrie danach, nicht verletzt zu werden. Nicht nochmal. Und ich? Ich war das Messer, das schon längst in ihrer Brust steckte.

„Ich weiß nicht, wo ich anfangen soll", sagte ich schließlich. „Vielleicht... da, wo ich aufgehört habe, ein guter Mensch zu sein."

Sie antwortete nicht. Ihre Augen blieben ruhig. Aber ich kannte sie. Ich kannte sie besser als jeder andere. Und ich sah den Sturm, der hinter der Maske tobte.

„Damals... waren Raphael und ich wie Brüder. Verbunden. Unzertrennlich. Und sein Vater... war ein Monster. Ein Mann, der Loyalität mit Blut maß." Ich schluckte trocken.

„Ich weiß nicht mehr genau, wann wir begannen, unsere Menschlichkeit zu verlieren. Vielleicht war es nie ein bewusster Entschluss. Vielleicht war es eher... ein stilles Aufgeben. Eine Anpassung. Eine schleichende Vergiftung durch das, was wir als „Pflicht" bezeichneten. Oder „Loyalität". Ich erinnerte mich an damals. An Raphael. Und an seinen Vater. Die Leute in der Organisation hatten viele Namen für ihn: das Phantom, der Henker, das letzte Wort. Ich nannte ihn nie so. Für mich war er einfach der Mann, der aus einem Jungen einen Schatten schnitt. Und Raphael war dieser Junge.

Zu weich für ein Leben wie unseres. Zu jung, um daran nicht zu zerbrechen.

Mein eigener Vater, Avid... er war skrupellos, ja. Ein Mann mit blutigen Händen und einem eisernen Willen. Aber zumindest war er... berechenbar. In seiner eigenen, verdrehten Weise. Er hatte Regeln. Grenzen. Wenn jemand fiel, dann weil er einen Fehler gemacht hatte – oder ein Risiko einging, das ihn zerstörte. Aber Avid achtete auf seine Männer. Auf seine Söhne. Auf mich.

Raphaels Vater tat das nicht. Ich habe ihn oft mit Raphael reden hören. Kein Wort zu viel. Keine Wärme. Nur Befehle. Erwartungen. Er behandelte Raphael nicht wie einen Sohn. Eher wie einen Soldaten – oder schlimmer noch, wie einen Hund, der beißt, wenn man ihn lang genug hungern lässt. Ich erinnerte mich an einen Moment, an dem Raphael nach einer gescheiterten Mission mit zitternden Händen im Auto saß. Wir waren vielleicht zwölf. Vielleicht dreizehn. Er hatte die falsche Tasche geholt. Es war eine Verwechslung – etwas, das jedem hätte passieren können. Sein Vater trat wortlos aus dem Wagen, öffnete die Tür, und schlug ihn mit dem Kolben seiner Waffe auf den Rücken. Kein Wort. Kein Fluch. Nur diese gnadenlose Kälte.

Ich wollte etwas sagen. Ich hatte es sogar auf der Zunge. Aber Avid war auch da. Und sein Blick sagte: „Lass es. Nicht dein Krieg."

Damals wurde mir klar: Raphael würde nie die Chance haben, Kind zu sein. Nicht so, wie ich es wenigstens in Fragmenten noch durfte. Und dann kamen wir zu jenem Haus.

Deinem Haus, Lyanna.

Raphael hatte seinen Auftrag. Und ich wusste, dass er zitterte. Innerlich. Dass seine Hände kalt waren, obwohl seine Stirn schwitzte. Er war nicht der Killer, den sein Vater wollte. Er war ein Junge, der sich wünschte, es wäre jemand anderes. Irgendwer. Nur nicht er.

„Du kannst das", hatte sein Vater ihm zugeflüstert. „Beweise es. Oder du bist nicht mein Sohn."

Und ich... ich war da. Neben ihm. Hatte schon Blut gesehen. Hatte schon Schulden eingetrieben. Hatte schon Menschen zerbrochen gesehen. Aber das hier war anders.

„Mach es", flüsterte ich ihm zu, „oder er macht's mit dir." Aber er konnte nicht. Er stand da. Und sah... zwei Menschen.

Deine Eltern. Ich habe sie nicht gekannt. Nicht persönlich. Aber ich kannte ihre Geschichte von Raphaels Vater. Dein Vater – spielsüchtig. Ein Mann mit einem Herzen, das einst vielleicht groß gewesen war, aber von den Schulden zerfressen wurde. Deine Mutter – diese Frau mit den müden Augen und dem entschlossenen Blick. Ich hatte sie gesehen, als wir das das Haus beobachteten. Sie kämpfte. Jeden Monat. Für Essen. Für dich. Für Marco. Manchmal fragte ich mich, ob sie ahnte, dass das Leben sie längst aufgefressen hatte – aber trotzdem jeden Tag neu gegen den Abgrund trat."

Ich sah Lyanna nicht an. Konnte nicht. Nicht jetzt.

„Raphael sollte es tun." Meine Stimme war rau, ein heiseres Flüstern, kaum lauter als der Wind zwischen unseren Gedanken. „Deinen Vater. Deine Mutter. Es war seine Prüfung. Sein Beweis – dass er bereit war, das Erbe anzutreten. Der Sohn seines Vaters zu sein."

„Aber er konnte es nicht", fuhr ich fort. „Er stand vor ihnen und... erstarrte. Wie ein Junge. Nicht wie der, der er sein sollte. Und ich... ich war da. Neben ihm. Damals dachte ich, ich tue das Richtige. Für ihn. Für seine Zukunft. Für unsere Freundschaft."

Ich schluckte hart, versuchte den Kloß in meinem Hals runter zu würgen. Vergeblich.

„Wir waren... Kinder, Lyanna. Vierzehn. Fünfzehn. Keine Männer. Kein Gewissen, das schon ganz war. Nur Befehle. Loyalität. Angst."

Jetzt hob ich den Kopf. Schaute ihr in die Augen. Sie waren ruhig – zu ruhig.

„Ich hätte ihn aufhalten können. Ich hätte einfach sagen können: Nein. Aber ich tat es. Ich nahm die Waffe. Und ich... ich drückte ab."

Meine Hände zitterten, als ich sie auf dem Tisch verschränkte. Ich versuchte, sie zu beruhigen, aber sie hörten nicht auf. Als hätte mein Körper selbst erkannt, was meine Worte bedeuteten. „Zwei Schüsse. Schnell. Sauber. Ich hatte damals gedacht, das macht es besser. Keine Qual. Kein Zittern. Nur... ein Ende."

Ich zwang mich, weiterzusprechen, obwohl ich innerlich zusammenbrach. „Ich dachte wirklich, ich tue es aus Freundschaft. Damit Raphael nicht fällt. Damit sein Vater ihn nicht bricht. Ich war so naiv zu glauben, das sei... edel. Loyal. Ein Opfer." Ein bitteres Lächeln zuckte über mein Gesicht. „Aber es war Mord. Egal, wie sehr ich es drehe. Egal, wie jung ich war. Egal, ob ich geglaubt hab, ich schütze damit jemanden."

Ich lehnte mich zurück, sah kurz zur Decke, als könnte ich dort einen Ausweg finden. „Er hat dann noch einen Schuss in die Luft abgegeben. Damit seine Finger an der Waffe waren. Damit er seinem Vater später etwas zeigen konnte.

Ich… ich habe alles eingesammelt. Die Patronen. Die Hüllen. Wir haben alles sauber gemacht." Meine Stimme wurde leiser.

„Ich habe mir die Hände gewaschen. Ganz mechanisch. So, als könnte ich das Blut einfach abspülen. Und dann… sah ich das Bild."

Jetzt zwang ich mich, sie anzusehen. Auch wenn es mich innerlich zerriss. „Ein Junge und ein Mädchen. Ein Herz und eine Seele. Marco und Lyanna. Bruder und Schwester."

Ich spürte, wie sich alles in mir zusammenzog. „Und da wurde mir klar… ich habe nicht nur irgendein Ehepaar getötet. Ich habe deine Eltern getötet. Ich habe dir… alles genommen."

Ich hielt den Atem an, in der Hoffnung, dass sie etwas sagen würde. Irgendetwas. Aber sie schwieg. Und in diesem Schweigen vergrub ich mich selbst. Ich spürte, wie mein Herzschlag sich beschleunigte.

„Ich wusste, was ich zerstört hatte. Und ich wusste, dass ich es nie wieder gutmachen konnte." Ich schüttelte den Kopf.

„Und dann kam Marco nach Hause. Der Junge stand im Flur. Völlig betäubt. Ich konnte nichts tun. Ich konnte ihn nicht retten. Nicht damals. Raphaels Vater hatte ihn mitgenommen.

Später, als Marco wieder in unser Leben trat – kaputt, verzweifelt, verloren – habe ich ihn aufgenommen. Ich wollte ihn retten. Ich dachte, ich kann's irgendwie wiedergutmachen. Aber ich sagte ihm nie, wer ich war. Ich ließ ihn glauben, ich sei einfach... jemand, der ihm eine Chance gab."

Ich rang um Fassung. „Mit den Jahren ist die Freundschaft zu Raphael auf der Strecke geblieben. Frauen waren ein Grund, sicher. Aber der schwerere... war dieses Geheimnis. Es stand zwischen uns. Wie eine scharfe Klinge."

Ich beugte mich leicht vor. „Ich liebe dich, Lyanna. Auf eine Weise, die ich mir selbst nie erlaubt habe. Aber ich weiß... ich kann nicht mit dir zusammen sein, wenn du davon weißt. Ich weiß, du wirst mich dafür hassen. Und das ist dein Recht."

Ich sah ihr in die Augen. Und in diesem Moment – war ich nackt. Seelisch. Ohne Rüstung. Ohne Lüge.

„Aber ihr. Du und Marco... verdient diese Wahrheit nicht aus zweiter Hand. Das sollst du von mir hören. Du hast ein Recht auf jede Antwort – selbst, wenn sie dein letzter Blick auf mich sein wird."

Lyanna

Ich saß da. Still. Starr. Und kalt wie Stein. Ein Teil von mir wollte aufspringen. Weglaufen. Schreien. Ihn ohrfeigen. Ihn anschreien, bis meine Stimme brach. Bis er begriff, was er mir gerade angetan hatte. Aber ich blieb. Weil mein Körper nicht wusste, wie man flieht, wenn das Herz stillsteht. Meine Finger ruhten auf der Tasse, doch ich spürte sie kaum noch. Mein Blick war irgendwo zwischen seinen Augen und dem Schatten auf dem Tisch verfangen. Worte kreisten in meinem Kopf. Namen. Erinnerungen. Gerüche. Zwei Schüsse, hatte er gesagt. Nicht zitternd. Nicht weinend. Nur... zerbrochen. Ich hob den Blick. Sah ihn an. Apollo. Der Mann, den ich liebte. Vielleicht mehr, als gesund war. Der Mann, dessen Nähe mich brennen ließ – und jetzt innerlich erfrieren ließ.

„Warum...?" Meine Stimme war kaum mehr als ein Hauch.

Er öffnete den Mund, wollte antworten. Ich hob die Hand. Nur ein winziger Impuls. Aber er schwieg sofort. „Ich war ein Kind." Meine Worte kamen brüchig, doch klar. „Ein Kind, Apollo. Und du hast mir meine Eltern genommen."

„Ich weiß", sagte er. Leise. Keine Ausrede. Nur Schmerz.

„Du hast Marco allein gelassen. Mich... zerbrechen lassen. All die Jahre." Ich lachte bitter. „Und dabei warst du der Einzige, der die Wahrheit kannte."

Ich stand auf. Er folgte meiner Bewegung nicht. Blieb sitzen. Reglos. Vielleicht, weil er wusste, dass jede Bewegung jetzt zu viel gewesen wäre. Ich ging ein paar Schritte zur Seite. Zum Fenster. Die Welt draußen schien friedlich. Autos. Passanten. Das übliche Leben. Und ich dachte: Wie kann die Welt sich weiterdrehen, wenn meine gerade explodiert ist?

„Ich wollte dich nicht verlieren", sagte er schließlich.

Ich schüttelte den Kopf. „Du hast mich nie wirklich gehabt."

„Ich habe dich geliebt", flüsterte ich dann. „Mit allem, was ich hatte. Und ich habe dich gehasst. Für das, was du mit mir gemacht hast. Für das, was du aus mir gemacht hast."

Er stand auf. Ich drehte mich nicht zu ihm um.

„Und jetzt?", fragte ich. „Was willst du jetzt hören? Dass ich dir vergebe? Dass ich Verständnis habe für einen 15-jährigen Jungen, der dachte, er müsse einen Mord begehen, um einen Freund zu retten?"

Ich drehte mich langsam zu ihm. Er sah aus, als würde er zerfallen. Und doch war da noch dieser Blick. Dieser verdammte Blick. Voller Reue. Und… Liebe.

„Ich weiß es nicht", sagte er ehrlich. „Ich weiß nur, dass du es erfahren musstest. Von mir. Nicht von Marco. Nicht von Aurel. Von mir."

Ich atmete durch. Mein Herz schlug schneller, härter. Als wolle es durchbrechen, durch Haut und Knochen, um zu verstehen, was es da gerade fühlte.

„Es gibt kein zurück", flüsterte ich. „Ich weiß."

Ich schwieg. Lange. Bis der Schmerz in meiner Kehle mich zwang, etwas zu sagen. „Geh, Apollo."

Er erstarrte. Sah mich an. Und ich spürte, wie alles in ihm zerriss.

„Nur für heute", fügte ich leiser hinzu. „Ich… ich muss atmen."

Er nickte. Einmal. Wortlos. Dann drehte er sich um. Als er ging, stand ich da. Mit Tränen in den Augen. Nicht, weil ich ihn verloren hatte. Sondern weil ich ihn vielleicht niemals wirklich gehabt hatte. Und vielleicht… nie wieder haben würde.

Apollo

Die Tür fiel leise hinter mir ins Schloss, aber der Lärm in meinem Kopf blieb. Kein Wort konnte ausdrücken, was gerade geschehen war. Ich hatte Lyanna alles gesagt. Alles, was ich jahrelang verschwiegen hatte. Alles, was zwischen uns stand – zwischen dem, was ich fühlte und dem, was ich mir nie erlauben durfte.

Vor mir, an der Mauer gelehnt: Erol. Ein paar Schritte entfernt: Marco. Die Schultern gesenkt, aber nicht gebrochen. Unsere Blicke trafen sich. Für einen Moment stand alles still. Ich atmete schwer. „Sie weiß es." Meine Stimme war rau, ungewohnt brüchig. Doch ich zwang mich zur Kontrolle. Ich wollte nicht noch mehr Schwäche zeigen. Nicht jetzt. Nicht vor ihnen. Erol trat einen Schritt vor.

„Wie hat sie reagiert?"

Ich schüttelte den Kopf. Worte waren sinnlos. „Sie hat zugehört." Ich sah zu Boden. „Aber da war nichts mehr in ihren Augen. Nur... Leere." Ich hätte lieber geschrien. Ich hätte lieber gehabt, dass sie mich ohrfeigt, mir das Herz aus der Brust reißt. Aber dieses Schweigen... es war wie ein Grab.

Marco trat einen Schritt näher.

„Du hast es ihr gesagt. Alles?"

Ich nickte. Erol schnaubte leise, ließ sich gegen die Wand sinken. Ich sah ihn nicht an. Ich konnte nicht. Ich spürte nur das Gewicht der Blicke auf mir.

Dann sagte er leise: „Ich habe ihm gesagt, was du ihr sagen wolltest. Noch bevor du rauskamst."

Mein Kopf fuhr herum. Ich musterte Marco. „Du weißt es also", flüsterte ich.

Marco sah mich direkt an. Kein Zorn in seinem Blick. Keine Wut. Nur etwas, das wie... Verständnis aussah? „Ich weiß es schon länger", sagte er ruhig. „Länger, als du denkst. Noch vor Marbella. Aber ich habe geschwiegen."

Ich zog die Stirn kraus. „Warum?"

Er zuckte mit den Schultern. „Weil ich es begriffen habe. Nach dem Krankenhaus. Ich wusste, dass sie dich liebt. Dass du ihr fehlst. Dass es... nicht so einfach ist, wie Schuld und Unschuld." Er sah weg. „Ich habe damals geglaubt, ich könnte sie retten. Von dir, von ihnen, von allem. Aber irgendwann habe ich kapiert, dass sie gar nicht gerettet werden wollte. Nur geliebt."

Ich wollte etwas sagen, aber die Worte klebten mir am Gaumen. Erol schnaubte wieder. „Das hätte ich nicht kommen sehen."

Marco sah ihn an. „Ich auch nicht."

„Und du verzeihst mir einfach?", fragte ich mit belegter Stimme.

„„Ich weiß nicht, ob es Verzeihen ist", antwortete er. „Aber ich habe meinen Frieden damit gemacht. Damals... ihr wart Kinder. Und keine Kinder mit einem harmonischen Bilderbuch-Zuhause, sondern Erben von Gewalt, Misstrauen und Regeln, die keine Gnade kannten."

Er sah mich direkt an. „Du weißt genau, wie das ist, Apollo. Wie es sich anfühlt, wenn Entscheidungen über Leben und Tod nicht deine eigenen sind. Wenn du gehorchst, weil du sonst der Nächste bist. Ihr hattet keine Wahl. Nicht wirklich."

Seine Stimme wurde fester. „Als ich ihr das Serum gegeben habe... da wusste ich längst, wer du bist. Was du getan hast. Und gleichzeitig... ahnte ich wie sehr sie dich liebt."

Er atmete tief durch. „Wenn jemand fähig ist, einem Mörder so zu verzeihen, dann muss er verdammt gute Gründe dafür haben." Ich atmete scharf ein. Diese Worte trafen tiefer, als ich zugeben wollte.

„Und trotzdem…", sagte ich rau, „wollte ich, dass sie es von mir hört. Nicht von dir. Nicht aus Gerüchten. Ich will, dass sie es sieht. Dass ich dazu stehe."

Marco nickte. „Das ist dein gutes Recht." Dann trat er einen Schritt zurück.

„Aber ich werde heute nicht mehr zu ihr reingehen. Nicht so. Nicht in dieser Unruhe. Sie braucht Luft." Mehr konnte ich nicht sagen.

„Ich geh jetzt zu ihr", murmelte Marco. „Falls sie mich sehen will – ich will für sie Dasein."

Ich zwang meine Stimme in Form. „Danke."

Marco zögerte kurz, dann verschwand er im Café. Ich blieb mit Erol zurück. Wir sagten eine Weile nichts. Dann murmelte er: „Willst du wissen, was ich denke?"

„Nicht wirklich."

„Ich sag's trotzdem: Es ist verdammt spät. Aber nicht zu spät."

Ich ließ mich an der Wand nieder, rieb mir das Gesicht. Die Hitze der Tränen stand mir noch in den Augen, aber ich ließ sie nicht raus.

„Ich kann nicht mehr lügen, Erol. Ich werde es auch nicht."

Er nickte. Dann nachdenklich: „Du liebst sie wirklich."

„Mehr als mein Leben."

„Dann kämpf."

Ich nickte. Dann sah ich zum Himmel. „Ich habe ihr alles gesagt. Jetzt liegt es nicht mehr in meiner Hand."

Marco

Ich hatte nicht gedacht, dass ich mich je wieder so fühlen würde. So hilflos. So machtlos. So verdammt leer. Als Apollo an mir vorbeiging, sah ich in seinen Augen nicht mehr den Krieger, den die Welt fürchtete. Ich sah nur noch einen Mann. Gebrochen. Leer. Und doch voller Liebe. Eine Liebe, die vielleicht gerade in dem Moment unter ihren eigenen Trümmern begraben wurde. Jetzt ging es nicht mehr um Schuld oder Vergebung. Jetzt ging es darum, dass sie nicht ganz unterging. Dass sie wusste: Sie ist nicht allein. Und so trat ich wieder ein – nicht als Feind, nicht als Bruder, nicht als Teil der Vergangenheit. Sondern als das, was sie jetzt brauchte. Jemand, der bleibt. Ich spürte die Erschütterung in der Luft. Ihre Tränen, noch bevor sie fielen. Sie saß dort. Allein. Die Schultern hochgezogen. Der Blick auf etwas Unsichtbares gerichtet. Und doch war es nicht Abwesenheit, die sie fesselte. Es war... Kampf. Ein innerer Krieg, den sie nicht bestellt hatte. Ich wusste, wie sich das anfühlte.

„Lya?", sagte ich leise.

Sie zuckte nicht einmal. Ihre Augen waren glasig, die Lippen bebten leicht. Ich trat näher, kniete mich neben sie.

„Ich hab's gehört", flüsterte ich. „Ich weiß... was er dir gesagt hat." Sie blinzelte. Ganz langsam. Dann sah sie mich an. Und dieser Blick... zerlegte mich.

„Du wusstest es?", hauchte sie. Ich nickte.

„Nicht von Anfang an. Nicht, als ich dich betäubt habe. Nicht, als ich dich weggeschafft hab. Das kam alles später. Danach. Als ich dachte, ich hätte dich für immer verloren. Als ich... Dinge erfuhr. Von anderen. Auch wie sehr du ihn liebst. Trotz allem. Trotz ihm."

Ein Zittern ging durch ihren Körper. Ich berührte sie nicht. Noch nicht. Ich wollte ihr Raum lassen. Den Raum, den man braucht, wenn alles in einem zu eng wird.

„Ihre Lippen öffneten sich leicht. Ein Atemzug. Vielleicht ein leises „Warum". Ihre Stimme war kaum mehr als ein Hauch. „Warum ist das alles passiert?"

Ich atmete tief ein. Suchte die Worte, die ich mir selbst jahrelang nicht erlaubt hatte.

„Weil wir keine Wahl hatten", sagte ich leise. „Wir waren Kinder, Lyanna. Du und ich. Unser Vater war... krank. Spielsüchtig. Getrieben. Er hat sich Hilfe geholt – aber nicht die, die er gebraucht hätte. Statt zu einem Arzt zu gehen, zu jemandem, der ihn vielleicht hätte retten können... ist er zu den falschen Männern gegangen."

Meine Stimme klang heiser. Ich zwang mich, sie nicht sinken zu lassen.

„Wir waren nie Täter in dieser Geschichte. Wir waren Beifang. Opfer. Genau wie unsere Mutter. Sie hat jeden Monat gekämpft, um dir das Essen auf den Tisch zu bringen. Sie hat gelächelt, obwohl sie geweint hat, sobald du das Zimmer verlassen hast."

Lyanna sah weg. Ich wusste, dass es sie zerriss, das zu hören – aber sie musste es hören. Endlich. Klar und ohne Schleier.

„Wir können uns unseren Weg nicht immer aussuchen. Aber wir können lernen, mit dem, was war, umzugehen. Es zu verarbeiten. Nicht wegzuschieben. Nicht zu fliehen."

Ich beugte mich leicht nach vorne, suchte ihren Blick. „Und vor allem: Wir dürfen die Liebe, die uns begegnet, nicht verscheuchen, nur weil wir glauben, sie nicht zu verdienen."

Sie schwieg. Trank einen Schluck, wie um etwas Bitteres hinunterzuspülen. Dann sah sie mich an. „Warum kannst du ihm vergeben?"

Ich wusste, dass diese Frage kommen würde. Ich spürte sie seit Minuten unter ihrer Oberfläche brodeln. Ich lehnte mich zurück.

„Weil ich das Spiel kenne", sagte ich schließlich. „Ich bin in der Organisation groß geworden. Ich weiß, was es heißt, in diesem System zu überleben. Da gibt es nur Schwarz oder Weiß. Entweder du gehorchst – oder du bist tot."

Ich seufzte. „Und seit Raphael tot ist, bin ich frei. Zumindest... so frei, wie man es in dieser Welt sein kann."

Sie runzelte die Stirn. Ich fuhr fort: „Ich weiß bis heute nicht, wie viele überhaupt wissen, dass ich gar nicht wirklich Raphaels Cousin war. Vielleicht schützt mich genau das. Oder vielleicht schützt mich, dass Apollo in vielen Ländern gerade das Ruder übernimmt. Es wirkt wie eine Fusion – als würden die Fäden sich alle zu ihm hinziehen."

Ich schüttelte leicht den Kopf. „Ich hab meinen Frieden damit gemacht. Und... ich hab dir zu verdanken, dass ich noch lebe. Dass Apollo mich nicht längst von der Karte gefegt hat."

Ich sah sie wieder an. Direkt. Aufrichtig. „Danke, Lyanna. Ich bin da. Jetzt. Nicht perfekt. Nicht fehlerfrei. Aber da. Und ich werd nicht wieder gehen. Es sei denn, du willst es."

Sie zwang sich zu einem Lächeln. Es war schwach, aber echt. Eine Geste, die sagte: Ich bin nicht okay – aber ich bin noch da.

„Ich möchte jetzt nach Hause", sagte sie leise.

Ich nickte. Stand auf. „Soll ich dich fahren?"

Sie zögerte nur einen Moment. Dann nickte sie. Wortlos. Aber ihre Augen sagten genug.

Lyanna

Ich hatte mich gerade in eine Decke gewickelt und mir einen Kräutertee gemacht, als das Handy vibrierte. Einmal. Zweimal. Ich starrte auf das Display. Esteria. Ein flüchtiges Stechen in der Brust. Irgendetwas in ihrem Namen ließ mich sofort aufhorchen. Ich nahm ab.

„Lyanna", sagte sie ohne Umschweife. Ihre Stimme klang erschöpft, aber gefasst. „Es tut mir leid, dich zu stören, aber... ich brauche dich."

Ich setzte mich auf die Sofakante. „Was ist passiert?"

„Nichts Schlimmes. Noch nicht. Aber ich kann das hier nicht allein regeln. Die Situation ist... verzwickt. Politisch. Menschlich. Und du bist die Einzige, der sie zuhören würden. Zumindest einige."

Ich sagte nichts.

„Ich weiß, dass du viel durchgemacht hast", fuhr sie fort. „Und dass du Zeit brauchst. Aber wenn du dich in der Lage fühlst... bitte, denk darüber nach, zurückzukehren. Nur für ein paar Tage. Nur um zu helfen."

Ich spürte, wie meine Finger sich fester um die Teetasse schlossen. Zurück? Nach Johannesburg? Dorthin, wo ich alles verloren hatte... und gleichzeitig irgendwie wiedergefunden.

„Ich kann dir jetzt keine Antwort geben", sagte ich leise.

„Ich erwarte auch keine sofort", entgegnete sie. „Denk einfach darüber nach. Ich würde mich freuen. Und ich wäre dir dankbar."

„Ich melde mich morgen", flüsterte ich.

Sie legte auf, ohne Druck. Ohne Drängen. Nur mit der Art Stille, die nachhallt. Ich stand auf, trat ans Fenster. Die Stadt draußen war ruhig, fast schläfrig. Nur einzelne Autos glitten durch die Straßen. Ich dachte an Apollo. An Marco. An das, was war. An das, was nie wieder sein würde. Und an das, was vielleicht... noch möglich war. Meine Gedanken rasten, aber mein Körper blieb still. Ich brauchte keine Entscheidung heute Nacht. Nur Luft. Nur Raum. Nur Zeit.

Am nächsten Morgen erwachte ich früh. Kein Albtraum. Kein Herzrasen. Nur ein leises Ziehen in der Brust. Ich setzte mich auf, fuhr mir durchs Haar, trat barfuß in die Küche. Die Wohnung war still – nur das entfernte Summen einer vorbeifahrenden Bahn vibrierte durch die Wände. Sonnenlicht drang schräg durch die staubigen Fenster. Ich setzte mich an meinen Küchentisch. Und da war sie: Die Entscheidung. Still. Klar. Unvermeidlich. Esteria hatte mir geholfen, als ich nichts mehr spürte außer Schmerz. Sie hatte mich aufgebaut, nicht mit Worten, sondern mit Taten. Jetzt war sie es, die mich brauchte. Ich stand langsam auf. Meine Glieder fühlten sich schwer an, aber nicht kraftlos – eher wie ein Körper, der wusste, dass der nächste Schritt wichtig war. Ich ging ins Schlafzimmer. Öffnete den Schrank. Kein Kleid heute. Kein Versuch, mich zu verstecken hinter Masken aus Seide und Glanz. Ich griff nach der schwarzen Stoffhose, die an den Oberschenkeln weich anlag, sich aber wie eine Rüstung anfühlte. Darüber ein dunkler Pullover, schlicht, aber warm. Ich zog ihn über meinen Kopf, ließ meine Hände kurz an den Ärmeln verharren. Vielleicht war es auch eine Art Abschied. Vom Zögern. Vom Zweifeln. Im Spiegel begegnete mir mein eigenes Spiegelbild – nicht perfekt, nicht unversehrt, aber aufrecht. Ich fuhr mir durchs Haar, band es zu einem lockeren Zopf. Kein Make-up. Kein Spiel.

Nur ich.

Ich griff nach meiner Jacke, warf sie mir über. In der Tasche: Mein Handy, mein Schlüssel, und ein kleines Fläschchen Parfum. Der letzte Hauch von Vertrautem, der mich daran erinnerte, dass ich nicht nur aufbrechen würde, um jemand anderem zu helfen – sondern vielleicht auch mich selbst ein Stück zurückzuholen.

Bevor ich ging, blieb ich noch einen Moment im Türrahmen stehen. Mein Blick glitt durch den Raum. Bücher. Die Decke auf dem Sofa. Die leere Teetasse. Mein Rückzugsort. Mein Schweigen. Mein Schatten. Und dann drehte ich mich um. Ich schloss die Tür. Und machte mich auf den Weg. Als ich losfuhr, schien Marbella immer noch zu schlafen – aber in mir tobte ein Sturm. Ich wusste, dass ich diese Entscheidung nicht aus dem Kopf heraus treffen konnte. Ich sollte mit jemandem sprechen, der wusste, was es hieß, Dinge mit sich herumzutragen, die einem die Seele auffraßen.

Marco.

Die Fahrt verlief still. Kein Radio. Kein Lärm. Nur das sanfte Brummen des Motors und das dumpfe Pochen meines Herzens. Ich parkte etwas abseits, dort, wo das Gestrüpp fast den Weg zum Hintereingang der alten Lagerhalle verdeckte. Hier hatte ich den Zettel hinterlassen. Hier hatte alles begonnen. Ich schloss den Wagen ab, zog meine Jacke enger und trat durch den schmalen Pfad, den der Regen in die Erde gegraben hatte. Meine Schuhe hinterließen keine Spuren – zu trocken der Boden, zu fest mein Entschluss. Die Metalltür quietschte leise, als ich sie aufzog. Drinnen war es kühl und roch nach Staub, Eisen und etwas, das man nicht benennen konnte – Vergangenheit vielleicht. Ich bewegte mich vorsichtig zwischen alten Kisten und Regalen hindurch. Erst als ich in den hinteren Bereich der Halle trat, entdeckte ich ihn. Er hob den Blick, als ich näherkam.

„Kann ich dich um einen Gefallen bitten?", fragte ich leise. Ein leichtes Stirnrunzeln. Dann: „Immer."

Ich atmete einmal tief durch. „Ich muss zurück nach Johannesburg. Esteria hat mich gebeten... für ein paar Tage. Sie braucht Hilfe. Und ich... ich will nicht allein gehen." Marco sah mich lange an, der Becher schwebte einen Moment in der Luft. Dann stellte er ihn ab und nickte. Kein Zögern.

„Natürlich. Ich lasse dich nicht allein dahin zurück. Nicht diesmal."

Ich schloss für einen Moment die Augen. Ein Schritt nach dem anderen.

Marco fuhr. Ich starrte hinaus in die Dunkelheit, die nur von den Lichtern der Laternen durchbrochen wurde. Es war eine dieser Fahrten, die man nicht wirklich wahrnahm – weil der Kopf schon weit voraus war. In Gedanken war ich bereits bei Esteria. In Johannesburg. In dem, was dort auf mich wartete.

„Sicher, dass du das willst?", fragte Marco plötzlich, ohne den Blick von der Straße zu nehmen.

Ich nickte, langsam. „Nein", antwortete ich. „Aber ich weiß, dass ich es tun muss."

Er grinste schief. „Klingt nach einer typischen Parker-Antwort."

Ich musste kurz lachen, wenn auch leise. „Weißt du, du musst das nicht mitmachen. Du bist mir nichts schuldig."

„Falsch", sagte er ruhig. „Ich bin dir eine ganze Menge schuldig. Und vielleicht... will ich einfach sehen, wohin dieser Weg führt. Vielleicht ist es auch meiner."

Ich schwieg. Doch sein Satz blieb.

Am Flughafen war es ruhig. Nachtflüge, letzte Maschinen. Gepäckrollen auf glänzendem Boden, das gedämpfte Murmeln müder Stimmen. Ich zog mein Handy aus der Jackentasche, tippte schnell eine Nachricht: „Wir sind auf dem Weg. In wenigen

Stunden sind wir bei dir. Danke, dass du mich gefragt hast."

Keine Minute später vibrierte das Gerät.

Esteria: „Danke, dass du kommst. Ich weiß, es ist viel. Aber es wird anders, wenn du hier bist. Ich spüre das."

Ich steckte das Handy weg und blickte zu Marco. „Bereit?" Er zuckte mit den Schultern. „Bereit genug, um das zu überstehen."

Wir gaben das Gepäck auf, gingen durch die Kontrollen. Ich roch den vertrauten Duft von Kaffee, Kerosin, Parfüm – und etwas, das ich nicht benennen konnte. Vielleicht war es das Gefühl eines Neuanfangs. Oder das Ende eines alten Kapitels. Als wir am Gate saßen, legte Marco kurz seine Hand auf meine. „Du wirst das schaffen, Lyanna."

Ich sah ihn an. Und in seinen Augen war nicht das vergangene Leid, nicht die Schuld – sondern Glaube. An mich. „Wir werden das schaffen", verbesserte ich. Und für den Moment glaubte ich es auch. Der Flug wurde aufgerufen. Ich stand auf. Und ließ Europa hinter mir.

*

Der Himmel war grau, schwer von der Nacht, die sich noch nicht ganz hatte vertreiben lassen. Das Flugzeug setzte auf. Ein leichtes Zittern. Die Anschnallzeichen leuchteten auf. Marco sah aus dem Fenster, sagte nichts. Ich atmete tief durch. Mein Herz schlug schneller als nötig.

Nicht aus Angst. Sondern weil ich wusste, dass diese Ankunft anders war. Diesmal kam ich nicht als Geflüchtete. Nicht als Opfer. Sondern als... vielleicht als etwas Neues. Vielleicht als jemand, der ein Erbe antreten sollte.

Die Passkontrolle war schnell erledigt. Unser Gepäck kam fast als erstes. Dann schoben wir die Koffer durch die Glastüren – hinaus in die Ankunftshalle. Und da stand sie. Esteria. Schlank, stark, unübersehbar. In einem dunklen, fließenden Mantel, das Haar hochgesteckt, die Augen wacher als jeder Morgen. Ihre Präsenz war wie ein Anker. Wie ein Versprechen. Sie ging direkt auf mich zu – kein Zögern, kein prüfender Blick. Nur Wärme. Und eine Ruhe, die ich dringend gebraucht hatte.

„Du bist wirklich gekommen", sagte sie. Ihre Stimme war sanft. Und gleichzeitig getragen von allem, was unausgesprochen zwischen uns lag.

Ich nickte. „Ich musste", antwortete ich leise. Esteria sah mich einen Moment lang an. Dann zog sie mich in eine Umarmung. Stark. Echt. Und für den Bruchteil einer Sekunde... sicher.

Als wir uns lösten, wandte sie sich an Marco. Ein kurzes Nicken. Keine Fragen, kein Misstrauen – nur eine stille Einschätzung. „Danke, dass Sie mitgekommen sind", sagte sie.

„Ich bin nicht hier, um zu stören", entgegnete er ruhig. „Nur... um da zu sein. Für sie."

Esteria nickte erneut. Und bedeutete uns mit einer Geste, ihr zu folgen. „Es gibt viel zu erzählen", sagte sie im Gehen. „Und einiges zu entscheiden."

Ich folgte ihr durch die Glastüren hinaus. Die Morgensonne kroch langsam über den Horizont, färbte den Asphalt gold. Ein neuer Tag. Ein neues Kapitel. Und ich war bereit.

Esteria

Der Wagen glitt durch die nächtlichen Straßen von Kapstadt, während der Wind sanft an den Fenstern zerrte. Esteria saß am Steuer, ihre Hände fest um das Leder des Lenkrads geschlossen, doch ihr Blick schweifte immer wieder in den Rückspiegel. Lyanna saß hinten neben Marco, beide noch still, erschöpft von den Ereignissen. Die Schatten unter Lyannas Augen sprachen Bände – doch ihre Haltung war aufrechter als noch vor Stunden. Irgendetwas in ihr hatte sich geregt.

„Wir sind gleich da", sagte Esteria ruhig, mehr um die Spannung zu durchbrechen als zur Information.

„Du wohnst noch in derselben Gegend?" Marcos Stimme war heiser.

„Ja. Die gleiche Wohnung. Sicher, übersichtlich. Und geschützt."

Lyanna hob den Kopf. Ihre Stimme war leise, aber klar: „Geschützt? Von wem?"

Esteria zögerte kurz, dann blickte sie kurz zu Lyanna durch den Rückspiegel. „Aurel. Er hat dafür gesorgt, dass ich unter dem Radar bleibe. Dass niemand mir einfach so zu nahe kommt."

Ein kurzes Schweigen. Dann fuhr sie fort: „Es gab... ein Leck. Irgendwo. Ich weiß nicht, wo genau, aber plötzlich war ich in aller Munde. Informanten, alte Kontakte aus Johannesburg, sie riefen an, kamen persönlich vorbei. Und sie alle wollten das Gleiche wissen: ob es wahr ist, dass du noch lebst, Lyanna."

Lyanna sagte nichts. Marco atmete hörbar aus.

„Du sollst die Nachfolgerin werden", fuhr Esteria fort. „Das weißt du vielleicht nicht, aber viele rechneten damit, dass du Raphaels Platz einnimmst. Du hattest seine Gunst. Seine Aufmerksamkeit. Und als er fiel... hat das ein Machtvakuum hinterlassen. Eines, das nicht einfach zu füllen war. Die Caelus haben sich zwar positioniert, aber... das reicht nicht jedem."

„Und du?" fragte Marco. „Wo stehst du in dem Spiel?"

Esteria schüttelte den Kopf. „Ich habe mich rausgehalten. Bis vor drei Tagen." Ein stiller Moment. Dann fuhr sie leise fort: „Ich bekam spätabends einen Anruf. Ein Mann – nannte sich Anton. Ruhige Stimme, kein Dialekt, kein Zögern. Er wollte sich mit mir treffen. Dringend. Ich habe gezögert, aber... ich habe zugesagt. Am nächsten

Abend saß ich dem Richter von Johannesburg gegenüber. In einem Café in Constantia. Diskret. Edel. Leer."

Lyanna sah sie an. Ihre Finger krallten sich in den Stoff ihrer Hose. „Und?", flüsterte sie.

„Er stellte keine oberflächlichen Fragen. Keine Smalltalk-Versuche. Gleich zur Sache: Was ich weiß über dich. Über die Caelus. Über Ferragosto. Ich hab nicht viel preisgegeben – nur das, was ohnehin jeder wusste. Doch er..." Esteria atmete tief ein. „Er wusste zu viel, als hätte er viele Dossiers über euch gelesen."

Lyanna blinzelte. Ein Schatten huschte über ihr Gesicht. Sie kannte diesen Namen. Anton. Sie erinnerte sich – blass, verschwommen, aber doch mit Nachdruck. Er war damals einer ihrer Verbündeten gewesen. Neben Matthias. Und Akira. Sie hatte ihn für verschwunden gehalten. Oder für tot. Doch sie sagte nichts. Nicht jetzt.

„Und was wollte er von dir?" fragte Marco.

Esteria holte tief Luft. „Er hat mich gebeten, dich zu holen, Lyanna. Dich hierherzubringen. Ich war mir nicht sicher, ob ich das will. Oder sollte. Schließlich ist er Richter. Ich habe ihn nicht durchschaut. Aber er... wirkte glaubwürdig. Er sagte, er will dir nichts tun. Dass du geschützt bist, solange du in meiner Nähe bist. Und dass er nur reden will."

Lyanna hob langsam den Blick. Ihre Stimme war tonlos, beinahe nüchtern: „Wann und wo will er sich wieder melden?"

Esteria nickte leicht. „Heute Nacht. Er sagte, er meldet sich, sobald er weiß, dass du hier bist. Ich denke... er beobachtet uns." Die Reifen des Wagens quietschten leicht, als Esteria vor dem kleinen Apartmentgebäude hielt. Sie schaltete den Motor aus.

„Wir sind da", sagte sie leise.

Marco sah zu Lyanna, doch sie blickte nur nach vorne, das Gesicht wie aus Stein. Esteria stieg als Erste aus. Der Abend war kühler geworden. Und in der Luft lag eine Spannung, die kein Wind vertreiben konnte.

Das Gebäude war unscheinbar, von außen kaum als sicherer Zufluchtsort erkennbar. Drei Etagen, abgeschirmt von dichter Begrünung, kein Schild, kein Name an der Klingel. Nur ein leises Summen, als Esteria ihren Finger auf das Bedienfeld legte. Ein biometrischer Scanner bestätigte ihre Identität. Die Tür entriegelte sich mit einem Klicken.

„Kommt." Ihre Stimme war leise, aber bestimmt.

Marco folgte ihr zuerst, unauffällig wachsam. Lyanna stieg zuletzt aus. Sie zog sich die Kapuze tiefer ins Gesicht, als wäre ihr selbst im Schutz der Dunkelheit zu viel Licht. Ihre Bewegungen waren kontrolliert, aber man sah, wie viel sie kosteten.

Drinnen war es ruhig. Keine Geräusche von Nachbarn, keine Musik, kein Leben. Nur der schwache Geruch nach Reinigungsmitteln und alten Möbeln. Der Fahrstuhl summte, als Esteria den Code eingab.

„Dritter Stock, durchgehende Sicherung auf jeder Etage. Bewegungsmelder, Kameras, Glasfaseranbindung, eigener Stromkreis. Ich bin vorbereitet."

„Offenbar", murmelte Marco, ohne Ironie.

Die Wohnungstür öffnete sich lautlos. Drinnen: klare Linien, wenig Dekoration, viel Funktion. Eine Mischung aus Rückzugsort und Kommandozentrale. Kein Luxus – aber alles hochwertig. Sicherheit vor Stil. Und doch... war da Wärme. In den Farben. Den kleinen Details.

„Ihr könnt euch ausruhen. Ich nehme das Sofa." Esteria deutete auf die Zimmer, dann verschwand sie kurz im Flur, überprüfte die Fensterverriegelungen.

Lyanna stand noch im Flur. Ihre Augen wanderten über die Wände, die Einrichtung, die Ordnung. Fast zu perfekt. Wie in einem Leben, das man sich bewusst klein hält, um keine Angriffsfläche zu bieten.

„Ich hab nicht viel mitgenommen damals", sagte Esteria, als sie zurückkam. „Was ich brauche, passt in eine Tasche. Der Rest ist Erinnerung. Oder Gefahr."

Marco setzte sich auf einen der Sessel. Lehnte sich nicht zurück. „Meinst du, er ruft wirklich an?"

Esteria nickte. „Er ist nicht der Typ für Spielchen. Wenn er sagt, heute Nacht – dann meint er es so."

„Und wenn nicht?"

„Dann sehen wir weiter. Aber mein Gefühl sagt mir, dass es nicht lang dauern wird."

Lyanna trat ans Fenster. Sie sagte nichts. Unten auf der Straße fuhr ein Wagen vorbei. Musik drang durch die geschlossenen Scheiben. Ein Moment aus einer anderen Welt.

„Ihr kennt euch", sagte Marco plötzlich. Nicht fragend. Feststellend.

Lyanna wandte sich ihm zu, langsam. „Früher", sagte sie. „Sehr lange her."

Esteria blickte zwischen den beiden hin und her. „Willst du uns mehr sagen?"

Lyanna schüttelte den Kopf. „Noch nicht."

Ein Summen durchbrach die Stille. Das Festnetztelefon auf dem Küchenschrank blinkte. Keine Nummer. Nur ein rotes Licht.

Esteria ging sofort hin. Nahm den Hörer ab, stellte den Lautsprecher an.

„Ja?" Eine Stimme. Ruhig. Männlich. Keine Begrüßung. „Sie ist angekommen." Esteria antwortete nicht. „Morgen. 10 Uhr. Gerichtshof Südflügel. Diskret. Keine Waffen. Keine Begleitung." Ein Klicken. Dann Stille. Langsam legte Esteria den Hörer zurück. „Das war er."

Marco fluchte leise. Lyanna atmete ruhig. Zu ruhig. Dann sagte sie nur: „Ich gehe hin."

Lyanna

Die Straßen von Johannesburg lagen still unter dem grauen Himmel des frühen Morgens. Nur vereinzelte Fahrzeuge zogen ihre Spuren durch den dunstigen Asphalt. Lyanna saß auf dem Beifahrersitz, den Blick geradeaus gerichtet, während Marco den Wagen steuerte. Seine Hände umklammerten das Lenkrad fester, als nötig. Mehrfach warf er ihr kurze Blicke zu, als wolle er etwas sagen – und schwieg dann doch wieder.

„Willst du wirklich allein reingehen?" fragte er schließlich. Lyanna antwortete nicht sofort. Erst als sie an einer roten Ampel hielten, wandte sie sich zu ihm. Ihre Stimme war ruhig. Klar.

„Ja. Das ist zwischen ihm und mir."

Marco schüttelte den Kopf. „Ich traue ihm nicht. Raphael hat früher Geschäfte mit ihm gemacht. Nicht oft, aber gezielt. Immer dann, wenn er Rückendeckung brauchte. Und Anton hat geliefert. Unauffällig, diskret, aber effizient. Ich weiß nicht, was er wirklich will, Lyanna."

„Ich auch nicht. Aber ich werde es herausfinden. Ich kann ihm vertrauen." Ihre Stimme war ruhig, aber schneidend. Ihre Augen blieben hart.

Marco seufzte. „Du weißt, dass du nicht irgendwer für diese Stadt bist. Nicht mehr. Viele reden über dich. Manche mit Ehrfurcht. Andere mit Angst. Und einige... mit Erwartungen."

„Ich habe niemandem etwas versprochen."

„Das spielt keine Rolle mehr." Er fuhr weiter. „Für viele bist du längst Teil des Spiels."

Als sie vor dem Gerichtshof ankamen, war es kurz vor zehn. Der Südflügel war verlassen. Kein Publikumsverkehr, keine Presse. Nur zwei Männer in unauffälliger Kleidung, die diskret an den Seiten des Eingangs standen. Lyanna stieg aus. Marco blieb im Wagen.

„Ich warte hier", murmelte er. „Aber wenn du länger brauchst... oder etwas nicht stimmt, ich—"

„Ich komme klar." Sie öffnete die Tür, stieg aus und schlug sie mit kontrollierter Kraft zu – und ging.

Der Flur war lang und nüchtern, die Wände in einem hellen Grau gestrichen. Kein unnötiger Prunk. Keine Bilder. Nur Leere. Die Schritte ihrer Stiefel hallten dumpf über den Steinboden. Ein

Mitarbeiter führte sie wortlos in ein Zimmer am Ende des Ganges. Ein Büro. Groß, kühl, aufgeräumt. Richterzimmer. Mahagonitisch, zwei Stühle, Aktenordner in einem offenen Regal. Auf dem Tisch stand ein Glas Wasser. Lyanna setzte sich nicht. Sie blieb stehen, bewegungslos, die Hände locker an der Seite. Ihr Blick wanderte durch den Raum – analytisch, nicht nervös. Nach wenigen Minuten öffnete sich die Tür. Anton trat ein. Er sah älter aus, als sie ihn in Erinnerung hatte. Graue Schläfen, tiefer gezogene Linien im Gesicht. Doch sein Blick war derselbe geblieben – wach, scharf, durchdringend. Ein Mann, der nie vergaß, wo im Raum die Schwachstelle lag. Einen Moment lang sahen sie sich nur an. Dann trat er auf sie zu – ohne Zögern – und nahm sie in den Arm. Keine Show, kein Zwang. Ein fester Griff. Echt.

„Es ist gut, dich zu sehen", sagte er leise, „du hast dich verändert."

Lyanna ließ es zu. Kurz nur. Dann löste sie sich. „Du siehst... geordnet aus", sagte sie. Ihre Stimme klang kühl, aber nicht feindlich.

„Ich musste. Gezwungenermaßen." Ihre Stimme war klar. Er deutete auf die Stühle. „Setz dich."

Sie taten es gleichzeitig. Keine Hektik. Keine Eile. Die Stille zwischen ihnen war erdrückend. Kein Wort, aber alles sagte: Zu viel ist passiert, um einfach dort weiterzumachen, wo man aufgehört hatte.

„Bei der Schießerei ist alles außer Kontrolle geraten. Wir haben gedacht, dass wir dich verloren haben. Ich wurde danach regelmäßig informiert – über deinen Zustand, deine Fortschritte. Von Aiden. Und später von Apollo."

Lyanna zuckte kaum merklich. Sein Name fiel wie ein Stein in einen stillen See und ließ ihr Herz kurz stolpern. Sie ignorierte es.

„Und trotzdem hast du mich nie besucht."

Er senkte den Blick. „Es gab Komplikationen. Nach dem Restaurant-Zwischenfall musste ich meine Stellung sichern. Ich war Zielscheibe – nicht nur in den Medien. Ich konnte nicht offen mit dir in Verbindung gebracht werden."

„Feigheit", sagte sie leise. Nicht vorwurfsvoll. Nur feststellend. Anton nickte, ohne sich zu rechtfertigen.

„Warum ich?" fragte sie dann, direkt. „Was hat es mit dieser Nachfolger-Geschichte auf sich? Warum... ich?"

Er zögerte. Zum ersten Mal wich sein Blick aus. Anton lehnte sich zurück.

„Ich wusste es schon lange. Seit Jahren. Schon Raphaels Vater hatte es mir gesagt. Unter absolutem Schweigen. Dein Name – deine Herkunft – sie sollten niemals öffentlich werden, solange er lebte. Das war sein Wunsch. Vielleicht sogar seine Angst."

„Weil ich seine Tochter bin." Es war keine Frage. Nur ein bitteres, kaltes Einsehen.

Anton nickte. „Ja."

„Und Raphael?"

„Er wusste es. Vom ersten Tag an."

Die Wut, die durch Lyanna fuhr, war wie eine Welle – heiß, drängend, zerstörerisch. Doch sie blieb äußerlich ruhig. Nur ihre Stimme veränderte sich – wurde gefährlich ruhig.

„Er hat mich benutzt. Gedemütigt. Gequält. Und die ganze Zeit wusste er, wer ich bin?"

„Ja."

Ein Moment der Stille. Dann zog Anton einen Umschlag hervor. Er schob ihn über den Tisch. „Das Testament seines Vaters. Eine Kopie. Offiziell versiegelt. Unverändert."

Lyanna öffnete es mit zitternden Fingern. Ihre Augen glitten über die Zeilen. Sie hielt inne. Dann wurde sie blass. „Er hat mich eingesetzt. Als Erbin."

Anton nickte. „Bedingungslos."

„Hat Raphael das damals bekommen?"

„Ja."

Sie schloss die Augen. In ihr tobte ein Sturm. Bilder, Erinnerungen, Enttäuschung, Trauer, Entsetzen – alles auf einmal. Sie atmete durch, öffnete die Augen wieder und richtete den Blick auf Anton.

„Warum hat Apollo das Zepter nie übernommen?" Ihre Stimme war fest. „Warum ich? Warum jetzt?"

Anton verschränkte die Hände vor sich auf dem Tisch. „Apollo hätte es tun können. Die Macht stand ihm offen. Die Leute hätten ihn akzeptiert – vielleicht nicht alle, aber genug. Doch er wollte sie nie."

„Wegen Raphael?"

Anton schüttelte leicht den Kopf. „Wegen dir."

Lyanna zog eine Augenbraue hoch. „Ich verstehe nicht."

„Weil du sein Maßstab wurdest. Nach dir war niemand mehr… genug. Für die Rolle, für ihn selbst, für die Macht. Er hat sich zurückgezogen. Statt sie zu nehmen, hat er sie gehalten. Nur gehalten. Ohne Ambitionen. Nur Kontrolle, keine Vision."

Lyanna lehnte sich zurück. „Und ich soll sie jetzt haben? Die Vision? Die Macht? Das Erbe von Männern, die mich systematisch zerstört haben?"

„Nicht ihr Erbe", sagte Anton ruhig. „Dein Erbe. Es geht nicht um das, was sie aufgebaut haben. Es geht darum, was du daraus machen kannst."

Sie lachte leise, ohne Freude. „Und was hätte ich davon, Anton? Eine neue Identität? Eine Handvoll Schulden, Feinde und vergifteter Loyalitäten? Ich bin keine Dona. Ich war nie dafür gemacht."

„Nein", sagte er. „Du bist dafür geformt worden. Nicht durch Titel. Sondern durch das, was du überlebt hast."

Sie schwieg.

„Du würdest Einfluss gewinnen", fuhr er fort. „Nicht nur über Geld, sondern über Netzwerke. Du könntest Dinge verändern – aufräumen, neu ordnen. Du hast Respekt bei denen, die sich bisher keinem beugen wollten. Sogar Ferragostos alte

Kontakte haben angefangen, deinen Namen zu nennen."

„Und wenn ich ablehne?"

„Dann werden andere versuchen, dich zu benutzen. Oder zu beseitigen."

Sie stand langsam auf. Ging ein paar Schritte durch den Raum, ohne ihn anzusehen. Dann blieb sie stehen, den Rücken zu ihm gewandt.

„Ich werde es nicht tun, um irgendjemandem zu gefallen. Nicht Apollo. Nicht Raphael. Und schon gar nicht dir."

„Das verlange ich auch nicht."

Sie drehte sich um. Ihre Augen waren kühl. Klar.

„Ich werde es tun, weil ich es kann. Und weil ich nie wieder zulasse, dass Männer entscheiden, wer ich bin."

Anton nickte langsam. „Dann weißt du ja, was als Nächstes kommt." Anton sah sie lange an. Dann lächelte er schwach. „Du hast dein Feuer wieder."

„Nein", sagte sie. „Ich habe eine neue Flamme entzündet. Aus Asche."

Er nickte langsam. „Willst du mit Apollo... geschäftlich zusammenarbeiten?"

„Vielleicht. Später. Wenn alles andere geregelt ist. Aber die Verhandlungen mit ihm... kommen zuletzt."

„Weißt du eigentlich wie sehr er dich liebt?"

Sie sah ihn lange an. Dann sagte sie leise: „Weißt du, dass er meine Eltern ermordet hat?"

Stille. Eine Eiszeit, die in Sekunden alles im Raum gefrieren ließ.

Anton starrte sie an. „Nein."

Sie erzählte es ihm. Die ganze Geschichte. Ohne Pathos. Ohne Tränen.

Als sie geendet hatte, saß Anton da, als hätte man ihm die Luft aus den Lungen geschnitten.

„Gott." Dann: „Bitte... verurteile ihn nicht nur für diese Sünde. Er hat mehr verloren, als du vielleicht ahnst. Und er war niemals... glücklicher als mit dir."

„Er hat mich in meiner dunkelsten Stunde allein gelassen."

„Weil er sich schämt."

„Das macht es nicht besser."

„Nein", sagte Anton. „Aber es macht es...
menschlich."

Sie stand noch immer, als sie die nächste Frage
stellte. Ihre Stimme war ruhiger geworden,
kontrollierter – aber unter der Oberfläche brodelte
es weiter. „Wie geht es jetzt weiter, Anton?"

Er erhob sich ebenfalls, griff zu einem zweiten
Umschlag in seiner Aktentasche und legte ihn auf
den Tisch. „Du bekommst in den nächsten Tagen
eine offizielle Einladung zur Testamentseröffnung.
Mit meinem Siegel. Es wird ein reiner
Verwaltungsakt – keine große Runde. Ich werde das
übernehmen." „Und das hier?" Sie deutete auf den
Umschlag. „Eine Aufstellung. Papiere zu den
Immobilien, Ländereien, Firmenanteilen, Konten.
Auch der Fuhrpark. Alles, was offiziell auf den
Namen Ferragosto läuft – weltweit. Es ist... mehr,
als du vielleicht erwartest."

Lyanna zog den Umschlag langsam zu sich
heran, ohne ihn zu öffnen. „Und was ist mit der
Macht hinter den Kulissen? Die Leute. Die
Strukturen. Die Loyalitäten."

„Darum musst du dich selbst kümmern", sagte
Anton mit ruhiger Stimme. „Das war nie Aufgabe
eines Richters."

Sie schnaubte leise. „Natürlich nicht."

„Aber..." Er sah sie ernst an. „Du hast einen Vorteil. Marco."

Lyanna blickte ihn scharf an.

„Er kennt das Netzwerk", fuhr Anton fort. „Er kennt die Menschen. Er hat sich nie an der Macht beteiligt – aber er war mittendrin. Jetzt, da Vittorio nicht mehr lebt... gibt es niemanden, der als Vermittler glaubwürdiger wäre. Wenn du ihn an deiner Seite weißt, kannst du eine Versammlung einberufen. Die wichtigsten Leute. Die, die zählen."

Lyanna schwieg. Ihre Finger umklammerten den Umschlag fester. Aber sie dachte nicht an Marco. Nicht an Aiden. Nicht an Apollo. Ein anderer Name drängte sich in ihr Bewusstsein. Glasklar. Wie Gift, das langsam durch die Adern kroch.

Luciano.

Der Mann, der sie mit seinen Blicken zerschnitten hatte, lange bevor er auch nur die Hand gegen sie erhob. Der Soldat, der sich seine eigene Macht genommen hatte – über ihren Körper, über ihre Angst, über ihre Würde. Er hatte gelächelt, als sie weinte. Geflüstert, als sie schrie. Lyannas Kiefermuskeln spannten sich. Er war noch da draußen. Und sie hatte überlebt. Er wird büßen. Nicht, weil sie schwach war. Sondern weil sie endlich stark genug war, es selbst zu entscheiden.

Rückblende

Ich wusste nicht, wie viele Tage vergangen waren. Nicht, wie oft sich die Tür geöffnet und wieder geschlossen hatte. Zeit existierte dort nicht. Sie hatte sich aufgelöst – in Schmerz, Geräusche, Schatten. In dem leisen Quietschen von Gummisohlen auf Linoleumboden. In seinem Atem. In seiner Stimme. Luciano flüsterte. Immer. Zu nah. Zu ruhig.

„Du bist nur noch eine Hülle. Aber du hörst mich, nicht wahr?"

Seine Hand strich über mein Gesicht, langsam, genussvoll, kontrolliert. Ich konnte mich nicht bewegen. Konnte nichts sagen. Aber in meinem Innersten schrie ich. Nicht, weil er mich schlug – das tat er nur selten. Er war ein Künstler der psychischen Zersetzung. Und ich war seine Leinwand. Keine Stimmen. Keine Musik. Kein Leben. Nur das Summen der alten Neonröhre hinter der Wand. Und das leise, pochende Echo meines Herzens – das ich nicht hören konnte, aber spürte. Ich lag reglos auf einer Matratze, die mehr Lagerrest als Krankenbett war. Die Decke kratzte. Der Raum war fensterlos. Die Luft schal. Und Luciano? War da. Immer. Er kam täglich. Pünktlich. Berechnend. Systematisch.

„Du hörst mich, nicht wahr?" Seine Stimme war weich. Zu weich. Wie ein Lied, das man nicht singen wollte. Jeden Tag dieselben Worte. Er beugte sich zu

mir hinunter, strich mit dem Daumen über meine Stirn. „Sie denken, du bist tot. Oder verschwunden. Aber du bist genau da, wo du hingehörst."

Er lächelte – nicht aus Freude, sondern aus Kontrolle. Und so begann es, jeden Tag: das Ritual der Zermürbung. Niemand wusste, wo ich war. Nicht Aurel. Nicht Aiden. Nicht Apollo. Luciano hatte mich verschwinden lassen wie einen Geist. Eine alte Hölle unter einem stillgelegten Flügel – offiziell leer, in Wahrheit sein privates Gefängnis. Und ich? War darin gefangen. Ich war allein. Immer. Nur er hatte Zugang. Und er erinnerte mich täglich daran: „Du bist nicht vergessen – du warst nie wichtig."

Er ließ mich stundenlang im Dunkeln liegen – manchmal tagelang. Dann wieder blendete er mir grelles Licht ins Gesicht. Es kam unregelmäßig. Unerwartet. Manchmal lief klassische Musik. Dann Tiergeräusche. Laut. Penetrant. Dann: Stille. Ich wusste nie, was als Nächstes kam. Und genau das war der Punkt.

„Dein Körper hört mehr auf mich. Und bald auch dein Geist." Seine Worte brannten tiefer als jedes Messer.

„Aiden? Der hat längst eine Neue."

„Apollo? Hat dich verkauft wie einen rostigen Wagen."

„Aurel? Hat nie an dich geglaubt."

Lügen. In Dosen. Mit Pausen, Blicken, denen man nicht entkommen konnte. Er drückte das Gift tiefer als jedes Serum. Er nahm mir alles. Meine Haare. Meine Kleider.

„Schönheit ist eine Waffe, Lyanna. Und ich habe sie dir genommen."

Er zerschnitt, zerriss, zerstörte. Fotos. Erinnerungen. Dinge, die ich geliebt hatte. Er wollte, dass ich vergaß, wer ich war. Und irgendwann... tat ich es fast. Er fütterte mich. Wusch mich. Er hielt mich am Leben – aber nicht aus Fürsorge. Aus Besitzdenken.

„Ich halte dich am Leben. Du atmest, weil ich es erlaube."

Wenn ich zuckte, blinzelte oder sonst irgendwie reagierte, streichelte er mir über die Wange.

„Braves Mädchen. Vielleicht darfst du morgen wieder träumen."

Manchmal verklebte er mir den Mund. Nicht, weil ich schrie – das konnte ich gar nicht. Nur, um mir zu zeigen, dass Worte bedeutungslos waren.

„Still sein ist sicher. Rede nie wieder."

Eines Nachts – der Regen peitschte gegen das Mauerwerk – legte er sich neben mich. Ganz ruhig. Kein Laut. Und sagte: „Ich habe dich gebrochen. Und niemand wird es je merken. Denn wenn du aufwachst, werden sie denken, du wärst einfach nur... zerbrechlich."

Doch tief in mir, irgendwo zwischen Schmerz und Nebel, flackerte etwas. Nicht Wut. Nicht Hass. Etwas anderes. Ein Impuls. Ein Atemzug. Ein Wort. „Noch nicht." Das Flüstern war kein Laut. Es war ein inneres Beben. Klein. Unscheinbar. Wie ein Flügelschlag gegen Glas. Doch es war da. Und es kam von mir. Luciano bemerkte nichts. Noch nicht. Er war mit Vertuschung beschäftigt. Perfektion bis ins kleinste Detail. Niemand wusste, was hier wirklich geschah. Nicht Raphael. Nicht Marco. Nicht einmal die Wachen. Wenn Raphael mich sehen wollte – selten genug – dann brachte er mich „hoch". Aber nicht zu ihm. Nur in den angrenzenden medizinischen Bereich. Dort, wo ich angeblich lag. Luciano betäubte mich vorher. Legte mir Tropf und Sauerstoff an. Verpasste mir einen Zustand. Eine Rolle.

„Sie reagiert kaum noch. Ihr Nervensystem ist schwer geschädigt", hatte er gesagt – ohne eine Spur von Reue.

Doch eines Morgens knipste er das Licht an – und ich blinzelte. Nicht stark. Nicht auffällig. Nur kurz. Aber ich wusste es: Es war kein Reflex. Es war ein

Zeichen. Ich wollte sehen. Tagsüber war Luciano der loyale Schatten. Schweigsam. Unauffällig. Niemand zweifelte an ihm. Niemand fragte. Aber nachts... war er mein Dämon.

„Du bist mein Meisterwerk. Und niemand wird es je sehen."

Wenn Raphael mich am nächsten Morgen prüfte, lag ich da – wie erwartet. Sauber. Still. Reglos. Unsichtbar. Innerlich zerstört. Doch mein Inneres begann zu arbeiten. Ich erinnerte mich nicht an Gesichter. Aber an Worte. Ein Satz aus einer anderen Welt:

„Ich werde nie aufhören zu kämpfen – auch wenn es keiner sieht." Ich hatte ihn einmal aufgeschrieben. Als Kind. Jetzt wurde er mein Anker.

In der nächsten Nacht saß Luciano wieder da – las Zeitung, spielte mit dem Messer. Ich lag ruhig. Doch mein Zeigefinger zuckte. Kaum sichtbar. Er bemerkte es nicht. Noch nicht. Er gähnte, rieb sich die Augen. Hatte keine Ahnung, dass ich längst lauschte. Seine Abläufe. Seine Wege. Seine Sätze. Ich beobachtete ihn – nicht mit den Augen. Mit dem Geist.

„Du bist nicht klüger, Luciano. Du warst nur früher dran."

Dann kam Raphael. Unerwartet. Mit zwei Wachen. Luciano hörte den Funkspruch – zu spät.

Ich war noch im Verlies. Er fluchte, zog sich Handschuhe über, hievte mich aus dem Lagerbett. Deckte blaue Flecken mit Make-up und Kleidung. Die Maske musste sitzen. Er hatte acht Minuten.

„Wir machen das wie immer, ja?" flüsterte er. „Brav sein."

Ich lag da. Bewegungslos. Doch innen war alles anders.

Ich dachte nur:
Du verstecktest mich vor der Welt, Luciano.
Weil du wusstest, dass ich nicht gebrochen war.
Du fürchtetest, was ich bin, wenn jemand mich sieht.
Du hieltest mich unten, weil du wusstest:
Ich steige sonst auf.
Und wenn ich gehe – dann nicht als Schatten.
Sondern als Sturm.
Als er den Raum verließ, hörte ich das Klicken der Tür. Dann war es wieder dunkel. Aber in mir war etwas heller als je zuvor.
Ich erinnerte mich.
An mich selbst.
Und ich würde zurückkehren.
Nicht als die, die ich war –
Sondern als die, die ihr fürchtetet.

Die Welt um sie herum wurde für einen Moment dumpf. Die Geräusche, das Licht, selbst Antons

Stimme – alles rückte in den Hintergrund. Nur dieser eine Gedanke blieb.

Ende der Rückblende

Er war noch am Leben. Und das bedeutete, es war noch nicht vorbei. Sie zwang sich, den Blick zu heben. Auf Anton. Der sie ruhig musterte. Vielleicht hatte er etwas gespürt. Vielleicht auch nicht.

„Ich werde darüber nachdenken Marco mit einzubeziehen", sagte sie tonlos.

Er nickte nur. „Das ist alles, was ich erwarte."

Sie wandte sich zur Tür, wollte gehen – doch er hielt sie zurück. „Lyanna..."

Sie blieb stehen, sah ihn über die Schulter an. „Ich hoffe, du weißt, was du da tust."

„Ich hoffe es auch." Dann verließ sie den Raum.

Draußen auf der Straße war es ruhiger geworden. Marco stand an der gegenüberliegenden Hauswand, die Arme vor der Brust verschränkt. Als er sie sah, richtete er sich auf. Seine Augen suchten in ihrem Gesicht nach Antworten – doch sie gab ihm keine.

„Und?" fragte er.

„Er hat mir das Testament überreicht. Und einen Teil der Wahrheit."

Marco nickte langsam. „Willst du reden?"

„Später."

Sie gingen wortlos nebeneinander her. Nur das rhythmische Klacken ihrer Schritte begleitete sie. Lyanna hielt den Umschlag fest unter dem Arm, als würde er ihr Gleichgewicht sichern. Im Wagen war es still. Marco sah sie einmal von der Seite an, sagte aber nichts. Er wusste, wann er warten musste. Er fuhr los, langsam, konzentriert. Die Stadt glitt an ihnen vorbei, wie eine leblose Kulisse. Lyanna starrte aus dem Fenster. Ihre Gedanken rasten.

Luciano. Sein Name hallte in ihr nach wie ein Echo, das nicht verklang. Er war mehr als ein Schatten aus der Vergangenheit – er war eine offene Rechnung. Und sie hatte nicht vor, sie unbeglichen zu lassen.

*

Das gedämpfte Licht in Esterias Wohnzimmer hüllte den Raum in eine trügerische Ruhe. Es war still – aber nicht leer. Etwas in der Luft vibrierte. Kaum hatten Marco und ich die Schwelle überschritten, spürte ich es. Die angespannte

Erwartung, die in Esterias Blick lag. Dieses unausgesprochene „Na los, sag's endlich."

Kaum hatte sie die Tür verriegelt, verschränkte sie die Arme vor der Brust und lehnte sich an die Kommode. Ihr Blick war scharf.

„Und?", fragte sie. Keine Begrüßung, kein Zögern. Nur die pure Neugier – und der Wunsch nach Kontrolle.

Ich zog den Umschlag unter meiner Jacke hervor. Er fühlte sich schwer an. Symbolisch. Ich legte ihn langsam auf den Tisch.

„Anton hat mich offiziell zur Testamentseröffnung eingeladen", sagte ich. Meine Stimme war ruhig, aber mein Herz pochte. „Und das hier... sind Besitzdokumente. Ferragosto – global. Alles."

Esterias Augen wurden schmal. Ich sah, wie ihr Verstand sofort zu arbeiten begann. „Das ist... schneller, als ich dachte", murmelte sie. Ihre Stimme verriet nichts – aber ich kannte sie gut genug, um zu erkennen, dass sie überrascht war.

Marco hatte sich auf das Sofa gesetzt. Ich spürte seinen Blick, als er zwischen uns hin und her sah. Suchend. Fragend.

„Was bedeutet das jetzt konkret?", fragte er schließlich. Ich fuhr mir mit der Hand durch die Haare. Die Gedanken in meinem Kopf waren ein Wirbelsturm.

„Es bedeutet, dass ich eine Entscheidung treffen muss", sagte ich leise. „Und dass ich das nicht allein tun kann." Ich setzte mich ihm gegenüber, ließ meinen Blick auf seine Hände sinken – verkrampft, ineinander verhakt. Ein stummer Ausdruck der Unsicherheit, die er so gut verbarg – und die ich trotzdem sah.

„Anton meinte, du könntest helfen", fuhr ich fort. „Du kennst die Strukturen. Die Leute. Vielleicht besser als irgendjemand sonst."

Er sah mich lange an, seine Augen dunkel vor Gedanken, die er nicht aussprach. Dann senkte er den Blick.

„Ich weiß, wer noch da ist. Wer gefährlich ist. Wer loyal war – und wer es nie war", begann er. Seine Stimme war rau. Als hätte sie lange geschwiegen. „Aber ich war weg. Untergetaucht. Viele dachten, ich sei tot. Und die, die wissen, dass ich noch lebe... wissen vielleicht auch, dass ich geflohen bin. Raus. Komplett." Ein Zögern. Dann sah er wieder zu mir auf. „Ich weiß nicht, ob ich überhaupt noch ein Standing habe. Ob sie mich als Verräter sehen. Oder ob ich längst auf der Abschussliste stehe."

Ich nickte. Langsam. Ich verstand seine Angst –
zu gut. Und doch... war da dieser Teil in mir, der
sich weigerte, ihn aufzugeben. Nicht jetzt.

„Ich werde mich erkundigen", sagte ich
bestimmt. „Ich finde heraus, was über dich gesagt
wird. Was—"

„Nein", unterbrach mich Esteria. Ihre Stimme
war leise – aber entschlossen. Ich blickte zu ihr.
Marco ebenfalls.

„Ich mache das", sagte sie. „Über die Caelus."

Ich spürte, wie sich meine Stirn leicht runzelte.
Nicht aus Misstrauen – eher aus Überraschung.

„Es ist zu riskant, wenn du dich jetzt damit
blicken lässt", erklärte sie. „Alle wissen, dass du
zurück bist – aber nicht, wie weit du zu gehen bereit
bist. Ich habe noch Kontakte. Informanten, die
niemand mit mir verbindet. Ich finde heraus, wo
Marco steht. Und wer gegen dich arbeitet."

Marco nickte. Nur kurz. Aber in diesem Moment
war er nicht der Mann, der vor mir saß. Er war
wieder der Junge, den niemand beschützt hatte.
Der sich selbst zu früh hatte retten müssen.
Zwischen Loyalität und Angst. Zwischen der
Sehnsucht, zu helfen – und der Furcht, dabei
unterzugehen. Ich beobachtete ihn. Seine Haltung.
Seine Augen. Und dann sagte ich ruhig: „Ich werde

niemanden an meiner Seite dulden, der zögert, wenn es ernst wird. Aber ich werde auch niemanden verurteilen, der für mich kämpft – auch wenn er Angst hat." Ein kurzer Blickwechsel. Seine Augen trafen meine. Und für einen Moment sah ich darin kein Zögern mehr – sondern etwas, das leise brannte.

„Okay", sagte er schließlich. Leise. Aber aufrichtig. Und ich wusste: Es war ein Anfang. Kein Versprechen. Aber auch kein Rückzug. Ein Flackern. Und das reichte mir – für jetzt.

Esteria

Aurel antwortete selten direkt, wenn er beschäftigt war – aber ich kannte seine Muster. Eine Nachricht am späten Nachmittag hatte die höchste Chance, gelesen zu werden. Also tippte ich.

„Hast du zufällig etwas von Lyanna gehört? Wie es ihr geht?"

Nicht zu auffällig. Nicht zu direkt. Nur eine einfache Frage – wie von jemandem, der sich sorgt. Was ich ja auch tat. Nur aus anderen Gründen. Die Antwort kam keine zwei Minuten später.

„Wieso fragst du?" Ich atmete tief durch. Das war typisch Aurel. Direkt. Wachsam. Und sofort auf Alarm.

„Nur so... Ich war heute im Café. In der Stadt. Zwei Tische weiter wurde getuschelt. Ich hätte nicht hinhören sollen, aber der Name Lyanna fiel. Und Marco. Da war ich hellhörig."

Ein paar Sekunden Stille – dann drei graue Punkte, die wieder verschwanden. Dann kam die Nachricht.

„Lyanna ist in Marbella. Soviel ich weiß. Und Marco auch. Weißt du mehr?"

Ich hielt inne. Überlegte. Ich konnte nicht lügen. Aber ich konnte wählen, wie viel ich sagte. „Ich weiß nur, was ich gehört habe. Es klang wie ein Plan. So, als wüssten sie etwas – oder als hätten sie Anweisungen. Deshalb frage ich dich: Gibt es Gerüchte? Ist sie in Gefahr? Oder Marco?"

Die Antwort ließ auf sich warten. Dann: „Seit Vittorio weg ist, ist alles in Bewegung. Jeder reißt an alten Strukturen. Manche erzählen, Lyanna habe Anspruch auf mehr. Andere reden von einem Verräter. Luciano stellt Fragen – und wenn der in Bewegung ist, dann nicht zum Plaudern."

Ich spürte, wie mir die Kehle trocken wurde. Luciano. Ausgerechnet er. „Also kein offizieller Befehl?" schrieb ich.

„Nicht, dass ich wüsste. Aber das heißt wenig. Luciano braucht keine Befehle. Nur einen Vorwand."

Ich schloss kurz die Augen. Dann tippte ich: „Danke, Aurel. Ich weiß, das war ungewöhnlich von mir. Aber ich hatte ein ungutes Gefühl."

Ein Moment verstrich, bevor er antwortete: „Wenn du was hörst – mehr als nur Gerüchte – gib mir Bescheid. Ich weiß, dass du manchmal mehr siehst als andere."

Ich starrte lange auf diese Zeile. Er wusste, dass ich nicht zufällig gefragt hatte. Und doch hatte er nicht nachgehakt. Ich legte das Handy zur Seite. Mein Puls pochte spürbar in den Fingerspitzen. Das war genug für heute. Und es war klar: Luciano war auf der Suche. Und Lyanna... musste vorbereitet sein. Ich öffnete leise die Tür zum Wohnzimmer, aber beide hoben trotzdem den Blick. Marco saß auf dem Boden, die Schultern gegen das Sofa gelehnt, Lyanna auf der Couch, ein aufgeschlagenes Notizbuch auf dem Schoß, ein Stift zwischen den Fingern. Papier lag verstreut. Namen, Linien, Markierungen. Sie bauten sich etwas zusammen. Oder sie versuchten es wenigstens.

„Neuigkeiten?" fragte Marco, als ich in den Raum trat.

Ich nickte, streifte die Decke ab, ließ sie über die Stuhllehne gleiten. „Ich hab mit Aurel gesprochen", begann ich ruhig, setzte mich in den Sessel gegenüber. Lyanna wurde sofort aufmerksam, ihr Blick schärfer.

„Und?" fragte sie.

„Er hat nichts Offizielles gehört", sagte ich. „Zumindest nicht, was Marco betrifft. Kein

Haftbefehl, kein gezielter Suchauftrag. Aber...
Luciano stellt Fragen. Und das heißt nichts Gutes."

Marco presste die Lippen aufeinander, sagte
nichts. Aber ich sah, wie er innerlich aufhorchte.
Wie seine Hände fester auf seinen Oberschenkeln
lagen.

„Was mich betrifft?" fragte er leise. Ich zögerte.

„Er hat Interesse angemeldet. Kein Befehl, aber...
wenn Luciano sich für jemanden interessiert, dann
nicht aus Neugier. Du solltest dich nicht zu frei
bewegen."

„Und Lyanna?" hakte Marco nach, jetzt
deutlicher angespannt.

Ich wandte mich ihr zu. „Auch da gibt es keine
klare Linie. Die Caelus glauben noch, dass du in
Marbella bist. Aurel hat nicht gefragt, ob das
stimmt – aber... ich denke, er ahnt mehr, als er
sagt." Lyanna blieb still. Nur der Stift in ihrer Hand
drehte sich langsam.

„Was bedeutet das?" fragte Marco schließlich.

Ich lehnte mich zurück. „Es bedeutet, dass wir
sehr vorsichtig sein müssen. Luciano ist ein Jäger.
Wenn er erst mal wittert, dass etwas nicht stimmt,
wird er nicht lockerlassen. Ich werde mich weiter

umhören, aber... vielleicht sollten wir einen Ortswechsel in Betracht ziehen."

Lyanna hob den Kopf. „Noch nicht. Ich bin nicht fertig." Ich sah sie an – und erkannte diesen Blick in ihren Augen. Das war nicht mehr das Mädchen, das aus einem Albtraum erwacht war. Das war jemand, der etwas zu Ende bringen wollte.

„Dann sorgen wir dafür, dass du dabei nicht alleine bist", sagte ich.

Marco atmete aus, fast ein Lächeln auf den Lippen, aber es blieb bitter. „Wenn Luciano wirklich auf mich angesetzt ist... dann wird es früher oder später krachen."

„Dann sorge ich dafür, dass Luciano weißt, wo er stehst", sagte Lyanna leise und ihre Augen verloren sich für einen Moment in den Seiten ihres Notizbuchs.

Lyanna

Der Morgen war noch jung, als ich die Augen öffnete. Kein Wecker. Kein Geräusch. Nur dieses feine Ziehen in meiner Brust, das mir sagte: Heute zählt. Ich blieb noch einen Moment liegen, lauschte dem gleichmäßigen Atmen von Marco im Nebenzimmer. Dann griff ich nach meinem Handy, entsperrte es, wählte eine Nummer, die ich nie gespeichert hatte – aber die mir trotzdem in den Fingern lag, als wäre sie ein Teil von mir. Es klingelte nur einmal.

„Lyanna", meldete sich Anton. Seine Stimme war wach, ruhig – wie jemand, der nie wirklich schläft.

„Guten Morgen", sagte ich. „Ich komme. Um zehn. Aber ich muss vorher noch etwas erledigen."

„Verstanden. Ich werde dich erwarten."

„Matthias und Akira... können sie dabei sein?" Kurze Pause. „Ich sag ihnen Bescheid. Sie werden da sein."

„Danke." Ich legte auf.

Ich machte mich im Bad fertig, zog einen Hoodie über – grau, schmal geschnitten. Dazu Jeans, meine Boots. Ich band meine Haare zu einem lockeren Dutt und zog die Kapuze tief ins Gesicht. Ich wollte nicht gesehen werden. Nicht erkannt. Ich musste funktionieren.

Als ich das Apartment verließ, war es still. Nur ein paar Menschen auf der Straße. Die Welt drehte sich weiter, als wäre nichts geschehen. Aber in mir brodelte etwas. Ich stieg in die Bahn. Suchte mir einen Fensterplatz. Die Stadt zog an mir vorbei. Jeder Meter brachte mich näher an einen Teil von mir, den ich fast vergessen hatte – den Teil, der wusste, wie man überlebt.

Am Stadtrand verließ ich die Bahn. Ging durch verwaschene Straßen, vorbei an heruntergekommenen Häusern, Billigläden, leerstehenden Lokalen. Ich bog in eine Gasse ab, in der sich der Gestank von altem Fett und Zigarettenrauch vermischte. Und da war er. Der Laden. Unscheinbar. Verhangen. Das Schild auf „geschlossen" gedreht. Ich klopfte. Dreimal. Wie früher. Ein Spalt öffnete sich.

„Was willst du?"

„Zwei Stück. Klein. Leise. Und mit genug Futter." Seine Augen musterten mich durch den Türspalt. Dann erkannte er mich. Nickte.

„Du warst doch die Kleine von damals. Raphael hat dich geschickt, oder?"

„Nicht mehr relevant." Er öffnete die Tür.

Der Laden roch nach Schmiermittel und Blei. Der Händler führte mich nach hinten, ohne Fragen. Dort legte er zwei Waffen auf den Tisch. Kompakt. Keine Seriennummer. Bereit.

„Beide sauber. Geölt. Munition inklusive."

„Wieviel?" Er nannte den Preis. Ich zahlte. Ohne zu blinzeln. Er verstaute alles in einer neutralen Tüte. Kein Zeichen, kein Etikett. Nur Metall. Und Gewicht. „Du weißt, was du tust?" fragte er.

„Mehr als du denkst." Ich verließ den Laden ohne ein weiteres Wort.

Draußen hatte der Regen eingesetzt. Leise, fast tröstlich. Ich zog die Kapuze fester über den Kopf. Das Paket hielt ich eng an meinen Körper gedrückt. Jeder Schritt brachte mich näher zu dem Treffen. Zu Anton. Zu meiner Vergangenheit. Und meiner Entscheidung. Ich war nicht mehr dieselbe. Aber ich war noch immer ich. Bereit – und gefährlich. Die Bahn ratterte durch die Vorstadt, während ich aus dem Fenster starrte. Meine Gedanken drifteten ab, verloren sich zwischen dem leichten Flimmern des Morgens und der Last in meiner Brust. In meiner Tasche: zwei unregistrierte Waffen. Kein Triumphgefühl. Nur kalte Notwendigkeit. Ich wollte vorbereitet sein. Nicht aus Paranoia – sondern aus Erfahrung.

Als die Bahn in der Innenstadt hielt, stieg ich aus, zog die Kapuze meines Hoodies wieder tiefer ins Gesicht und bahnte mir den Weg durch die belebten Straßen. Johannesburg war wie immer laut, unruhig, voller Bewegungen, die nie ganz durchschaubar waren. Ich hatte gelernt, in diesem Lärm unsichtbar zu bleiben.

Am Gerichtsgebäude angekommen, schob ich die Tür auf – eine Mischung aus schwerem Holz und Sicherheitsglas. Der Empfangsbereich war leer bis auf eine Wache, die mich musterte, aber nichts sagte. Ich ging weiter, den Flur entlang, zu jenem Besprechungszimmer, das Anton mir genannt hatte. Als ich die Tür öffnete, richteten sich zwei vertraute Gestalten aus den Ledersesseln auf. Matthias. Und Akira. Beide trugen die gleichen Gesichtszüge wie früher – ein Hauch Härte, ein Rest Stolz, und etwas in den Augen, dass man nur trägt, wenn man zu viel gesehen hat.

„Lyanna", sagte Matthias als Erster. Seine Stimme war ruhig, etwas tiefer als ich sie in Erinnerung hatte.

„Schön, dich zu sehen", fügte Akira hinzu. Seine Miene wurde weicher, als er auf mich zuging und mich kurz umarmte – nicht aufdringlich, sondern aufrichtig.

„Wie geht es dir?", fragte Matthias mit ernstem Blick.

Ich zuckte die Schultern. „Besser. Anders. Ich bin da, oder?" Sie sagten nichts. Aber das reichte ihnen offenbar als Antwort.

„Es tut uns leid, dass wir nicht ins Krankenhaus gekommen sind", sagte Akira nach einer Weile. „Es war... zu gefährlich. Zu auffällig. Wir mussten Abstand halten, um dich nicht zusätzlich zu gefährden."

„Ich weiß", sagte ich leise. „Ich hab's verstanden. Damals... nicht sofort. Aber jetzt." Ein stilles Einverständnis legte sich zwischen uns.

„Was ist heute der Anlass?", fragte Matthias. „Anton hat uns eingeladen, aber keine Details verraten."

Ich nickte und trat näher an den Tisch heran. „Heute wird das Testament vollstreckt. Von Raphaels Vater." Meine Stimme blieb ruhig, aber ich spürte, wie sich meine Finger unwillkürlich zur Faust ballten. „Anton hat es mir gestern gezeigt. Schwarz auf Weiß."

Akira hob eine Braue. „Und was steht drin?"

„Dass ich... die rechtmäßige Erbin bin. Offiziell. Unumstößlich."

Matthias pfiff leise durch die Zähne. „Das wird Wellen schlagen."

„Ich weiß." Ich blickte von einem zum anderen. „Deswegen wollte ich, dass ihr hier seid. Nicht nur zur Vollstreckung. Sondern für das, was danach kommt." Sie sahen mich beide schweigend an.

„Wenn ihr noch dabei seid... so wie früher." Akira tauschte einen kurzen Blick mit Matthias. Dann nickten beide fast gleichzeitig.

„Wir sind hier, weil wir wissen, wer du bist", sagte Matthias. „Und weil wir wissen, was du nicht bist: ein Spielball."

„Wir haben Raphael lange genug beobachtet, um zu verstehen, was falsch lief", ergänzte Akira. „Wenn du das anders machen willst – dann stehen wir hinter dir. Aber... wir müssen genau wissen, wie du es dir vorstellst."

Ich atmete tief durch. „Das besprechen wir nachher. Erst das Testament. Dann die Strategie."

Ein Räuspern ertönte. Die Tür öffnete sich. Anton trat ein – mit einem dicken Umschlag unter dem Arm und einem kurzen, prüfenden Blick.

„Schön, dass ihr da seid", sagte er, als er die Tür schloss. „Dann wollen wir anfangen."

„Bevor wir beginnen, benötige ich einen Identitätsnachweis von dir Lyanna."

Ich reichte ihm meinen. Die Hand zitterte nicht, aber ich spürte, wie mein Puls anstieg. Anton prüft ihn sorgfältig, macht Kopien oder notiert die Daten. Mein Vater. Der Gedanke war seltsam. Noch immer. Noch immer hatte ich kein klares Gefühl dazu. Keine Verbindung. Kein Bild. Nur eine Lücke. Anton legte den Umschlag auf den Tisch. Das Siegel zeigte das alte Ferragosto-Wappen – professionell, formell, offiziell.

„Hiermit eröffne ich das Testament von Ernesto Ferragosto, verfasst am 14. Juni vor fünf Jahren. Die Echtheit wurde notariell bestätigt. Es wurde bislang nicht verändert oder ergänzt."

Anton bricht das Siegel, entnimmt die Blätter und beginnt, das Testament laut vorzulesen – langsam, deutlich, mit professioneller Distanz.

„Ich, Ernesto Ferragosto, bei klarem Verstand und freiem Willen, bestimme hiermit Folgendes: Meiner Tochter Lyanna Isabella Parker, geboren am 11. März 1998, vermache ich mein gesamtes persönliches Vermögen. Dazu zählen sämtliche Immobilien, Unternehmensbeteiligungen, Fahrzeuge, Grundstücke und Konten – national wie international und alle zugehörigen Rechte. Ich setze sie hiermit als alleinige Erbin ein. Sollte Raphael Ferragosto vor seinem vierzigsten Lebensjahr versterben, tritt diese Regelung automatisch in Kraft. Sollte sie das Erbe nicht antreten, fällt es an niemanden."

Ich legte die Papiere ruhig auf den Tisch zurück. Meine Stimme war gefasst und sah ihn scharf an. „Warum wurde es nie veröffentlicht?"

„Weil Raphael nicht wollte, dass es bekannt wird", antwortete Anton. „Er hatte seine eigenen Pläne. Deine Existenz hätte ihm gefährlich werden können – und er wusste das."

„Dann wusste Raphael, dass ich seine Halbschwester bin?"

Anton nickte. „Ja. Seit dem Tag, an dem sein Vater starb."

Matthias und Akira sahen sich kurz an. Akira beugte sich nach vorn. „Das heißt, du bist offiziell die rechtmäßige Nachfolgerin?"

„In Bezug auf Eigentum, ja", sagte Anton. „In Bezug auf Einfluss – das ist eine andere Frage."

„Was ist alles Teil des Erbes?"

Anton schob mir eine zweite Mappe hin. „Immobilien in mehreren Ländern, Unternehmensbeteiligungen, ein Großteil des Fuhrparks, mehrere Auslandskonten, Lagerhäuser, Anteile an Transportunternehmen, Beteiligungen in Südafrika, Europa und Südamerika. Ale Namen und Adressen."

Ein wenig nachdenklich fragte ich nach: „Und was ist mit Luciano?"

Anton wurde ernst. „Er wird gefährlich, wenn du das Erbe antrittst. Aber du hast mit deiner Rückkehr Eindruck gemacht. Viele erwarten, dass du übernimmst. Du hast einen Vorteil: Respekt. Und den hast du dir selbst erarbeitet – durch das, was du durchgestanden hast."

„Und was ist mit Marco?" fragte sie.

„Er wird gebraucht. Als Kontaktperson. Als Vermittler. Seine Position ist nicht sicher – aber wenn er auf deiner Seite steht, kannst du Strukturen wiederherstellen."

Ich dachte einen Moment nach. „Luciano wird sich früher oder später zeigen. Ich will vorbereitet sein."

Anton nickte. „Darum musst du dich kümmern. Ich kann nur die rechtlichen Wege begleiten. Für alles andere brauchst du Verbündete."

Ich hatte keine Zeit zu verlieren.

Nach dem Treffen mit Anton, Akira und Matthias war klar: Wenn ich das übernehmen sollte, dann brauchte ich Verbündete. Nicht irgendwann. Jetzt. Und zwar solche, die noch Einfluss hatten oder zumindest genug Respekt genossen, um andere mitzureißen.

Ich ging die Liste durch, die Marco und ich gestern Abend zusammengestellt hatten. Einige Namen hatte ich schon aussortiert. Zu labil, zu loyal gegenüber den Ferragostos – oder tot. Die, die übrig blieben, waren schwerer zu durchschauen. Aber ich musste es versuchen.

Mein erstes Ziel war Azzurra. Sie hatte früher unter Vittorio gearbeitet, war nie ganz aus der zweiten Reihe herausgetreten, aber immer präsent. Still, strategisch, gefährlich – wenn man ihr in die Quere kam. Aber ich erinnerte mich, dass sie mich damals nie aus den Augen ließ, als ich an Raphaels Seite stand. Nicht wie jemand, der mich verachtete. Sondern wie jemand, der mich beobachtete. Abschätzte. Ich kontaktierte sie über einen alten Kanal. Zwei Stunden später saß ich in einem kleinen, abgelegenen Café am Rand von Sandton. Kein unnötiger Glamour, keine neugierigen Blicke. Sie kam pünktlich.

„Lyanna Parker", sagte sie nur und setzte sich. Keine Begrüßung. Keine Umschweife.

„Ich bin zurück", sagte ich. „Und ich will wissen, wie die Lage aussieht."

„Unübersichtlich. Zersplittert. Aber jeder wartet auf ein Signal."

Ich nickte. „Ich gebe das Signal. Wenn du mitziehst."

Sie lehnte sich zurück. „Warum sollte ich?"

„Weil du weißt, dass ich es ernst meine. Ich bin nicht hier, um Raphaels Rolle zu übernehmen. Ich bin hier, um etwas neu aufzubauen. Mit anderen Regeln. Klaren Strukturen. Ohne Wahnsinnige an der Spitze."

Sie musterte mich lange. Dann sagte sie: „Ich ziehe mit. Unter einer Bedingung: Luciano kommt nicht wieder an die Macht."

Ich nickte sofort. „Der steht auf meiner Liste. Ganz oben." Als sie ging, wusste ich: Das war der erste Stein. Er war gefallen.

Am selben Abend traf ich mich mit Santiago. Ganz andere Nummer. Ehemaliger Unterhändler, eher ruhig, aber gut vernetzt. Er hatte nie nach Macht gestrebt. Aber wenn er sich auf jemanden einließ, dann war das wie ein Gütesiegel. Wir trafen uns in einem kleinen Parkhaus – dritte Ebene, hinten rechts, zwischen zwei ausrangierten Lieferwagen. Santiago war misstrauisch, aber nicht feindlich.

„Ich dachte, du wärst tot", war sein erster Satz.

„Das dachten viele. Jetzt bin ich wieder da."

„Und du willst was?"

„Ich will Ordnung. Und dafür brauch ich Leute wie dich."

„Wenn du Ordnung willst, musst du Luciano loswerden. Der ist wie ein Virus. Und er hat sich eingenistet."

„Ich arbeite dran", sagte ich nur.

Er schwieg. Dann nickte er. „Ich rede mit ein paar Leuten. Keine Versprechen. Aber ich höre mich um." Ich wusste, das war mehr, als man erwarten konnte.

Bis Mitternacht traf ich noch zwei weitere – einen alten Fahrer mit Zugang zu verstecken, und eine frühere Buchhalterin der Ferragostos. Klein, unscheinbar, aber mit einem Gedächtnis wie ein Tresor. Jeder Kontakt zählte. Jeder Schritt war ein Vorstoß in ein Netz, das jederzeit reißen konnte. Oder mich darin fangen. Aber ich ging weiter. Ich hatte keine Wahl. Und dieses Mal würde ich nicht zulassen, dass andere für mich entscheiden.

Luciano

Der Raum war still. Nur das Brummen des Kühlschranks durchbrach die Stille – ein Geräusch, das ich inzwischen hasste. Es erinnerte mich daran, wie leer es geworden war. Kein Stimmengewirr mehr, keine Befehle, keine loyalen Reihen, die auf sein Zeichen warteten. Nur noch Stille. Und Misstrauen. Die Tür ging auf, leise, aber nicht leise genug.

„Sprich", knurrte ich, ohne aufzusehen. Der Mann – jung, nervös, zu schwach für das Geschäft – trat ein. In der Hand ein Handy, der Blick unruhig.

„Du wolltest informiert werden, wenn sich etwas tut."

Meine Augen verengten sich. „Rede."

„Luciano... sie ist in Johannesburg."

Ich stand auf. Langsam. Nicht weil ich überrascht war. Sondern weil ich es längst gespürt hatte. Irgendwo tief in mir. Dieses Kribbeln in der Dunkelheit, das immer kam, wenn etwas aus dem Ruder lief.

„Sie war mit Marco unterwegs. Und... sie trifft sich. Mit Leuten. Leute, die wir kennen. Santiago. Azzurra. Selbst Akira wurde gesehen. Sie könnte ....“

Ich unterbrach ihn mit einem Schlag ins Gesicht. „Sie könnte? Sie wird, wenn du weiter nur könnte sagst. Wer hat dir das erzählt? Wer weiß noch davon?!“

Er blutete. Sagte kein Wort mehr. Klug. Ich trat zurück. Atmete durch. Lächerlich. Ich schloss die Augen. „Sie lebt.“ Es war keine Überraschung. Kein Schock. Nur Bestätigung. Der Typ nickte vorsichtig.

Sie lebt. Die Worte hatten sich wie Splitter in meinen Schädel gebohrt, kaum dass der Informant sie geflüstert hatte. „Luciano... sie ist in Johannesburg.“ Meine Finger krallten sich in das Leder der Sitzbank. Ich spürte, wie mein Herz schneller schlug. Nicht aus Angst. Aus Besessenheit. Lyanna. Dieses kleine Biest. Ich habe dich gebrochen. Ich habe dich besessen. Ich habe dir alles genommen – sogar deinen eigenen Willen. Und jetzt...? Jetzt läufst du herum, als wärst du Königin? Mein Blick glitt zur Wand, auf der eine Karte hing. Fäden, Fotos, Namen. Alte Strukturen. Neue Gesichter. Und mittendrin: ein Bild von ihr. Verblasst, verknickt. Aber ihrs.

„Sie ist mein.“

Ich sagte es laut. Für mich. Für die Wände. Für die Dämonen in meinem Kopf. „Sie weiß es nur nicht mehr." „Und die Leute...?", fragte ich. Meine Stimme war ruhig. Tiefer als vorher.

„Viele hören ihr zu. Sie... respektieren sie. Sagen, sie sei das Gegenteil zu dem, was Raphael hinterließ." Ich spürte, wie mein Gesicht zuckte. Einmal. Kurz. Nur eine Regung. Aber sie war da.

„Sie gehört mir."

Der Informant sagte nichts. Gut so. Schweigen war manchmal klüger als Loyalität. „Und trotzdem läuft sie da draußen rum, als würde sie was besitzen. Als wäre sie jemand."

Ich trat ans Fenster. Regen. Lichter. Nasser Asphalt. „Wie viele stehen noch zu mir?", fragte ich.

Er zögerte. Dann: „Acht bis zehn. Der harte Kern. Aber... die Stimmung kippt." Ich atmete flach. Ganz ruhig. Kein Ausbruch. Keine Szene. Nur eine Erkenntnis.

„Sie glauben an sie", murmelte ich. „Weil sie überlebt hat. Weil sie nicht aussieht wie ich – nicht gebrochen."

Ich schnaubte. Trocken. „Narren. Die haben vergessen, wer ich bin." Ich drehte mich zu ihm um. „Hol die restlichen Männer. Alle. Und finde raus, wer sich ihr anschließt. Jeder Name. Jedes Gesicht. Ich will Listen. Verstanden?"

„Ja, Don."

„Und Marco... Wenn er auf ihre Seite geht, wird er wie ein Feind behandelt. Kein Schutz mehr."

Der Informant nickte und ging. Ich blieb zurück. Hände hinter dem Rücken verschränkt. Der Blick raus in die Nacht. „Wenn sie meinen Thron will", sagte ich leise, „muss sie lernen, dass Blut der einzige Weg ist, ihn zu halten." Der Tisch vor mir war überladen. Kontakte, Routen, Namen. Die meisten durchgestrichen. Tot. Übergelaufen. Unbrauchbar. Ich starrte auf die Liste. Versuchte sie zu verändern. Nur mit meinem Willen. Früher reichte das. Früher war mein Name Gesetz. Raphael hat mich nie infrage gestellt. Und jetzt? Jetzt reden sie von Lyanna, als wär sie irgendwas Besonderes. Eine Führerin. Eine Legende. Ich lachte. Kurz. Trocken. Ohne Gefühl. Dann schlug ich mit der Faust auf den Tisch. Tassen klirrten. Eine Mappe fiel runter.

„Sie ist nichts ohne ihren Mythos", knurrte ich. „Und Mythen... sterben schneller, als man denkt."

Ich ging zur Wand. Da hing sie: meine Karte von Johannesburg. Nadeln. Farben. Markierungen. Alles noch da. Ich griff zum roten Marker. Kreis um Kreis zog ich – da, wo Bewegung war. Da, wo ihre

Kontakte auftauchten. Planung. Struktur. Kontrolle.

Informationssperre. Wer mit mir redet, redet nicht mit ihr. Wer überläuft – zahlt. Spaltung. Misstrauen säen. Sie zur Verräterin machen. Zu einer Figur, die keiner mehr anfassen will. Und dann – ein Signal. Kein direkter Angriff. Noch nicht. Aber jemand aus ihrem Umfeld. Jemand, den sie braucht. Den sie verliert. Ich drehte mich um. Zwei meiner Männer standen bereit. Nicht klug, aber effizient. Das reichte. Ich wandte mich an meine letzten drei Männer. Keine Soldaten mehr. Ratten. Aber loyal – weil sie Angst haben.

„Findet raus, wo sie schläft. Wer bei ihr ist. Wer ihr folgt. Ich will Namen. Bewegungen. Muster."

Sie nickten. Ich trat zurück zum Fenster. „Und dann", sagte ich leise, „brennen wir das Spielfeld nieder."

„Fangt an, Druck zu machen. Lasst ihre Verbündeten spüren, dass sie sich irren. Dass sie auf das falsche Pferd setzen."

„Und wenn Apollo kommt?" fragte einer. Ich drehte mich zu ihm. „Dann töten wir ihn zuerst."

Lyanna

Ich hasste Smalltalk. Immer schon. Aber heute war er meine Währung.

Der erste Treffpunkt war ein unscheinbares Café in Sandton. Zentral. Öffentlich genug, um nicht verdächtig zu wirken – aber diskret genug, damit die Gespräche nicht mitgeschnitten wurden. Akira hatte mir den Ort empfohlen. Verlässlich. Sicher. Neutraler Boden. Ich war fünf Minuten zu früh. Absicht. Ich wollte beobachten, wer vor mir ging. Wer wartete. Wer zu lange zögerte. Kontrolle war alles.

Der erste Kontakt: Santiago. Er kam pünktlich. Trug einen dunklen Mantel, unauffällig, aber teuer. Kein Blick zur Seite. Keine Nervosität. Nur diese unbestreitbare Ruhe, die gefährliche Männer oft mit sich bringen. Wir schüttelten keine Hände. Wir sprachen nicht sofort. Er bestellte einen Espresso, ich schwarzen Tee. Dann legte er eine Karte auf den Tisch. Kein Text. Nur ein Kreis.

„Ich hab gehört, du bist zurück", sagte er ruhig.

Ich hob eine Augenbraue. „Und du? Willst du gehen?"

Ein kurzes Grinsen. „Ich geh nicht. Ich beobachte. Und ich erinnere mich."

„An was genau?"

„An Raphael. An sein Ende. Und an das, was danach kam: Nichts."

Ich nickte. „Ich will kein Chaos. Ich will Ordnung. Struktur. Sicherheit. Für die, die keine Stimme haben."

„Und Macht?"

„Wenn sie notwendig ist – ja."

Er lehnte sich zurück. „Ich rede mit den anderen. Azzurra. Dem alten Zahir. Vielleicht auch mit Nuñez."

Ich sah ihm in die Augen. „Sag ihnen, dass ich keine Allianzen verspreche, aber gerechte Bedingungen. Und wer versucht, mich auszuspielen, steht auf der Liste."

Santiago nickte. Trank aus. Ging. Erster Haken: gesetzt. Die nächsten Treffen verliefen ähnlich. Neutral. Kühl. Klar.

Ich machte keine Versprechungen. Ich sammelte Stimmen. Ein ehemaliger Geldwäscher. Eine Waffenvermittlerin aus Durban. Zwei Ex-Soldaten, die früher für Vittorio gearbeitet hatten. Keine Freunde. Aber nützliche Figuren.

Immer wieder die gleichen Fragen: „Was willst du wirklich, Lyanna?"

„Bist du Raphael in hübscherer Verpackung?"

„Wirst du töten, wenn es nötig ist?"

Ich log nicht. Ich beschönigte nichts. Und genau das schien ihnen zu gefallen. Gegen Abend saß ich allein in einem verlassenen Bürogebäude. Mein Notizbuch vor mir, Stift in der Hand. Namen. Positionen. Risiken. Möglichkeiten. Ich baute keine Bande auf. Ich baute eine Struktur. Und in meinem Kopf kreiste nur ein Gedanke: Luciano weiß es.

Er weiß, dass ich zurück bin. Er weiß, dass ich nicht gefallen bin. Und er wird bald reagieren.

Gut. Sollen sie kommen. Ich bin vorbereitet.

Apollo

Ich saß in der Lobby des Hotels, die Beine locker überschlagen, das Handy stummgeschaltet vor mir. Marbella war warm, sonnig, trügerisch friedlich. Ich war hergekommen, um aufzuräumen – mit den Resten, mit mir selbst, mit dem Schweigen.

Erol trat ein. Kein Anruf. Kein Vorbote. Nur sein Blick.

„Was?" Ich stand sofort.

Er zögerte nur kurz. „Sie ist in Johannesburg."

Mein Herz machte eine Pause, dann raste es los. „Wer?"

„Lyanna."

Ich starrte ihn an. Für einen Moment verstand ich nicht, was ich da gerade hörte. „Sicher?" fragte ich.

Erol nickte. „Ich habe es heute früh erfahren. Ein Informant. Ziemlich zuverlässig. Er sagt, sie war bei Anton. Und... sie trifft alte Kontakte."

Ich holte tief Luft. Setzte mich wieder, obwohl alles in mir aufstehen wollte. Weglaufen. Hinlaufen. Irgendwas.

„Was macht sie dort?"

Erol senkte den Blick. „Sie spricht mit Santiago. Und anderen. Es sieht so aus, als... als würde sie etwas aufbauen."

Mein Kiefer verkrampfte. Ich spürte, wie meine Finger sich zu Fäusten ballten.

„Sie macht das allein", flüsterte ich. „Ohne uns. Ohne mich."

„Sie vertraut dir nicht mehr", sagte Erol leise. „Was ich verstehen kann."

„Und wenn Luciano von ihr erfährt? Wenn er sie findet?"

„Er weiß es vermutlich schon."

Ich stand auf. Warf das Handy in meine Tasche. Keine Planung mehr. Keine Taktik.

„Ich fliege", sagte ich. „Sofort."

„Ich komme mit."

Ich schüttelte den Kopf. „Noch nicht. Bleib hier. Halte weiter Augen und Ohren offen. Ich will wissen, ob Luciano sich bewegt. Oder irgendjemand anderes. Ich melde mich aus Johannesburg." Er nickte, sagte nichts mehr. Er wusste, dass ich jetzt nicht mehr zu bremsen war.

Ein paar Stunden später – Flughafen Johannesburg. Ich atmete durch, als ich aus dem Flieger stieg. Es war Nacht, die Luft war schwer, aber vertraut. Ich kannte den Geruch dieser Stadt. Das Zittern unter der Oberfläche. Ich wusste nicht, wo sie war. Noch nicht. Aber ich würde sie finden.

Und dieses Mal... lasse ich sie nicht mehr allein.

Johannesburg hatte sich nicht verändert. Nicht in den Ecken, die zählten. Die Luft roch immer noch nach Auspuff, Dreck und Blut. Nach Leben – und Tod. Ich war keine fünf Minuten in der Stadt, als ich meine ersten Kontakte aktivierte. Ich wollte Antworten. Und die gab's nicht an sicheren Orten.

Ich ging dorthin, wo keine Kameras funktionierten. Wo jeder zweite seinen Namen vergessen hatte und der Rest nie einen hatte. Mein erster Halt war der alte Club in Hillbrow. Unten im Keller, wo früher Raphaels Boten Übergaben machten, roch es nach altem Metall und Whisky.

„Apollo?" Der Barkeeper war noch derselbe. Narben, Glatze, eiskalter Blick. „Dachte, du wärst weg."

„Bin ich", sagte ich. „Jetzt nicht mehr."

„Wegen ihr?" Er grinste schief. „Hört man. Die Kleine ist wieder da. Macht Lärm."

„Ich will keine Gerüchte. Ich will Namen. Orte. Bewegungen."

Er schob mir einen Zettel zu. Keine Fragen. Nur ein leises: „Luciano war gestern hier. Mit drei Leuten. Nervös. Gereizt. Hat nach der ‚Erbin' gefragt."

Ich blinzelte. „Und?"

„Hat keinen Namen genannt. Aber du und ich wissen, wer gemeint war."

Ich nahm den Zettel, faltete ihn in der Mitte. „Danke."

„Apollo..." Seine Stimme war auf einmal leise. „Wenn du sie retten willst, musst du schnell sein. Luciano... ist nicht mehr der Alte. Er ist durchgedreht."

Ich nickte. Und ging. Nächster Stopp: das alte Lagerhaus am Stadtrand. Früher liefen hier die großen Waffenlieferungen. Heute nur noch flackerndes Licht und rostiger Zaun. Ich hatte ein Gespräch abgefangen. Zwei Männer, rauchend, leise.

„Sie war da. Gestern. Mit Marco. Kein Schutz. Kein Backup."

„Sie glaubt wirklich, sie kann hier was reißen."

Ich trat aus dem Schatten. Sie sahen mich. Erst erschrocken. Dann starr.

„Scheiße... Apollo."

„Redet", sagte ich. „Oder einer von euch schmeckt seinen Lungenflügel."

Sie redeten. Alles. Adressen. Bewegungen. Orte, wo Luciano zuletzt gesehen wurde. Leute, die jetzt plötzlich auf ihrer Seite waren. Ein Name tauchte immer wieder auf: Santiago. Und ein anderer, leiser, gefährlicher: Luciano. Er wusste es. Er hatte Wind bekommen. Und er bereitete sich vor.

Ich hatte ihre Spur. Ich wusste, wo sie war. Noch nicht, wie nahe ich ihr kommen konnte, ohne alles zu ruinieren. Ohne, dass sie mich verfluchte.

Aber das war egal. Denn eins war klar: Luciano ist unterwegs. Ich auch. Und ich werde zuerst bei ihr sein. Ob sie mich sehen will oder nicht.

Apollo

Ich war keine fünfzehn Minuten in Johannesburg, da wusste ich, wo Luciano steckte. Er war nie subtil. War es nie gewesen. Zu laut. Zu gierig. Und vor allem: zu überheblich.

Sein Club lag am Rande von Rosettenville, in einem alten Industriegebiet, das schon in den Neunzigern nach Verfall roch. Jetzt gehörte es niemandem. Oder besser gesagt: niemandem, der zählen würde. Genau sein Revier. Ich parkte den Wagen eine Straße weiter, legte das Jackett ab und überprüfte die Waffe in meinem Gürtel. Kein offizieller Einsatz. Kein Auftrag. Nur ich. Und der Mann, der denkt, Lyanna gehöre ihm. Ich hätte ihn längst töten sollen. Damals. Aber ich dachte, ein solcher Abfall erledigt sich selbst. Falsch gedacht. Ich betrat das Gelände von hinten. Kein Licht. Keine Kameras. Nur ein schmaler Seiteneingang – rostig, aber offen. Als würde er mich erwarten. Oben, im Halbdunkel des VIP-Bereichs, saß er. Er lachte. Redete mit irgendjemandem. Gestikulierte. Doch seine Augen waren leer. Die Art von Leere, die gefährlich wird, wenn sie eine Waffe in die Hand bekommt. Ich stellte mich in die Schatten. Nah genug, um jedes Wort zu hören.

„Lyanna läuft herum wie eine Heilige", spuckte er wütend. „Sammelt Ratten und Halbgötter um sich. Die glauben, sie sei die Lösung."

Stille. Dann: „Ich war ihr Messias. Ich hab sie gezähmt. Gebrochen."

Meine Hand zuckte. Fast unmerklich. Aber ich zog die Waffe nicht. Noch nicht. Er fuhr fort: „Wenn sie denkt, sie kann mich einfach vergessen... dann macht sie ihren letzten Fehler. Ich werde sie holen. Zurückholen."

Ich trat einen Schritt näher – gerade so, dass ich im Schatten blieb. Ein Mann neben ihm sah plötzlich hoch. Blinzelte. Doch Luciano lachte weiter. Er bemerkte nichts. Er war zu sehr in seinem eigenen Wahn. Ich sah ihn an. Und ich wusste: Luciano war kein Gegner. Er war ein Risiko. Für sie. Für alles. Ich würde warten. Noch ein wenig Beweise sammeln. Bewegungen prüfen. Und wenn der Moment kommt, dann werde ich ihn aufhalten.

Ich stand gegenüber dem Café, in dem sie saß. Schlicht. Unspektakulär. Doch genau das war klug. Keine Aufmerksamkeit. Keine Risiken. Sie hatte dazu gelernt. Lyanna trug einen dunklen Mantel, die Haare offen, ein Notizbuch auf dem Tisch. Neben ihr: niemand. Sie war allein. Zumindest glaubte sie das. Ich sah sie. Seit zehn Minuten. Jede Bewegung. Jede Geste. Und ich spürte es.

Das, was ich verloren hatte. Nicht wegen irgendeinem Feind. Sondern weil ich es selbst vergeigt hatte. Ich griff zum Handy. Der Bildschirm blieb dunkel, bis mein Daumen das richtige Muster zog. Ein Interface öffnete sich. Kein Name, kein Verlauf. Nur Koordinaten und Codierung.

Empfänger: Aiden. Ich tippte.

Standort bestätigt. Lyanna ist in Johannesburg. Allein. Organisiert Treffen. Aufbauphase beginnt. Luciano ist ebenfalls aktiv. Labil. Wittert Machtverlust. Hält sich für unantastbar. Zielperson gefährdet. Maßnahmen erforderlich. – A.

Ich schickte die Nachricht ab und speicherte das Log nicht.

Sicherheit war nicht optional. Nicht, wenn es um sie ging. Ich sah wieder zu ihr. Sie schrieb gerade. Konzentriert. Zielstrebig. Kein Zögern. Kein Innehalten. Scheiß auf Vergangenheit – sie war dabei, sich ihr Morgen zu bauen. Ohne uns. Und ich? Ich stand im Schatten. Wie früher. Wie immer. Ich wollte hin. Wollte ihr sagen, dass ich da bin. Dass ich sie nie vergessen habe. Aber was sollte ich sagen?

„Tut mir leid, dass ich dich im Stich gelassen habe, als du mich am meisten brauchtest? Und jetzt stalke ich dich, damit dir nie wieder was passiert, was ich verhindern kann:"

Sie würde mir ins Gesicht sehen. Und ich wüsste, dass ihre Augen die Wahrheit schon längst kannten. Ich war nicht da gewesen. Und das war nicht verzeihlich. Noch nicht. Also blieb ich. Im Schatten. Wartete. Wachte. Wenn Luciano einen Fehler macht – und das wird er – werde ich der Erste sein, der ihn dafür bezahlen lässt.

Mein Handy vibrierte. Nur kurz. Ein eingehender Ping – genau eine Minute, sieben Sekunden nach meiner Nachricht. Typisch Aiden. Er scheint nie zu schlafen.

Ich entsperrte das Display. Kein Name, keine Nummer. Nur das, was zählt:

A: Gesehen. Luciano ist unberechenbar – du weißt, wie er tickt. Wenn Lyanna vor ihm auftaucht, bevor wir ihn isolieren, endet das nicht taktisch. Paa auf euch auf. Wir schicken Erol. Bist du dir sicher, dass du Abstand halten willst?

Ich starrte die letzten Zeilen an. Natürlich hatte er's gesehen. Dass ich da war. Dass ich sie beobachtete. Aiden las Menschen wie andere Landkarten. Und mich? Wie ein offenes Buch, selbst wenn ich brannte und doch nichts zeigte.

Ich tippte eine Antwort – nur vier Worte: Noch nicht der Moment.

Sendete. Löschte. Starrte wieder zu ihr. Wenn der Moment kommt – dann nicht halb. Dann mit allem.

Erol

Das Telefon vibrierte nur einmal. Kein Name. Kein Ton. Nur ein Display mit schwarzem Hintergrund und einem roten Punkt. Der Code war klar.

Ziel: aktiv. Bewegung in Johannesburg. Auftrag läuft.

Ich saß gerade noch auf dem Dach eines heruntergekommenen Hotels in Marbella. Zigarettenasche wehte mir in die Augen. Ich schnippte den Stummel über die Kante, stand auf, streckte mich. Die Luft war trocken, salzig. Ich würde sie nicht vermissen.

Luciano. Ich hätte gedacht, der Bastard ist längst in einem Loch verschwunden oder in seiner eigenen Paranoia erstickt. Aber nein – er bewegte sich. Und wenn er sich bewegt, dann weil er glaubt, etwas zurückholen zu können. Oder jemanden. Ich griff zur Reisetasche. Alles war bereits gepackt. Immer.

Ein Visier, zwei Glock 19, ein paar alte Rechnungen – und ein Foto. Nicht von ihm. Sondern von ihr. Lyanna.

Nicht aus Sentimentalität. Sondern weil ich nie vergesse, wer geschützt werden muss. Wer Priorität hat. Wer Zielscheibe sein könnte. Ich rief nicht zurück. Ich fragte nicht nach. Ich war kein Soldat. Ich war das letzte Ass im Ärmel. Der Zoll war kein Problem. Wenn man die richtigen Leute besticht oder einfach schneller ist als ihre Technik.

Stunden später war ich da. Ein Taxi. Keine Fragen. Falscher Name. Ich log beim Atemholen. Ich war hier, weil ein Schatten meinte, er könnte sich die Stadt zurückholen. Nicht auf meiner Uhr.

Ich hatte Luciano seit Monaten nicht mehr auf dem Radar. Letzte Sichtung war nach dem Massaker im Restaurant in Montenegro. Wahrscheinlich noch im Drogenwahn, paranoid, gebrochen – aber gefährlich wie ein verletzter Wolf. Ich öffnete das sichere Netz. Eine neue Nachricht. Von Aiden: E: Ziel ist in Bewegung. Nähe Hillbrow. Suche nach Waffen, Kontakte. Informationen verdichtet. Beobachte. Kein Zugriff ohne Codewort: "Purgatorio".

Ich nickte. Purgatorio. Also sollte es noch kein Inferno geben – noch nicht. Aber wenn der Code fällt, dann brennt's.

Ein paar Stunden später hatte ich Luciano auf dem Bildschirm. Drei Kameras, zwei Drohnen, ein Maulwurf in seinem verbliebenen Kreis. Er bewegte sich wie ein Tier, das in seinem eigenen Käfig randaliert. Unberechenbar. Aber nicht unsichtbar.

„Er hat gebrüllt, als er von Lyanna gehört hat", sagte mein Kontakt im Ohr.

„Er sieht sie als sein Eigentum."

Ich notierte: hohe Gefahr. psychisch instabil. fixiert auf Zielperson. Er verließ das Gebäude gegen 23:40 Uhr. Ein abgedunkelter Jeep, keine Eskorte. Am Steuer: ein Typ, den ich in Istanbul schon einmal gesehen hatte. Schmuggler. Nicht wichtig. Noch nicht. Ich blieb auf Distanz. Ich folge nicht – ich jage. Apollo hatte mir die Freigabe gegeben, sobald das Codewort fällt. Und ich wusste: Das wird nicht mehr lange dauern. Luciano hatte nicht bemerkt, dass die Stadt nicht mehr ihm gehörte. Dass jeder Schritt ein dokumentierter Fehler war. Ich griff zum Funkgerät.

„Ziel in Bewegung. Richtung Süden. Hillbrow-Sektor. Nächster Halt vermutlich Waffendeal. Ich bin dran."

Noch war es Beobachtung. Noch. Aber Luciano wusste nicht, dass er längst tot war – er lief nur noch herum, bis das Protokoll scharfgeschaltet wurde. Die Verbindung knackte nur kurz, dann war sie stabil. Verschlüsselter Kanal. Nur für die beiden.

„Apollo. Hier Erol." Pause.

„Luciano hat sich letzte Nacht mit Gabo getroffen. Zwei Kisten. Russenstahl. Munition für eine kleine Armee. Er will nicht weglaufen – er bereitet sich vor." Am anderen Ende war es still. Doch ich wusste, dass Apollo zuhörte. Er hörte immer zu. Und er erinnerte sich an alles. „Er sprach von Lyanna. Immer wieder. Sie gehört ihm, sagt er. Will sie zurückholen – mit Gewalt, wenn nötig."

Ich stand auf einem Hoteldach, Fernglas in der Hand, Blick über Hillbrow.

„Er hat nur noch vier, maximal fünf loyale Männer. Die meisten sind drogenabhängig oder einfach nur irre. Aber... Luciano selbst ist gefährlich. Nicht wegen dem, was er hat. Sondern, weil er nichts mehr zu verlieren glaubt."

Noch eine Pause.

„Meine Einschätzung: Wenn du ihn ausschalten willst – jetzt wäre die Zeit."

Ein letztes Mal sprach ich in den Funk: „Befehl? Oder weiter beobachten?"

„Beobachten." Mehr kam nicht.

Luciano

Die Neonlichter über mir flackerten wie ein schlechtes Omen. Ich saß allein. Das Büro war leer. Früher warteten hier zehn Männer auf meine Befehle. Jetzt? Zwei Gestalten in der Ecke. Junkies. Schatten statt Soldaten. Ich lachte leise.

„Sie glauben wirklich, sie kann das übernehmen", murmelte ich und ließ den Brieföffner langsam über meine Fingerknöchel gleiten.

„Lyanna. Meine Lyanna."

Mein Blick war verschwommen, unruhig. Von dem kühlen Strategen, der ich einmal war, war nicht mehr viel übrig. Nur noch Besitzdenken. Und Wahnsinn. Heute früh hatte mir ein Informant neue Namen genannt. Alte Kontakte. Bewegungen. Treffen.

„Sie redet. Mit den Falschen."

Ich hatte das Handy an die Wand geschleudert. Dann geschrien. Dann gelacht.

„Sie ist hier. Und wunderschön in ihrem Trotz." In meinem Kopf bin ich nicht ihr Feind. Ich bin ihr

Recht. „Wenn sie mich verrät... lernt sie blutig, was das bedeutet. Aber wenn sie zurückkommt... wenn sie sich erinnert... dann gehört ihr alles." Ich trat ans Fenster. Die Stadt flackerte unter mir. Gefährlich. Unruhig. Bald würde sie mir wieder gehören. Denn keiner kann sie schützen. Nicht Aurel. Nicht Apollo. Nicht dieser verrottete Bruder.

Ich stieg später in den Wagen. Ziel: der Keller von Gabo. Waffenhändler, alt, hässlich, aber loyal – zumindest, solange er bezahlt wird. Der Keller roch nach Öl, altem Blut und Tabak. Genau meine Art von Komfort.

„Zwei Kisten, wie bestellt. Kaliber 45. Russisch, aber sauber", sagte Gabo ohne Umschweife.

Ich ging selbst runter in die Knie. Die Waffe lag schwer in meiner Hand. Wie ein Versprechen aus besseren Tagen. „Magst du die Farbe, Gabo?" Ich grinste schief.

„Ich nenne sie Lyannas Zorn."

Er schwieg. Klug. Sein Blick sagte genug: Du bist gefährlich, aber nicht unsterblich.

„Und Munition?"

„Reicht für eine Revolution."

„Gut", murmelte ich. „Denn das wird es sein." Ich kam nicht, um mich zu schützen. Ich kam, um den

Krieg zu starten. Gegen sie. Gegen alle. Ich war bereit. Ich bezahlte in Kokain. Zwei Packungen. Keine Worte. Keine Fragen. Roh, direkt.

Als ich wieder im Auto saß, legte ich die Waffe auf den Beifahrersitz. Nur fürs Gefühl. Nicht, weil ich Angst hatte. Nur weil sie da sein musste. Ich fuhr durch die Stadt, ließ die Straßen an mir vorbeiziehen. Johannesburg wirkte fremd. Als würde sie mich ausspucken wollen. Aber sie war meine. Immer gewesen. Ich hatte noch ein Gespräch offen. Einen Namen, der mir Informationen liefern sollte. Einer, der lange genug mit mir gearbeitet hatte, um zu wissen, wie ich reagiere, wenn man mich enttäuscht. Ich bog ab, raus aus dem Zentrum. Dort, wo die Stadt aufhört zu leuchten.

Der Treffpunkt war ein alter Parkplatz unter der Bahntrasse. Dreckig, rostig, verlassen. Perfekt. Ich wartete. Die Waffe lag offen auf dem Beifahrersitz. Ich hoffte, er sah das. Dann trat er aus dem Schatten.

„Du bist spät, Roko." Er zuckte mit den Schultern. Lederjacke, Bart, Narben. Früher mal nützlich. Jetzt? Ungewiss.

„War nicht leicht, herzukommen. Lyannas Leute kontrollieren mehr Straßen, als du glaubst."

Ich hob eine Augenbraue. „Du meinst so, wie meine Leute es früher taten." Er sagte nichts. Das Schweigen war Antwort genug.

„Du bist hier, um zu reden, nicht zu predigen. Also sag: Wer steht gegen mich? Wer folgt ihr?"

„Mehr, als du denkst. Santiago. Azzurra. Sogar Mikael. Sie glauben an sie."

„Warum?"

„Weil sie etwas zurückbringen kann, dass du verloren hast."

„Und das wäre?" Meine Stimme war zu ruhig.

„Ehre", sagte er. Falsches Wort. Ich lachte kurz auf. Trocken. Fast krank.

„Sie hat dich also gekauft."

„Nein. Ich habe mich entschieden. Für eine Sache. Nicht für ein Monster." Ich griff zur Pistole. Locker. Aber sichtbar.

„Denkst du, du kannst einfach so abhauen?"

„Ich bin längst weg." Ich starrte ihn an. Lange. Dann trat ich zurück. Ich schoss nicht. Noch nicht.

„Verschwinde, Roko. Heute. Wenn ich dich morgen noch sehe, bist du tot." Er ging. Ohne

Angst. Ohne Respekt. Und ich blieb zurück. Mit dem Geschmack von Verlust im Mund. Kein Blut. Keine Gewalt. Nur... Kontrolle, die zerfiel.

Ich blieb noch lange stehen. Bewegungslos. Nur mein Blick wanderte – über den Beton, das Gleis, die rostigen Pfeiler. Alles wirkte plötzlich wie ein Abbild meines Zustands: brüchig, überholt, ignoriert.

Ich startete den Motor des Wagens. Ich fuhr. Ziellos. Oder vielleicht doch mit Ziel – zurück in meine Welt, in mein Reich aus Schatten und Erinnerungen. Kein Radio. Keine Geräusche. Nur das Echo in meinem Schädel.

Als ich das Penthouse betrat, spürte ich sofort, dass sich etwas verändert hatte. Nicht im Raum. In mir. Ich konnte nicht schlafen. In meiner Wohnung waren die Schatten länger als sonst. Die Stille lauter. Ich hörte Rokos Worte immer wieder: „Ich bin längst gegangen." Verräter. Feigling. Ich trat an das große Panoramafenster. Johannesburg vibrierte. Lyanna war da draußen. Und sie nahm mir meine Stadt. Langsam. Systematisch. Aber nicht kampflos. Ich griff zum Telefon. Eine alte Nummer. Verschlüsselt. Einer, der keine Fragen stellte.

„Ich brauche eine Erinnerung", sagte ich.

„Welche Art?"

„Erschütternd. Sauber. Eindeutig."

„Du meinst eine Nachricht?"

„Ich meine eine Warnung. Santiago war einer der Ersten, der überlief. Mach sein Lagerhaus unbrauchbar. Kein Blut. Nur... Verlust."

Kurze Stille.

„Morgen Nacht." Ich legte auf. Kein weiteres Wort. Ich war zurück. Sabotage. Einschüchterung. Schmerz. Ich zündete mir eine Zigarette an und ließ mich in den Sessel sinken. Wenn sie glaubt, sie kann mir alles nehmen – Respekt, Kontrolle, Loyalität – dann wird sie erst begreifen, wie sehr ich bereit bin, alles niederzubrennen.

Apollo

Ich saß im Wagen, wie so oft in den letzten Tagen. Der Motor lief, die Scheiben waren getönt. Ich hatte einen guten Blick auf das Straßeneck vor dem Café. Ein unscheinbarer Laden mit dunkler Markise und undurchsichtigen Fenstern – nicht der Ort, den Touristen oder Laufkundschaft besuchten. Hier kamen nur Leute her, die wussten, was sie taten. Oder was sie wollten.

Zwei Straßen weiter hatte ich Lyanna aussteigen sehen. Kein Schutz, keine Begleitung. Nur sie, Kapuze tief ins Gesicht gezogen, zielstrebig. Kein Zögern in ihrem Gang. Ich erkannte das Lokal sofort – ein Treffpunkt für alte Kontakte. Halb legal, halb Unterwelt. Neutraler Boden. Hier wurden Deals geschlossen, Allianzen besprochen oder Feinde beobachtet, ohne dass jemand direkt zur Waffe griff. In dieser Stadt war das viel wert.

Ich blieb im Wagen, beobachtete, wie sie eintrat. Kein Zögern. Kein Rückblick.

Zwei Minuten später tauchte ein zweiter Mann auf. Ich kannte ihn – Akira. Alt eingesessen, erfahren, einer der wenigen, bei denen Verlässlichkeit nicht nur auf dem Papier stand.

Dass sie sich mit ihm traf, war gut. Strategisch klug. Akira war keiner, der sich von impulsiven Spielchen blenden ließ.

Ich checkte die Zeit. 14:07. Ich notierte es im Kopf. Keine Bewegung im Außenbereich. Niemand beobachtete sie, außer mir. Ich notierte mir, wie lange sie drinblieb, ob jemand nachkam, ob es Veränderungen gab. Nicht weil ich ihr misstraute. Sondern weil ich vorbereitet sein musste, wenn irgendetwas eskalierte. In dieser Stadt war es keine Frage, ob es knallte. Sondern wann.

Ich zog mein Handy aus der Jacke und schrieb Aiden eine Nachricht:

„Sie ist in Bewegung. Akira im Boot. Bleib auf Empfang."

Wenige Sekunden später kam die Antwort: „Klar. Melde dich, wenn sich was ändert."

Ich steckte das Handy zurück. Mein Blick blieb auf dem Eingang gerichtet. Ich sah keine Wachen. Keine typischen Laufburschen, keine Beobachter auf den Dächern. Das war gut. Oder beunruhigend.

Ich hatte nicht vor, mich einzumischen. Nicht heute. Nicht in dieser Phase. Sie sollte ihren Weg gehen. Ihre Schritte setzen. Und trotzdem... Ich konnte nicht wegsehen. Nicht, wenn ich wusste, wie gefährlich Luciano wurde. Nicht, wenn ich wusste, dass jeder Schritt, den sie machte, sie auch näher an die Schusslinie bringen konnte.

Ich wollte nicht, dass ihr etwas passierte. Aber ich würde mich nicht aufdrängen. Nie wieder.

Ich behielt den Eingang im Blick. Sie war etwa dreißig Minuten drin. Lang genug, um Tacheles zu reden. Akira war niemand für oberflächliche Gespräche.

Dann öffnete sich die Tür. Lyanna trat als Erste hinaus, dicht gefolgt von ihm. Sie wirkte konzentriert, wachsam, nicht angespannt – aber voll fokussiert. Akira sprach ruhig auf sie ein, während sie die Stufen hinuntergingen.

Plötzlich: Bewegung rechts. Zwei Männer, die zuvor noch auf der anderen Straßenseite gestanden hatten, schrien sich an. Der eine deutete auf den anderen, dann flog eine Bierflasche gegen eine Wand. Schepperndes Glas. Ein Tumult brach aus – laut, schnell, unkontrolliert. Passanten wichen zurück. Menschen duckten sich, einige rannten.

Ich riss sofort die Tür auf, war draußen, bevor ich überhaupt wusste, was ich tun würde. Der Blick ging direkt zu Lyanna.

Sie war stehen geblieben, sah irritiert zur Quelle des Lärms. Akira dagegen reagierte sofort. Griff nach ihrem Arm, zog sie zu sich, schob sich vor sie. Er übernahm ihre Position, versperrte die Sichtlinie. Keine Panik. Keine Hektik. Nur Klarheit. Dann lenkte er sie mit ruhiger, bestimmter Bewegung zur Seitenstraße. Raus aus der Schusslinie, falls es mehr war als nur ein Streit.

Ich blieb stehen. Atmete durch. Kein gezogener Stahl, keine Schüsse. Nur ein hitziger Streit, der hochgekocht war. Nichts geplant. Kein Anschlag.

Als die Situation sich auflöste, drehte ich mich wieder zum Auto.

Da kam er mir entgegen – Erol.

Gerade, ruhig, wie immer. Die Hände in den Taschen, den Blick auf mich gerichtet. Kein Zufall.

Ich blieb stehen.

„Warst du das?" fragte er ohne Begrüßung.

Ich schnaubte. „Wenn ich es gewesen wäre, wären mehr Leute gefallen."

Erol sah zur Ecke, wo Lyanna mit Akira verschwunden war. Dann zurück zu mir. „Du beobachtest sie."

„Ich passe auf sie auf."

„Und willst ihr trotzdem nicht sagen, dass du da bist?"

Ich zuckte mit den Schultern. „Noch nicht. Sie braucht ihre Schritte."

Erol nickte langsam. „Gut. Dann nutz die Zeit sinnvoll. Wir müssen reden."

„Wegen dem Lagerhaus?"

„Genau deshalb."

Wir setzten uns in mein Auto. Erol stieg kommentarlos ein, zog die Tür zu.

„Das Lagerhaus von Santiago wurde letzte Nacht beschädigt. Große Teile des Inventars zerstört. Niemand verletzt, aber es war kein Zufall."

Ich sah ihn scharf an. „Nachricht?"

Er nickte. „Eindeutig. Es sollte sauber wirken. Kein Blut. Nur Schaden. Klare Warnung."

„Luciano?"

„Hundertprozentig."

Ich fluchte leise, schlug gegen das Lenkrad. „Und Santiago?"

„Stinksauer. Aber er bleibt ruhig. Noch. Er will ein Treffen. Mit dir – und mit Lyanna. Er will wissen, ob es Schutz gibt. Oder ob er sich selbst kümmern muss." Ich presste die Lippen zusammen. Luciano war schneller als ich gehofft hatte. Und skrupelloser denn je.

„Weiß Lyanna schon Bescheid?"

„Noch nicht. Ich wollte erst mit dir reden, bevor es bei ihr Alarm auslöst."

Ich nickte. Das war klug von ihm. Sie hatte gerade erst angefangen, Strukturen aufzubauen. Der erste Schlag konnte alles ins Wanken bringen.

„Wir halten es vorerst ruhig", sagte ich. „Aber wir müssen die Sicherheitskreise um sie dichter ziehen. Keine Spielräume mehr."

„Verstanden."

„Hast du Augen auf Luciano?"

„Er trifft sich. Mit alten Kontakten. Kauft Waffen. Nichts Großes – noch nicht. Aber er baut auf. Er will sich Raum zurückholen."

Ich schüttelte den Kopf. „Er glaubt wirklich, sie gehört ihm."

„Er glaubt viel. Und er wird alles tun, um es sich zu beweisen."

„Gut. Dann tu alles, um ihm zu zeigen, dass er falschliegt."

Erol grinste kurz. „Wird erledigt."

Ich startete den Motor. „Ich suche Santiago auf. Sag Lyanna noch nichts. Wenn sie fragt, warte – aber ziehe sie nicht mit rein, bevor ich ein Bild habe."

„Verstanden. Und... Apollo?"

Ich drehte den Kopf.

„Sie wirkt stärker. Klarer. Aber der Hass wächst. Wenn du irgendwann zu ihr willst – du brauchst mehr als Worte."

Ich sagte nichts. Nur ein kurzes Nicken. Dann fuhr ich los.

Ich parkte in der zweiten Reihe. Keine Zeit für Formalitäten. Ich trat durch das schmiedeeiserne Tor und folgte dem Kiesweg, der sich durch die karge Gartenanlage zog. Der Ort war unspektakulär – kein Symbol von Macht, keine Dekadenz. Santiago war nie ein Freund großer Gesten gewesen. Er bevorzugte das Taktische, das Berechenbare. So wie dieses ehemalige Weingut am Stadtrand von Johannesburg. Abgelegen, ruhig, geschützt. Ich respektierte das.

Ein Türsteher mit schmalem Blick und stummen Lippen ließ mich durch. Keine Fragen. Keine Waffenchecks. Sie wussten, wer ich war. Santiago wartete bereits. Er stand auf der Terrasse, rauchte. Die Zigarette glühte zwischen seinen Fingern wie ein rotes Signalfeuer. Er drehte sich nicht um, als ich näherkam. Nur ein leises „Setz dich", begleitet vom Winken zur Sitzgarnitur.

Ich ließ mich auf den Stuhl gegenüber nieder. Zwischen uns ein schwerer Holztisch, auf dem eine Karaffe Wasser stand, zwei Gläser, nichts weiter. Keine Absicherung. Keine Drohgebärde.

„Ich dachte, du wärst längst weg", sagte Santiago.

„Bin ich nie ganz."

Er nickte. Schweigend. Dann: „Ich hatte ein Treffen mit ihr."

Ich wusste sofort, wen er meinte. „Wann?"

„Vor drei Tagen. Sie kam allein. Kein großes Aufgebot. Kein Theater." Er paffte langsam. „Sie hat mir ein Angebot gemacht. Einen Platz am Tisch. Wenn ich mich auf ihre Seite schlage."

Ich lehnte mich zurück, sagte erst mal nichts. Santiago redete nicht einfach so. Er prüfte. Beobachtete.

„Sie war vorbereitet", fuhr er fort. „Namen. Routen. Schwachstellen. Und eine verdammt klare Vorstellung davon, wohin sie will."

„Und? Was hast du ihr gesagt?"

„Dass ich es mir überlege." Er musterte mich mit diesem Blick, den ich gut kannte. Kein Vertrauen. Eher eine Herausforderung. „Deshalb frage ich dich jetzt: Warum hältst du still, Apollo? Warum lässt du sie das machen?"

Ich antwortete nicht sofort. Ich wusste, worauf er hinauswollte.

„Du hättest es einfacher", sagte er. „Ein Wort von dir, und du würdest das gesamte Machtgefüge umwerfen. Die Caelus kontrollieren noch immer einen Großteil des südlichen Netzes. Du hast Kontakte, Loyalitäten, Erfahrung. Niemand würde dir widersprechen."

Ich sah ihm in die Augen. „Es geht nicht darum, ob ich es kann."

„Dann geht es darum, dass du es nicht willst?"

Ich zuckte mit den Schultern. Keine Regung. Kein klares Ja. Kein klares Nein. „Es ist nicht mein Platz, Santiago."

Er lachte trocken. „Und seit wann interessiert dich, was dein Platz ist?"

Er ließ mir keine Ruhe. Ich wusste, dass dieser Moment kommen würde. Irgendjemand würde mich direkt damit konfrontieren. Dass ich Lyanna unterstützte. Dass ich mich im Hintergrund hielt. Dass ich Dinge wusste, die andere nicht wussten. Ich spielte ein gefährliches Spiel – und Santiago war zu klug, um sich mit halben Wahrheiten abspeisen zu lassen.

„Es gibt Gerüchte", sagte er schließlich. „Man sagt, du liebst sie."

Ich hielt seinem Blick stand. „Und wenn?"

Santiago beugte sich nach vorne. „Wenn das stimmt – dann steht viel mehr auf dem Spiel als nur ein Machtkampf. Dann reden wir über Loyalitäten, die nicht taktisch sind. Sondern persönlich."

Ich sagte nichts. Was hätte ich auch sagen sollen? Dass ich jede Nacht wach lag, weil ich wusste, dass ich sie nicht beschützt hatte, als sie mich am dringendsten gebraucht hätte? Dass mein Gewissen schwerer wog als jede Macht, die ich je hatte?

Santiago lehnte sich zurück. Der Blick war nun ruhiger. Abschätzender. „Sie hat Eindruck hinterlassen. Bei vielen. Mehr, als ich erwartet hatte. Und sie ist nicht nur klug – sie ist hart. Härter als früher."

Ich nickte.

„Aber sie ist verwundbar", sagte er. „Sie hat keine feste Struktur. Noch nicht. Keine Armee. Keine eiserne Faust. Sie lebt von Mut, von Hoffnung. Und die kann man zerschlagen, Apollo. Jeder Dritte da draußen würde sie verraten, wenn der Preis stimmt."

Ich wusste, dass er recht hatte. Und dennoch – sie war zurückgekommen. Trotz allem.

„Also frage ich dich jetzt direkt", sagte Santiago und hob das Glas. „Würdest du mit deinem Kartell für sie bürgen? Mit deinem Namen. Deinem Einfluss. Deiner Macht."

Das war kein kleines Angebot. Und keine beiläufige Frage. Das war ein Deal, der alles veränderte. In der Welt, in der wir lebten, war Bürgschaft kein Finanzbegriff. Es war ein Blutsiegel.

Ich sagte nichts. Eine Minute. Vielleicht zwei. Ich ließ das Gewicht der Frage auf mir lasten. Ließ die Konsequenzen durch meinen Kopf jagen.

Dann nickte ich.

„Ja", sagte ich ruhig. „Ich bürge für sie. Mit allem, was ich habe."

Santiago starrte mich an. Überraschung in seinem Blick. Keine Enttäuschung. Kein Spott. Nur ein kurzes, echtes Staunen.

„Das hätte ich nicht erwartet", murmelte er.

„Ich auch nicht." Ein paar Sekunden vergingen. Dann stellte Santiago das Glas ab. Fest. Ohne zu zittern.

„Gut", sagte er. „Dann bin ich dabei."

Ich nickte.

„Ich werde es ihr sagen", fügte er hinzu. „Sie soll wissen, dass ich mich entschieden habe."

Ich sah ihn an. „Tu das."

Er stand auf. Wir gaben uns die Hand. Kein Umarmen. Kein Brudergerede. Das war kein Freundschaftsdienst. Es war ein Bündnis.

Als ich das Grundstück verließ, war die Sonne fast untergegangen. Mein Handy vibrierte. Eine neue Nachricht. Erol.

„Standort Luciano bestätigt. Treffen mit Waffenkontakt war erfolgreich – aber unauffällig. Keine Gegenwehr. Keine Flucht. Der Typ wirkt sicher. Zu sicher."

Ich startete den Motor, ließ das Display offen.

„Er hatte zwei Männer bei sich. Schwer bewaffnet. Spricht dafür, dass er was vorhat. Ich bleibe dran. Willst du, dass ich direkt eingreife?"

Ich tippte zurück: „Nein. Noch nicht. Beobachten. Aber bleib dicht dran. Wenn er auch nur den Blick auf Lyanna richtet, unterbrichst du ihn. Verstanden?" Erol schickte nur ein „Verstanden." zurück. Ich wusste, dass ich mich auf ihn verlassen konnte.

Ich fuhr durch die Randbezirke, hielt den Wagen kurz auf einem Seitenstreifen an. Ich überlegte, ob ich Lyanna informieren sollte – aber entschied mich dagegen. Noch nicht. Nicht, solange ich mir nicht sicher war, was Luciano genau plante.

Ich hatte jemanden im Hintergrund platziert, der seine Kontakte kannte. Zwei davon – Aurel hatte sie mir bestätigt – schienen Luciano bereits zu meiden. Die Situation kippte. Und das war der Moment, den ich nutzen musste.

Ich griff wieder zum Handy und rief Aurel an.

„Neuigkeiten?" fragte er.

„Luciano rüstet auf. Zwei Kisten russische Waffen. Bleibt in Deckung."

Aurel fluchte leise. „Wenn er denkt, er könnte wieder durch Gewalt führen..."

„Tut er", unterbrach ich. „Aber er hat nicht damit gerechnet, dass Lyanna zurückkommt. Und dass die Leute sich ihr anschließen."

„Santiago?" fragte Aurel.

„Ist drin. Hat mir das Ja gegeben. Er wird es Lyanna selbst sagen."

Kurzes Schweigen.

„Was wollte Santiago im Gegenzug für seine Zustimmung? Der macht sowas nicht aus reiner Freundlichkeit."

Ich schwieg. Ein paar Sekunden. Dann atmete ich durch. „Er wollte Sicherheit."

„Was meinst du?", hakte Aurel nach.

„Den Rückhalt unseres Syndikats", sagte ich ruhig. „Er hat gefragt, ob ich – wir – für Lyanna bürgen würden. Mit allem, was wir haben."

Am anderen Ende war es still. „Und du hast ja gesagt?"

„Ja", antwortete ich. „Ich habe mein Wort gegeben. Ich stehe hinter ihr. Und wenn das bedeutet, dass wir unseren Namen mit ihr verknüpfen – dann ist das jetzt so."

Aurel fluchte leise. Kein Widerspruch. Nur das langsame, nüchterne Begreifen, dass es jetzt ernst war. Ohne doppelten Boden.

„Dann gibt's kein Zurück mehr", sagte er, „Was brauchst du von mir?"

„Deckung. Wenn Luciano austickt, braucht sie Rückhalt. Still. Effizient. Ohne große Welle."

„Ich kümmere mich drum. Und was ist mit Marco?"

Ich zögerte kurz. „Noch hält er sich raus. Aber er wird gebraucht. Er kennt zu viele Namen, Routen, Abläufe. Luciano wird ihn versuchen zu rekrutieren oder ebenfalls als Risiko einstufen."

„Das heißt, wir müssen schneller sein", sagte Aurel.

„Genau."

Wir legten auf. Ich fuhr weiter – zurück in die Innenstadt. Johannesburg war in Bewegung. Und das bedeutete, ich musste immer einen Schritt voraus sein. Ich parkte den Wagen, schlug den Mantelkragen hoch und ging über den Platz zur alten Stahlbrücke. Treffpunkt mit Erol. Er wartete bereits. Die Kapuze tief ins Gesicht gezogen, die

Hände in den Taschen, die Haltung locker, aber bereit.

„Was hast du?", fragte ich, ohne Umschweife.

„Luciano war vorhin bei Gabo. Der Waffenhändler, den du vor zwei Jahren abgezogen hattest."

Ich runzelte die Stirn. „Gabo lebt noch?"

„Wohl kaum glücklich, aber ja. Luciano hat gezahlt. In Koks."

„Altmodisch", murmelte ich.

„Anschließend fuhr er zu einem Treffpunkt. Parkplatz unter der Bahntrasse. Hat sich mit einem alten Kontakt getroffen – Roko."

Der Name war nicht neu. Früher loyal. Hart. Unbestechlich. Ehemals Luciano-nah. „Und?"

„Hat ihn ziehen lassen."

Ich sah Erol scharf an. „Luciano?"

Erol nickte. „Hat ihn bedroht. Aber nicht angefasst. Das ist nicht mehr der Luciano von früher. Der Typ verliert an Halt."

Ich atmete langsam aus. „Und der Anschlag?"

Erol reichte mir sein Handy. Drohnenaufnahme. Unscharf, aber eindeutig: das Lagerhaus von Santiago – verkohlte Reste, abgebrannt. Keine Toten. Aber ein klares Zeichen.

„Er hat es durchgezogen. Keine Leichen. Nur ein Warnschuss."

„Für Lyanna", sagte ich. „Und für uns."

Ich speicherte das Material. „Sie wird es erfahren", sagte ich. „Aber nicht von der Straße. Von mir."

„Willst du es ihr sagen?", fragte Erol.

Ich nickte. „Noch heute."

Er nickte ebenfalls. „Und Luciano?"

„Wir warten, bis er den nächsten Fehler macht."

„Und wenn er keinen macht?", fragte Erol ruhig.

„Dann machen wir einen", antwortete ich.

Lyanna

Wir saßen zu dritt im Wohnzimmer. Die Vorhänge waren zugezogen, die Luft roch nach Kaffee und Papier. Vor mir lagen meine Notizen – Seiten voller Namen, Orte, Skizzen, Prioritäten. Ich hatte fast den Überblick verloren, aber gleichzeitig auch das Gefühl, endlich Kontrolle zu haben.

Esteria saß auf dem Sessel am Fenster, schweigend, aber wachsam. Marco hockte am Couchtisch, die Ellbogen auf den Knien, den Blick auf die Karte zwischen uns gerichtet.

„Wenn wir Azzurra wirklich halten können", sagte er, „dann kippt die Stimmung in Distrikt Nord komplett. Die Leute dort hören auf sie. Sie folgen ihr, wenn sie weiß, wo's langgeht."

Ich nickte. „Und Santiago sichert die Westflanke. Wenn Mikael nicht querschießt, könnten wir dort sogar das Logistiknetz nutzen."

Marco lehnte sich zurück. „Du hast mehr erreicht, als ich je gedacht hätte, Lyanna."

Ich zuckte mit den Schultern. Kein falscher Stolz, nur Fakten. „Ich war gezwungen, das durchzuziehen. Wenn ich's nicht mache, macht's einer wie Luciano."

Er runzelte die Stirn. „Apropos... Wir müssen klären, was mit dem südlichen Korridor passiert. Der verläuft teilweise parallel zu Apollos Zone. Wenn wir da weiter vordringen, könnten wir auf Gegenwind stoßen."

Ich blätterte durch meine Notizen. „Mir ist klar, dass wir damit gefährlich nah an seine Gebiete kommen. Ich will keinen Krieg mit Apollo – aber ich werde meine Bewegung nicht stoppen, nur weil er still zuschaut."

Esteria schaltete sich ein. „Du musst vorsichtig sein. Es gibt Leute, die würden einen offenen Konflikt zwischen euch nutzen, um sich selbst zu positionieren. Und wenn Apollo sich gezwungen sieht zu handeln..."

„Ich weiß", unterbrach ich sie. „Ich werde keine Schritte unternehmen, die ihn provozieren. Aber ich werde auch nicht weichen."

Marco sah mich schief an. „Glaubst du, er wird eingreifen?"

Ich schwieg kurz. Dann: „Nicht direkt. Nicht solange er glaubt, dass ich alles im Griff habe. Aber ich wette, er beobachtet mich längst."

Esteria nickte. „Davon kannst du ausgehen."

Ich stand auf, ging zum Fenster, schob die Gardine zur Seite. Die Stadt lag vor uns – rastlos, gefährlich, lebendig.

„Ich bin nicht hier, um Chaos zu stiften", sagte ich leise. „Ich bin hier, um zu reparieren, was sie zerstört haben."

Marco stand auf und trat neben mich. „Dann lass uns weiterbauen."

Ich drehte mich um. „Noch gibt's viel zu tun. Morgen treffe ich Azzurra. Danach müssen wir uns um das alte Lagerhaus am Hafen kümmern. Luciano wird nicht ewig still bleiben."

Esteria stand ebenfalls auf. „Ich werde sehen, was ich aus Apollos Umfeld herausbekomme – ohne aufzufallen."

Ich nickte. Der Plan stand. Die Frage war nur, wie lange wir das Spiel führen konnten, bevor jemand die Regeln änderte.

Es klingelte.

Keiner von uns bewegte sich sofort. Drei Blicke, drei Gedanken – ein Moment kompletter Anspannung. Ich sah Marco an, der griff automatisch zur Waffe. Ich tat es ihm gleich. Wir positionierten uns rechts und links vom Türrahmen. Esteria ging langsam zur Tür, kontrollierte kurz den Spion. Dann drehte sie sich zu uns und hob die Hand.

„Waffen weg", flüsterte sie. „Es sind Apollo und Erol."

Ich erstarrte. Mein Griff um die Waffe blieb noch einen Moment zu fest, dann steckte ich sie zurück. Marco nickte knapp und tat dasselbe. Wir traten einen Schritt zurück, hielten aber die Augen auf die Tür gerichtet. Esteria öffnete. Und da stand er. Apollo. Er sah genauso aus wie in meiner Erinnerung. Vielleicht etwas müder. Härter. Aber auch... echt.

Für einen Moment bewegte sich nichts. Kein Ton. Kein Geräusch von der Straße. Keine Bewegung im Raum. Nur wir zwei. Ich im Türrahmen des Wohnzimmers, er im Eingang zur Wohnung. Die Welt schien sich einfach ausgeklinkt zu haben. Sein Blick traf meinen. Und für ein paar Sekunden war alles wie eingefroren.

Erol war der Erste, der sich bewegte. Er schob Apollo mit einem Schulterstoß leicht nach vorne. Marco, völlig synchron, stieß mich leicht mit dem

Ellenbogen an. Und dann brach es. Nicht in Wut. Nicht in Tränen. Sondern in Lachen. Esteria schüttelte den Kopf und lachte leise. Marco ließ sich auf das Sofa fallen und grinste, als wäre das alles ein absurder Film.

Nur wir zwei – Apollo und ich – standen noch immer da. Unsere Blicke trafen sich noch einmal kurz, bevor wir beide gleichzeitig zu Boden sahen. Beschämt. Überrumpelt. Überfordert. Aber nicht feindselig. Ein Moment, der mehr sagte als jedes Wort. Kein Drama. Kein Pathos. Nur zwei Menschen, die sich unerwartet gegenüberstanden – nach allem, was war.

Kaum waren wir alle im Wohnzimmer, platzte es aus Erol heraus. „Ich muss euch was sagen, es-"

„Stopp."

Apollos Stimme war ruhig, aber schneidend. Erol schwieg sofort. Ich auch. Alle taten es. Dann passierte etwas in seinem Gesicht. Es war wie ein Schalter. Weg war der Mann an der Tür, der kurz gezögert hatte. Stattdessen stand jetzt der Boss da. Voll fokussiert. Eisig. Berechnend. Pokerface. Nichts zu erkennen. Keine Regung. Er sah mich an. Direkt. Kein Zögern. Kein Anlauf.

„Was genau glaubst du eigentlich, was du hier tust?", fragte er kühl.

Ich zog die Augenbrauen hoch. „Wie bitte?"

„Das hier", er deutete vage mit der Hand auf den Raum, „ist Johannesburg. Mein Gebiet. Du marschierst hier ein, fängst an, mit Kontakten zu verhandeln, ziehst dir alte Verbündete ran – und denkst, das bleibt ohne Reaktion?"

Seine Stimme war ruhig, aber der Druck in ihr war wie eine Mauer. Direkt. Hart. Spürbar.

„Apollo—" begann Esteria, doch er hob nur kurz den Finger. Sofort verstummte sie.

Marco ging einen Schritt vor. „Ich sag dir-"

„Nein, tust du nicht", schnitt Erol ihm das Wort ab und zog ihn instinktiv zurück.

Apollo hob die Hand leicht, ohne dabei die Haltung zu ändern. Allein diese kleine Bewegung reichte, um den Raum einzufrieren. Seine Präsenz war übermächtig. Ich war kurz überrumpelt. Das hier war nicht der Mann, den ich in Erinnerung hatte. Nicht der, der mich angeschaut hatte wie alles, was er nie haben durfte. Das war der Geschäftsmann. Der Stratege. Der Jäger. Aber ich ließ mich nicht beirren. Ich richtete mich auf. Machte zwei Schritte auf ihn zu.

„Ich mache genau das, was nötig ist", sagte ich ruhig. „Ich baue auf, was ihr alle zerfallen lassen habt. Ich hole mir zurück, was mir zusteht. Und wenn dir das nicht passt, dann kannst du gerne offiziell Beschwerde einlegen."

Er sah mich an. Eiskalt. Keine Miene. „Du willst also Krieg?"

Ich hielt seinem Blick stand. „Ich will Gerechtigkeit."

Ein paar Sekunden vergingen. Die Luft war angespannt. Jeder schien den Atem anzuhalten. Dann grinste er. Langsam. Breit.

Ich blinzelte. „Du...Du Idiot!" Ich schlug ihm mit der flachen Hand auf den Brustkorb.

Er lachte jetzt laut. Und in der nächsten Sekunde zog er mich einfach an sich. Seine Arme schlossen sich um mich, hart, fest, ohne Rückfrage. Und meine Reaktion kam ganz automatisch. Die ganze Anspannung fiel von mir ab. Ich ließ mich in ihn sinken. Es war keine Szene. Kein Schauspiel. Es war einfach echt. Sein Atem an meinem Ohr. Meine Hände an seiner Brust. Keine Worte. Nur ein Moment, der uns gehörte. Und alles sagte.

Ich spürte, wie er tief einatmete, bevor er mich langsam wieder losließ. Nicht ganz. Nur so viel, dass er mich anschauen konnte. In seinem Blick lag wieder Ernst. Und diesmal war es keine Show.

„Setzen wir uns", sagte er ruhig. Nicht mehr als Befehl, sondern als Vorschlag. Die Autorität war geblieben. Aber der Ton hatte sich geändert. Die anderen taten es uns gleich. Marco blieb trotzdem dicht bei mir. Er hatte sich noch nicht ganz entspannt. Erol war der Erste, der das Schweigen brach.

„Ich wollte es vorhin schon sagen – es gab einen Angriff. Santiago war betroffen. Sein Lagerhaus. Zerstört. Keine Toten, aber der Schaden ist massiv."

Ich richtete mich auf. „Wann?"

„Gestern Nacht. Es sieht nach Sabotage aus. Professionell. Keine Spuren, keine Kameras. Aber das war eine Warnung."

Apollo nickte. „Ich weiß."

Ich sah ihn an. „Du wusstest davon und hast nichts gesagt?"

Er lehnte sich zurück. „Ich war gerade auf dem Weg zu ihm, als ich Erol traf. Ich wollte nicht sofort Panik schüren. Nicht, bevor ich weiß, was wirklich dahintersteckt."

Erol warf ihm einen Blick zu. „Wir beide wissen, wer dahintersteckt."

„Luciano", sagte ich leise.

Apollo sah mich lange an. Dann nickte er. „Er schlägt zurück. Weil er merkt, dass du ihm die Kontrolle entziehst. Santiago war ein Signal. Nicht für ihn. Für dich."

Ich ballte die Hände auf den Oberschenkeln. „Er will Angst verbreiten."

„Und Loyalität brechen, bevor sie sich festigt."

Marco runzelte die Stirn. „Was ist mit Santiago? Hält er noch zu uns?"

„Ja", sagte Apollo. „Ich war bei ihm. Wir haben gesprochen. Er weiß, worum es geht."

Ich drehte mich leicht zu ihm. „Was wollte er als Gegenleistung? Für seine Unterstützung?"

Da war sie wieder – diese kurze Pause bei Apollo. Der Moment, in dem er abwog, was er sagen sollte. Ich wollte gerade nachhaken, als Aurel sich meldete – offenbar per Nachricht. Apollo las sie still, dann hob er kurz den Blick.

„Er fragte dasselbe", sagte er. „Was Santiago wollte."

Ich schwieg. Schaute ihn nur an. Und diesmal wich er meinem Blick nicht aus.

„Er wollte Rückhalt durch mein Syndikat."

Stille. Marco fluchte leise. Esteria sah ernst zwischen uns hin und her. Ich verstand. Diese Aussage bedeutete mehr als nur Schutz. Es war ein politisches Zeichen. Ein öffentlicher Schulterschluss. Wenn Apollos Leute für mich bürgten, dann war das ein Schlag gegen Luciano – und eine klare Positionierung.

Ich schluckte. „Und du hast zugesagt?"

Apollo nickte. „Ich stehe hinter dir. Mit allem, was ich habe."

Ich wusste nicht, was ich sagen sollte. In mir kämpfte gerade alles – Stolz, Angst, Dankbarkeit, Wut.

„Dann wird Santiago das Bündnis bestätigen", sagte Erol. „Und andere werden folgen."

„Das wird Luciano nicht auf sich sitzen lassen", fügte Marco an.

„Nein", sagte Apollo. „Aber das war nie die Frage. Die Frage ist nur, wie gut wir vorbereitet sind."

Ich atmete tief ein. „Dann sollten wir anfangen, diesen Krieg zu planen."

Ich breitete weitere Unterlagen aus, wollte gerade erklären, wie die Lagerzonen aufgeteilt werden sollten – da glitt mein Blick ganz kurz zu ihm. Apollo. Er stand neben mir, stützte sich mit beiden

Händen auf die Tischkante. Seine Haltung war neutral. Aber ich kannte ihn. Jeder Muskel war wach. Und doch... da war diese Wärme in seinem Blick. Für einen Sekundenbruchteil. Ich musste mich zusammenreißen, nicht zu lange hinzusehen. Konzentrier dich, Lyanna. Aber meine Gedanken drifteten trotzdem kurz ab. Ich erinnerte mich an seine Umarmung eben. An das Gewicht seiner Hand an meinem Rücken. An die Art, wie seine Stimme sich verändert, wenn er mit mir spricht – tiefer, wärmer. Und dann stand er einfach da. In meinem Raum. In meinem Leben. Wieder.

Erol beugte sich über die Karte. „Wenn wir diesen Bereich absichern, bekommen wir Druck auf Lucianos nördliche Route."

„Klingt gut", sagte Apollo. Doch er sprach nicht zu Erol – er sah mich an, als wäre ich die Route.

Ich räusperte mich. Konzentrierte mich wieder. „Wir brauchen klare Codes. Wer bei uns ist, wer beobachtet, wer falsche Infos streut."

„Ich übernehme das", sagte er. Und dabei klang seine Stimme leise, fast wie ein Versprechen.

Ich nickte. Und konnte mir einen kleinen Kommentar nicht verkneifen. „So wie früher?"

Er hob eine Augenbraue. „Nur besser. Dieses Mal weiß ich, worum es geht."

Ich spürte, wie sich Marco und Esteria kurz ansahen. Wahrscheinlich fragten sie sich, ob wir noch von Luciano redeten – oder von uns.

Ich blieb sachlich. Zumindest äußerlich. „Gut. Dann bist du mein Schatten."

Er grinste. „War ich immer."

Wieder dieses Flirren im Raum. Nicht laut. Nicht aufdringlich. Aber jeder spürte es. Und keiner sagte etwas. Ich spürte, wie mein Herz ein kleines bisschen schneller schlug, als er sich leicht vorbeugte und auf einen Punkt auf der Karte deutete. Unser Gesichtsfeld war jetzt fast dasselbe, kaum zehn Zentimeter zwischen uns.

„Hier", sagte er ruhig. „Wenn wir da einen Vorposten setzen, haben wir Sicht auf drei der alten Handelswege."

Ich nickte, versuchte nicht hinzusehen. Doch sein Arm streifte meinen. Und der Kontakt – so minimal er war – brannte sich ein. Ich zwang mich zu Professionalität. „Das wäre Santiagos ehemaliger Übergabepunkt. Glaubst du, wir bekommen die Kontrolle wieder?"

Apollo antwortete nicht sofort. Stattdessen hob er den Blick und sah mich an. Direkt. „Wenn du da auftauchst, gehört er dir."

Ich schluckte. Das war keine strategische Antwort. Das war... persönlich. „Weil ich ein Name bin oder weil ich dein Rückhalt bin?"

Ein kurzes Grinsen. „Beides. Und mehr."

Ich hörte Esteria kurz Luft holen, als hätte sie auch gespürt, dass da gerade eine unsichtbare Grenze überschritten wurde. Ich wich nicht zurück. Nicht mehr. „Dann bist du also mein Druckmittel?"

„Ich bin dein Schutz. Dein Partner. Wenn du es zulässt."

Der Raum war still. Die Karten auf dem Tisch, das Licht darüber – es war wie in einem filmreifen Moment. Nur dass keiner von uns spielte. Marco sah zwischen uns hin und her. „Geht das hier noch um Luciano?"

„Immer", sagte ich trocken, aber ein Teil in mir hätte am liebsten gelacht. Es war zu viel. Und gleichzeitig genau richtig.

Apollo tippte mit dem Finger leicht auf das nächste Viertel der Karte. „Hier wird's kritisch. Wenn er da ansetzt, müssen wir schneller sein."

Ich riss mich zusammen. Notierte mir das. Konzentrierte mich wieder. Und trotzdem – ich spürte seinen Blick. Immer wieder. Wie ein Sicherheitsnetz. Nicht kontrollierend. Nicht einengend. Sondern da. Ich war nicht allein in diesem Spiel. Nicht mehr.

Erol räusperte sich irgendwann leise. „Also... habt ihr zwei gerade eine Grenzlinie besprochen oder euch verlobt?"

Marco schnaubte. „Ich seh's schon kommen. Die stehen demnächst gemeinsam auf der Veranda und planen eine Übernahme, während sie Tomaten pflanzen."

Ich hob eine Augenbraue. „Wir arbeiten einfach effizient."

Apollo zuckte nur mit den Schultern. „Wer sich versteht, muss nicht viel reden."

Esteria lehnte sich zurück und sah uns nacheinander an. „Das ist schon fast beängstigend. Ihr sprecht in halben Sätzen, schaut euch zwei Sekunden an – und plötzlich stehen fünf neue Einsatzpunkte."

„Wollen wir über Ergebnisse reden oder über Körpersprache?", fragte ich trocken und schob einen Marker auf der Karte weiter.

Apollo nickte. „Danke. Genau das."

Es war merkwürdig – trotz allem Ernst, trotz der Gefahren da draußen – in diesem Moment herrschte Gelassenheit. Nicht naiv. Nicht euphorisch. Sondern dieses seltene Gefühl, dass man weiß, was man tut. Apollo war ruhig. Ich war ruhig. Und das übertrug sich.

„Gut", sagte er dann. „Wenn wir diesen Plan durchziehen, brauchen wir jemanden, der Luciano beobachtet. Bewegungen, Treffen, Waffenlieferungen. Alles."

Erol nickte sofort. „Ich hab ein paar Leute in Position. Ich übernehme das."

Marco beugte sich vor. „Und ich kümmere mich um die Innenkreise. Die, die noch nicht entschieden sind."

Esteria schrieb bereits mit. Ich atmete ein, dann aus. Es fühlte sich für den Bruchteil eines Moments an wie... Familie. Nicht im klassischen Sinn. Sondern wie ein Team, das sich nicht nur zusammentut, weil es muss – sondern weil es will. Mein Blick traf Apollos. Nur kurz. Kein Lächeln. Kein Zeichen. Aber genug. Wir wussten beide, was zu tun war. Und dieses Mal – taten wir es gemeinsam.

Erol warf einen letzten Blick auf die Karte, dann klappte er sein Notizbuch zu. „Ich melde mich, sobald sich Luciano bewegt."

Apollo stand schon. Streckte sich leicht, als müsste er die Spannung abschütteln. Dann sah er zu mir. Nicht einfach nur ein Blick – es war dieses leise Innehalten, bei dem man merkt, dass da noch was ist. Etwas, das keiner laut sagt. Noch nicht.

„Wir sehen uns morgen", meinte er ruhig. Fast geschäftlich.

Ich nickte. „Fahr vorsichtig."

Sein Blick verharrte auf meinem. Einen Moment zu lang. Sein Ton blieb gleich, aber seine Augen sagten etwas anderes. Pass du auf dich auf, flackerten sie. Ich kann dich nicht verlieren. Ich erwiderte seinen Blick. Mein Puls zog an. Ich wusste nicht mal genau, warum. Vielleicht, weil seine Nähe sich plötzlich so richtig anfühlte. Vertraut. Wie etwas, das man lange nicht hatte – und plötzlich wieder vor sich sieht.

Er drehte sich leicht zur Tür, hielt aber noch kurz inne. „Wenn du… etwas brauchst – du weißt, wo ich bin."

Ich hob leicht eine Augenbraue. „Etwas Konkretes im Sinn?"

Ein winziges Schmunzeln zuckte über seine Lippen. „Vielleicht."

„Vielleicht reicht nicht, Caelus."

Er lehnte sich kurz zu mir – nicht zu nah, nicht zu distanziert. Gerade so, dass nur ich seine

Stimme wirklich hörte. „Dann sag ich's direkt: Wenn's brennt – egal wo, egal wann – ich komme."

Mein Herz machte einen Satz. Ich versuchte, mir nichts anmerken zu lassen. Aber ich spürte, wie meine Stimme weicher wurde.

„Ich zähl drauf."

Erol, der das Ganze nicht hören konnte, aber genau spürte, was hier lief, hob die Augenbrauen. „Gehen wir?"

Apollo nickte knapp. Bevor er sich abwandte, streifte sein Blick noch einmal mein Gesicht. Warm. Wach. Und verdammt intensiv. Dann gingen sie. Tür zu.

Esteria stemmte die Hände in die Hüften. „Das war keine normale Verabschiedung. Das war... irgendwas zwischen Geheimbund und Eheschwur."

Ich öffnete den Mund, schloss ihn wieder. „Ich hab keine Ahnung."

„Du? Keine Ahnung?" Marco klang ehrlich überrascht. „Das wär ja fast niedlich, wenn's nicht so verdächtig wäre."

Ich schüttelte den Kopf. „Leute... ich bin müde. Ich will schlafen. Morgen ist ein neuer Tag, wir haben zu tun."

Esteria sah mich an, nicht überzeugt. Marco ebenfalls. Aber keiner sagte was. Sie wussten, wenn ich so war, war kein Durchkommen.

Ich drehte mich um und verschwand in mein Zimmer. Kaum war die Tür zu, lehnte ich mich dagegen. Kurz. Tief durchatmen. Mein Herz schlug zu schnell.

Was war das gerade gewesen? Ich wusste es nicht. Oder... vielleicht wusste ich es ganz genau. Aber jetzt war nicht der Moment. Jetzt war Krieg.

Apollo

Ich saß hinterm Steuer, das Fenster leicht geöffnet. Der Fahrtwind kühlte mein Gesicht, aber das half nichts gegen die Hitze, die noch immer unter meiner Haut brannte. Lyanna. Ich konnte sie riechen. Ich konnte ihren Blick noch spüren. Ihre Stimme war wie eine zweite Spur im Hintergrund meiner Gedanken – leise, aber immer da.

Erol saß neben mir. Er hatte die Füße lässig auf dem Armaturenbrett abgelegt und sah aus dem Seitenfenster, sagte erst mal nichts. Aber ich kannte ihn gut genug. Er wartete. Sammelte Material. Dann, irgendwann, würde er losschießen. Fünf Minuten. Keine Fragen.

Dann: „Also. Was war das da gerade?" Er grinste nicht mal, tat nur so, als würde er unbeteiligt fragen. Schlechter Bluff.

Ich warf ihm einen kurzen Blick zu. „Was meinst du?"

„Komm schon, Bruder. Wenn es da heute noch ein bisschen mehr geknistert hätte, hätten Marco und ich einen Feuerlöscher holen müssen."

Ich zuckte mit den Schultern. „Sie ist... wichtig."

„Aha. Wichtig also. So nennst du das jetzt."

Ich hielt den Blick auf die Straße gerichtet, aber der Anflug eines Grinsens zuckte über mein Gesicht. „Was willst du hören? Dass ich seit Monaten nicht geschlafen hab, weil ich nur daran gedacht hab, ob sie lebt? Dass ich fast durchgedreht bin, als sie verschwunden war?"

Erol nickte. „Ja, genau das. Endlich mal ehrliche Worte aus deinem Mund. Du sahst eben aus wie ein frisch verliebter Teenager."

„Spar dir das." Ich klang genervt, aber war's nicht. Im Gegenteil – seine Worte trafen einen Nerv. Weil sie wahr waren.

Er lachte leise. „Ich mein ja nur. Du hast sie gesehen und zack – komplettes System reboot."

Ich sah ihn an. „Vielleicht war das nötig."

Erol wurde kurz ernst. „Ich gönn's dir, Apollo. Ehrlich. Aber du weißt auch, was das bedeutet. Wenn Luciano Wind davon bekommt, wie tief du drinsteckst – er wird das ausnutzen."

Ich nickte. „Ich weiß. Und deswegen müssen wir jetzt klar bleiben. Keine Fehler."

Erol rieb sich über den Nacken. „Apropos Fehler... wir haben eine Sache vergessen."

Ich drehte den Kopf. „Was?"

„Der Kontakt in der östlichen Logistikkette. Wenn Luciano da über seine alten Routen wieder Zugriff bekommt, könnten wir Probleme bekommen – Versorgung, Infos, vielleicht sogar Waffenlieferungen."

„Verdammt. Stimmt." Ich griff zum Handy. „Ich rufe Aurel an. Er soll das Netzwerk umstellen, sofort. Neue Ansprechpartner. Weg mit allem, was noch von früher ist."

Erol nickte. „Mach das. Luciano ist irre, ja. Aber unterschätzen dürfen wir ihn trotzdem nicht. Es ist wie mit 'nem Sack Flöhen – laut, unberechenbar, und du weißt nie, wann dir einer ins Gesicht springt."

Ich musste lachen. „Schönes Bild. Und wahr."

Mein Telefon klingelte durch.

„Apollo?"

„Ja. Wir haben was übersehen."

„Was ist los?", kam es direkt zurück, hellwach.

„Luciano könnte sich wieder Zugang über die alte Logistikkette im Osten verschaffen. Wenn er seine Finger da reinkriegt, würde Lyanna bald ohne Infos oder Nachschub dasitzen."

„Verdammt", murmelte Aurel. „Okay. Ich weiß, wen du meinst. Die alten Kontakte von Rafael über Matteo, richtig?"

„Genau die. Ich will, dass du sie rausnimmst. Sofort. Alles umstellen. Kontakte kappen, neue Wege aufbauen. Wenn wir das schleifen lassen, kommt ihr das teuer zu stehen."

Aurel zögerte nicht. „Ich bin dran. Ich leite es an Aiden weiter – der hat den Überblick über die aktuellen Routen."

Ich nickte, obwohl er es nicht sehen konnte. „Gut. Und noch was."

„Ja?" Ich atmete einmal tief durch. „Ich habe mit ihr gesprochen."

Stille. Dann: „Wie geht's ihr?"

„Stark. Konzentriert. Nicht mehr so naiv wie damals. Und sie ist nicht mehr das Mädchen von damals. Sie ist eine echte Gegnerin geworden. Wenn du verstehst, was ich meine."

„Ich verstehe", sagte Aurel ruhig. „Und du?"

Ich schnaubte. „Bin völlig im Eimer."

Aurel lachte trocken. „Das dachte ich mir."

„Sie bewegt sich klug. Sammelt alte Kontakte. Hat Santiago auf ihre Seite gezogen. Wenn Luciano das mitbekommt – was er sicher schon hat – wird er zuschlagen."

„Du bleibst bei ihr?", fragte Aurel. Keine Überraschung in seiner Stimme. Nur Bestätigung.

„Ja", antwortete ich. „Mit allem, was ich habe."

„Du weißt wir stehen hinter deine Entscheidungen. Und hinter ihr. Wir halten dir den Rücken frei."

Ich schluckte. „Danke."

„Und Apollo?"

„Hm?"

„Pass auf dich auf. Wenn sie dein Schwachpunkt ist und andere davon Wind bekommen. Sie darf dich nicht blind machen."

„Ich weiß", sagte ich. „Aber manchmal ist blind sein das Einzige, was noch Sinn ergibt."

Er schwieg. Dann sagte er nur leise: „Gib mir regelmäßig Updates."

„Mach ich."

Ich legte auf, ließ das Handy sinken.

Erol sah mich an. „Und?"

„Sie kümmern sich."

„Und was ist mit Lyanna?", fragte er nach einer kurzen Pause, leiser.

Ich sah wieder auf die Straße. „Ich beschütze sie. Mit allem, was ich habe. Ob sie's will oder nicht."

Erol sah mich an, mit diesem seltenen Ausdruck von echtem Respekt. „Dann ist klar, was zu tun ist. Wir halten den Dreck von ihr fern. Und halten uns bereit."

Ich nickte. „Genau das."

Dann fuhren wir weiter. Die Stadt lag vor uns – voller dunkler Ecken, alter Schulden und neuer Kämpfe. Aber diesmal hatte ich einen Grund, all das durchzustehen. Lyanna. Und ich hatte nicht vor, sie nochmal zu verlieren.

Luciano

Die Sonne stand tief, aber das war mir egal. Ich hasste Licht sowieso. Es zeigte Dinge, die besser verborgen blieben.

Der alte Lagerkomplex im Osten – früher lief hier alles zusammen. Transporte, Umschläge, Waffen. Matteo hatte das Ding zuverlässig geführt, loyal bis in den Tod. Und jetzt? Jetzt stand ich zwischen rostigen Metallcontainern und wartete auf Leute, die nicht mal mehr den Mut hatten, pünktlich zu sein. Zwei Männer kamen. Nervös. Unsicher. Kein Rückgrat.

„Ihr seid spät", sagte ich ruhig. Die Worte waren leise, aber das Gewicht dahinter reichte.

„Die Wege… sie wurden geändert", stammelte der eine. „Die Route existiert so nicht mehr."

Ich kniff die Augen zusammen. „Wie bitte?"

„Aiden Caelus. Er hat umgestellt. Gestern. Komplett. Keiner der alten Fahrer ist noch aktiv. Das Netz wurde gesperrt."

Ich trat einen Schritt näher. „Und ihr sagt mir das jetzt?"

Der Ältere der beiden hob beschwichtigend die Hände. „Wir hatten gehofft, noch einen Weg über die alten Lagerlisten zu finden, aber... alles wurde gelöscht. Neue Systeme. Neue Sicherheitscodes. Es gibt nichts mehr, worauf wir Zugriff hätten."

Ich fixierte ihn. Sekundenlang. Dann ließ ich die Faust sprechen. Nicht hart. Nur präzise. Seine Lippe platzte sofort.

„Und wer steckt dahinter? Wer zieht das auf?", fauchte ich.

Der Jüngere zögerte. Dann: „Lyanna. Und... Apollo."

Ein Moment lang war es still in meinem Kopf. Still wie vor einem Gewitter. „Wie war das?", fragte ich, meine Stimme jetzt gefährlich ruhig.

„Apollo ist... mit ihr. Angeblich. Es heißt, er steht hinter ihr. Mit allem."

Ich lachte. Trocken. Hart. Fast schon heiser. „Mit allem?", wiederholte ich.

Der Mann nickte. „Er hat Santiago Rückhalt zugesichert. Das hat sich rumgesprochen. Und jetzt folgen die anderen."

Ich trat zurück. Spürte, wie sich alles in mir zusammenzog. Wie mein Magen brannte. Wie mein Schädel dröhnte.

„Sie hat ihn also tatsächlich... auf ihre Seite gezogen."

Ich starrte auf den Betonboden. Dann zur Seite. Dann wieder auf den Mann, der immer noch sein Blut abwischte.

„Ich will wissen, wer ihr die neue Logistik gebaut hat. Wer die Codes installiert hat. Wer sie schützt."

„Es war ein gemeinsames Ding. Die Caelus. Aiden. Apollo. Und... sie."

„Sie", spuckte ich aus. „Lyanna."

Ich wandte mich ab, ging ein paar Schritte, dann trat ich gegen eine Blechwand. Hart. Laut. Es hallte durch die ganze Halle.

„Sie denkt, sie kann mein Netz übernehmen. Meinen Einfluss. Meine Stadt." Meine Stimme war leiser geworden. Aber nicht weniger gefährlich. „Wenn Apollo sich auf ihre Seite stellt... dann ist das Krieg. Und diesmal spiele ich nicht mehr nett."

Ich drehte mich zu den beiden um. „Verschwindet. Jetzt. Und wenn ich euch nochmal ohne Infos sehe, seid ihr die Nächsten, die auf der Liste landen."

Sie rannten. Wie Köter. Ich blieb allein in der Halle. Mit rostigem Eisen. Und der Gewissheit, dass mir die Kontrolle entglitt. Aber nicht kampflos. Ich werde sie brechen. Beide. Schritt für Schritt.

Ich war nicht dumm. Ich wusste, dass ich zu spät kam. Dass sich Strukturen bereits gebildet hatten, die sich meinem Einfluss entzogen. Aber das bedeutete nicht, dass ich sie nicht zerstören konnte. Nicht mit Kugeln. Noch nicht. Sondern mit Worten. Mit Zweifeln. Mit Misstrauen. Also fuhr ich zurück um mir einen perfekten Plan zu machen.

Ich saß an meinem Schreibtisch – nicht mehr der große, dunkle Mahagoni, den ich früher hatte. Das hier war ein billiger Metallklotz. Zweckmäßig. Es ging nicht mehr um Stil. Es ging um Wirkung. Ich schob ein paar der Dossiers zur Seite. Die Namen interessierten mich kaum noch. Nur ihre Schwächen.

Ein Mann trat ein. Mittlerer Rang. Früher war er für Propaganda zuständig. Jetzt hatte er keine Wahl – er arbeitete für mich oder war morgen tot.

„Ich habe einen Auftrag für dich", sagte ich. „Drei Gerüchte. Heute noch. Überall dort, wo sie Vertrauen aufbaut."

Er nickte. Ich fuhr fort: „Erstens – verbreite, dass Lyanna mit der Polizei kooperiert hat. Dass ihr

Überleben damals kein Zufall war. Dass sie Schutz bekam – gegen Informationen."

Er schrieb es auf, ohne zu zucken.

„Zweitens – erzähl, dass sie in Marbella Kontakte hatte, die nicht nur geschäftlich waren. Ein Liebhaber. Ein Sponsor. Dass sie sich ihre neue Macht gekauft hat. Körperlich."

Der Mann hob kurz die Augenbrauen. Ich ignorierte es.

„Und drittens – sag, dass Apollo sie nicht beschützt. Sondern kontrolliert. Dass er ihr nicht hilft, sondern benutzt. Für sein eigenes Comeback."

Ich lehnte mich zurück. „Mach die Quellen unklar. Aber sag, dass du es gehört hast. Und dass es andere bestätigen können."

Er nickte. „Wird erledigt."

Ich hielt ihn noch kurz zurück. „Und setz ein paar Trigger. Wer die Gerüchte widerspricht, steht sofort unter Verdacht."

Der Mann verschwand. Ich blieb allein.

Wenn ich sie schon nicht frontal zerstören konnte, dann sollte sie sich selbst verlieren – in Zweifeln. In Misstrauen. In den Blicken derer, die ihr eben noch gefolgt waren.

Sie glaubte, sie hätte Stärke. Aber Stärke hielt nichts aus, wenn das Fundament bröckelte. Ich stand auf, ging zum Fenster. Die Stadt da draußen war im Umbruch.

Aber ich würde nicht fallen.
Nicht durch eine Frau.
Nicht durch Liebe.

Ich saß lange am Schreibtisch. Vor mir lagen alte Listen, neue Namen, Kontakte, die ich aktivieren konnte – oder zur Strecke bringen musste. Die Glut meiner Zigarette war verglüht, der Kaffee längst kalt. Nichts daran war nostalgisch. Es war nur Vorbereitung. Ein letzter Blick auf die Karte von Johannesburg. Ich markierte einen weiteren Punkt im Osten – dort, wo ich die erste Störung setzen wollte. Dann stand ich auf, griff nach der Jacke. Mein Blick fiel auf den kleinen silbernen Revolver, der neben dem Telefon lag. Ich steckte ihn ein. Sicher war sicher. Keine Worte. Kein Aufhebens. Nur ein geübter Griff zum Schlüssel. Die nächste Phase begann nicht mit einer Explosion. Sondern mit einem Motorstart.

Ich fuhr durch die regennassen Straßen. Kein Ziel, kein Ziel, das ich eingeben musste. Ich kannte sie alle. Jeden Laden. Jeden Hintereingang. Jeden von ihnen hatte ich einmal besucht. Jetzt... war ich der Geist, der durch ihre Welt streifte. Der, von dem sie hofften, dass er verschwunden war. Tot. Irre. Abgetaucht. Vielleicht war ich das. Aber ich war auch der Einzige, der wusste, wie man Strukturen von innen heraus zerschlägt. Ich hielt in der Nähe eines alten Schachclubs. Heute ein Treffpunkt für Mittelsmänner und Boten. Unauffällig. Neutral. Ich hatte dort früher Listen ausgetauscht, Schweigegeld gezahlt, Nachrichten hinterlassen. Heute würde ich den Ort vergiften. Ich stieg aus, trat in das verrauchte, muffige Lokal. Der Barkeeper erkannte mich. Er sagte nichts – gut. Er wusste, dass Worte hier töten konnten. In der Ecke saß Zeno. Früher für Desinformation zuständig. Später abgestürzt – Alkohol, Schulden, keine Loyalität mehr. Genau der richtige Mann.

„Luciano", sagte er knapp, ohne aufzustehen.

Ich setzte mich. Kein Gruß. Kein Händedruck. Nur ein Umschlag, den ich ihm über den Tisch schob. Er war schwer.

„Was ist das?"

„Dein Ticket zurück ins Spiel." Ich legte die Stimme flach, aber bestimmt. „Du bekommst Geld. Und ein paar Namen. Du setzt dich an dieselben Tische wie früher. Und du säst Zweifel."

„Was für Zweifel?"

„Lyanna. Apollo. Die ganze Bewegung. Sie arbeiten angeblich mit den Behörden. Sie verkaufen sich. Sie planen, sich gegenseitig auszuspielen."

Zeno nickte langsam. „Und die Quellen?"

„Du." Ich lächelte schief. „Du warst dabei. Du hast es gehört. Gesehen. Sicher sogar bestätigt bekommen."

Er zögerte. Ich beugte mich näher.

„Vergiss nicht, was passiert, wenn du dich an niemanden bindest, Zeno. In diesem Spiel gibt es keine Außenseiter. Nur Schachfiguren. Und Bauern sterben als Erste."

Er senkte den Blick. „Verstanden."

Ich stand auf, ließ ihn dort sitzen. Er würde es tun. Aus Angst. Aus Gier. Aus diesem armseligen Drang, doch noch mal wichtig zu sein. Draußen zündete ich mir eine Zigarette an und sah auf die Straße. In meinem Kopf lief der Plan weiter. Ich würde nicht nur ein Gerücht streuen. Ich würde zehn streuen. Hundert. Aus verschiedenen Ecken. Unterschiedlich formuliert. Manche subtil. Manche brachial. Ich wollte kein klares Ziel. Ich wollte Chaos.

Als nächstes betrat einen Friseursalon. Offiziell. Inoffiziell: Nachrichtenumschlagplatz. Seraphine stand hinter dem Tresen. Noch schön. Noch gefährlich. Aber müde vom Leben. Sie sah mich, sagte nur: „Wenn du Stress suchst – ich habe heute keine Nerven."

Ich warf ihr ein Bild auf den Tresen. Ein Gruppenfoto. Santiago, Lyanna, Akira. Lächelnd. „Sag ihnen, das ist verräterisches Pack", sagte ich ruhig. „Und dass du es von mehreren Seiten gehört hast."

„Das glaubt dir doch niemand."

„Das ist das Schöne an Gerüchten, Seraphine. Sie brauchen keine Beweise. Nur Wiederholung."

Sie schnaubte, griff aber zum Foto. Und zum Umschlag, den ich danebenlegte. Ich verließ den Laden, ohne ein weiteres Wort.

Ich öffnete mein Notebook. Keine Verschlüsselung. Kein Passwort. Nur eine Liste. Jede Bewegung von Lyanna. Jedes neue Gesicht in ihrem Kreis. Jede Person, die wackelte. Und ich sah, dass es funktionierte. Ein Informant aus dem Norden hatte sich abgesetzt. Ein Bote in der Nähe von Hillbrow hatte einen geplanten Deal abgesagt. Zwei Lieferungen kamen nicht – angeblich „technische Probleme". Die ersten Risse waren da. Ich lehnte mich zurück. Die Zigarette brannte bis zum Filter. Und dann griff ich zum nächsten Blatt Papier. Darauf: ein Foto von Esteria. Wenn ich jemanden aus dem inneren Kreis knacken könnte,

dann sie. Sie war nicht unantastbar. Sie war...
weich. Ich würde ihr jemanden schicken.
Jemanden, der sich als Verbündeter ausgab. Der
sie zum Reden brachte. Oder besser – sie zum
Zweifeln. Der Krieg hatte begonnen. Und diesmal
war er nicht laut. Er war leise. Und tödlich.

Esteria

Es war ein Morgen wie jeder andere. Grau, leicht regnerisch, und doch lag etwas in der Luft. Ich hatte frei, zumindest offiziell. Mein Kopf war noch halb bei den Unterlagen, die ich gestern bis spät in die Nacht durchgearbeitet hatte, als ich ihn sah.

Cavan. Er kam die Straße entlang, als wäre er nie weg gewesen. Gleicher Gang, gleiche Haltung. Die Jahre hatten Spuren hinterlassen – in seinem Gesicht, an seinem Blick. Früher mal... ja, früher war da was. Kollegen. Fast Freunde. Vielleicht mehr. Die Zeiten hatten es nie erlaubt, das herauszufinden. Und jetzt stand er da, als wäre nichts gewesen.

„Esteria", sagte er nur. Ich antwortete mit einem knappen Nicken. „Cavan."

„Lust auf einen Kaffee?", fragte er. „Klar."

Wir gingen gemeinsam ins Café, das an der Ecke lag. Nichts Besonderes. Zwei Fenster, vier Tische, schlechter Kaffee. Aber neutral. Vertraut. Wir bestellten, setzten uns in eine der Ecken. Ich achtete auf die Position der Fenster, auf die Tür, auf Fluchtwege. Alte Angewohnheiten.

„Wie läuft's im Krankenhaus?", fragte er, nachdem der erste Schluck getrunken war.

„Stressig wie immer. Viele neue Gesichter. Wenig Konstanz."

Er nickte. „Ich arbeite jetzt freiberuflich. Sicherheitsberatung."

Ich hob eine Braue. „Immerhin ehrlich."

Er lachte. Wir redeten über belangloses Zeug. Die Stadt, die Baustellen, alte Bekannte. Smalltalk. Fast angenehm – wenn nicht die innere Stimme gewesen wäre, die mir sagte, dass das hier kein Zufall war. Nach zehn Minuten kippte das Gespräch leicht.

„Die Stimmung hat sich verändert", sagte er. „In Johannesburg. Früher gab es klare Linien. Jetzt verschwimmen sie."

Ich nickte. „Das Machtvakuum nach Raphaels Tod... man spürt es überall."

„Und Luciano?" Seine Stimme war beiläufig, aber ich hörte das Interesse.

„Spielt verrückt, sagen manche."

Cavan beugte sich etwas vor. „Und du? Noch Kontakt zur alten Szene?"

Ich spielte mit der Tasse. „Ich habe andere Sorgen. Patienten. Leben retten."

„Aber du hast Verbindungen. Ich erinnere mich."

Ich lehnte mich zurück. „Und du? Immer noch Kontakte zur Unterwelt?"

Er zuckte mit den Schultern. „Ab und zu hört man was. Man wird angesprochen. Und weißt du... da fiel dein Name."

Ich sah ihn an. „Ach ja?"

„Jemand sagte, du hattest eine ganz besondere Patientin. Eine junge Frau. Schwer verletzt. Wachkoma. Dann plötzlich weg." Ich schwieg.

„Ich frage mich... lebt sie noch? Und wenn ja – wo?"

Da war es. Die Falle. Er hatte auf diesen Moment gewartet. Ich lächelte leicht. „Die meiste Zeit habe ich mit alten Leuten zu tun. Schlaganfälle. Diabetes. Nichts Besonderes."

Er sah mich an. Musterte mich. „Komm schon, Esteria. Wir wissen beide, dass du tiefer drinsteckst."

„Und wir wissen beide, dass ich nichts sagen darf."

„Nicht mal, ob sie lebt?"

Ich beugte mich vor. „Sagen wir es so – ich habe jemanden behandelt, der sehr viel Potenzial hatte. Aber sie ist längst außer Landes. Ich glaube, Südamerika. Oder war es Asien?" Ich lächelte. „Man verliert den Überblick."

Sein Blick wurde schmal. „Du weißt es genau."

„Natürlich weiß ich das", sagte ich. „Aber du wirst es nicht von mir hören."

Er spielte mit seinem Löffel. „Luciano wird nicht erfreut sein."

„Luciano ist mir egal. Und sollte er das nicht sein?"

Cavan schwieg. Das Spiel hatte sich gedreht. Ich legte Geld auf den Tisch. „War nett, dich zu sehen."

„Du spielst mit dem Feuer", sagte er, als ich aufstand.

Ich beugte mich kurz zu ihm. „Dann solltest du besser aufpassen, dass du dich nicht verbrennst."

Und dann ging ich. Kein Blick zurück.

Dann griff ich zu meinem Handy. „Lyanna. Wir haben ein Problem."

Lyanna

Ich saß am Esstisch. Das Licht war gedimmt, aber mein Kopf arbeitete auf Hochtouren. Esterias Nachricht ließ mich nicht los. Luciano hatte jemanden geschickt. Die Spionage hatte begonnen. Ich schloss kurz die Augen. Die Lage spitzte sich zu – schneller als ich erwartet hatte. Mein Handy vibrierte. Akira. Ich nahm ab. „Ja?"

„Wir haben ein Problem", sagte er sofort. „Zwei Kontakte im südlichen Netzwerk haben sich distanziert. Angeblich auf Druck. Und es gibt Gerüchte, du wärst nur der Lockvogel von Apollo."

Ich erstarrte. „Was?"

„Dass du von Anfang an Teil eines Plans warst. Dass du mit ihm arbeitest – und nicht unabhängig bist. Manche sagen sogar, du bist nur sein hübsches Aushängeschild."

Ich biss die Zähne zusammen. „Wer streut so etwas?"

„Vermutlich Luciano. Aber die Quelle ist schwer greifbar. Matthias ruft dich gleich auch an. Er hat was Ähnliches gehört."

„Danke. Halt mich weiter auf dem Laufenden."

Zehn Sekunden später vibrierte das Handy erneut. Matthias. Ich nahm ab. „Ich hab's gehört."

„Dann weißt du, dass es ernst wird", sagte er. „Ich habe mit zwei Zwischenhändlern gesprochen. Einer ist verunsichert, der andere... abgetaucht."

„Verdammt."

„Du musst was tun, Lyanna. Präsenz zeigen. Sonst verliert das hier alles an Glaubwürdigkeit."

„Ich weiß."

Ich legte auf. Für einen Moment starrte ich leer in den Raum. Dann griff ich erneut zum Handy. Meine Hand zögerte kurz – dann wählte ich Apollos Nummer. Er nahm nach dem zweiten Klingeln ab. „Lyanna?"

„Ich brauche dich hier. Jetzt. Es geht um Luciano. Um uns. Um alles." Kurze Pause. Kein Atemzug am anderen Ende.

„Ich bin unterwegs", sagte er.

Ich legte auf, stand auf, lief einmal im Raum auf und ab. Die Situation eskalierte. Luciano war schneller als gedacht. Und ich wusste: Wenn ich jetzt nicht souverän reagierte, würde das Bündnis mit Apollo platzen, bevor es je wirklich sichtbar geworden war. Ich atmete tief durch, ging zur Tür, sah durch den Spion. Noch niemand da. Aber bald. Aus der Küche hörte ich Marco murmeln. Er hatte auch mitbekommen, dass etwas im Gange war. Esteria war ebenfalls auf dem Weg. Ich strich mir das Haar zurück, richtete die Schultern. Wenn ich diesen Abend richtig anging, konnte ich den Spieß umdrehen. Luciano würde endlich merken, dass er nicht gegen ein verängstigtes Mädchen kämpfte. Sondern gegen eine Frau, die gelernt hatte, was es heißt, zu überleben.

Die Haustür öffnete sich und fiel hinter Apollo ins Schloss. Esteria war direkt hinter ihm, schüttelte sich den Regen von der Jacke. Ihr Blick wanderte zwischen Marco und mir hin und her. „Ich nehme an, ihr habt schon mitbekommen, was da draußen vor sich geht?"

Ich nickte. „Akira und Matthias haben angerufen. Luciano streut Gerüchte. Zwei Kontakte sind bereits weggebrochen. Das geht schneller, als wir dachten."

Apollo trat ins Wohnzimmer, stellte sich an den Rand des Tisches. Seine Haltung war kontrolliert – doch ich sah an der Art, wie er die Hände ineinander verschränkte, dass er innerlich arbeitete.

„Wir müssen sofort handeln", sagte er. „Wenn wir jetzt nicht reagieren, fällt die Allianz, bevor sie sichtbar wird."

Marco stemmte die Arme auf die Rückenlehne des Sessels. „Was schlagen wir vor?"

Ich atmete tief durch. „Präsenz zeigen. Nicht nur verteidigen – angreifen. Öffentlich."

„Das wird Luciano provozieren", sagte Esteria.

„Er ist ohnehin schon provoziert", warf Apollo ruhig ein. „Er weiß, dass er die Kontrolle verliert. Das macht ihn gefährlich – aber auch berechenbar."

Ich trat näher an den Tisch. „Wir müssen das Narrativ drehen. Nicht ich bin Apollos Lockvogel – sondern er ist mein Verbündeter. Öffentlich. Offiziell. Wir brauchen eine gemeinsame Stellungnahme. Und ich brauche Rückendeckung, nicht im Schatten, sondern im Licht."

Apollo sah mich an. Sein Blick war intensiv, ruhig, aber in seinen Augen flackerte Stolz. „Du hast recht. Wir machen es offiziell."

Esteria lehnte sich gegen die Fensterbank. „Wie? Presse? Netzwerke?"

Marco schüttelte den Kopf. „Presse bringt nichts. Die Leute, die wir erreichen müssen, hören nicht auf Reporter. Sie hören auf Zeichen."

„Dann setzen wir ein Zeichen", sagte ich. „Ein öffentliches Treffen. In einem der neutralen Häuser. Ich komme mit meinem Kernteam – Apollo mit seinem."

„Und Santiago", fügte Apollo hinzu. „Wenn er kommt, ist die Botschaft klar: Die neuen Machtverhältnisse stehen."

„Risiko?", fragte Marco.

„Hoch", sagte Apollo. „Aber notwendig."

Ich spürte, wie sich etwas in mir aufrichtete. Kein Zittern. Keine Angst. Nur Klarheit.

„Dann tun wir's", sagte ich.

Apollo ging einen Schritt näher, seine Stimme wurde leiser. „Und du bist dir sicher, dass du bereit bist, das durchzuziehen? Mit allem, was dazu gehört?"

Ich sah ihm direkt in die Augen. „Ich habe zu viel verloren, um jetzt noch zu zögern."

Ein stiller Moment breitete sich zwischen uns aus. Nicht romantisch – strategisch. Doch tief darunter lag eine andere Ebene. Wir beide wussten, was es bedeutete. Vertrauen. Verbundenheit. Ein gemeinsames Ziel.

Esteria riss uns mit einem kurzen, sachlichen Ton zurück in den Moment. „Dann brauchen wir Namen. Orte. Termine. Ich setz mich ans Tablet."

„Ich telefoniere Santiago an", sagte Apollo, griff nach seinem Handy und verließ kurz den Raum.

Marco warf mir einen vielsagenden Blick zu. „Ihr zwei... das ist nicht mehr nur Strategie, oder?"

Ich antwortete nicht. Nicht, weil ich keine Antwort hatte – sondern weil es gerade nicht der Moment war.

„Morgen. Nach dem Treffen", sagte ich nur. „Dann reden wir."

Er nickte. „Dann schreib Geschichte, Schwester."

Ich lächelte schwach. „Mit euch an meiner Seite."

Apollo

Ich stützte sich mit einer Hand am Küchentresen ab, das Handy in der anderen. Der Raum war ruhig, nur die Uhr tickte. Lyanna war im Wohnzimmer, mit Esteria und Marco. Sie brauchten mich – und ich hatte nicht vor, sie nochmal warten zu lassen. Ich wählte Santiagos Nummer. Zweimal tutete es, dann ging er ran.

„Apollo." Keine Begrüßung, keine Floskeln. Santiago klang wachsam.

„Wir müssen reden."

„Ich höre."

„Es geht um Lyanna. Um die Gerüchte. Um Luciano."

Santiago schwieg kurz. „Ich weiß, was da draußen erzählt wird. Ich habe zwei Leute verloren, weil sie an die falschen Geschichten geglaubt haben."

„Deshalb rufe ich an. Ich will das klarstellen."

„Also ist es nicht wahr?" Santiago klang schneidend. „Du stehst hundert Prozent hinter ihr?"

Ich atmete einmal tief durch. „Ja."

„Warum?"

„Weil sie das Zeug dazu hat. Und weil ich es will."

„Du liebst sie", sagte Santiago, fast beiläufig.

„Ja."

Ein leises Ausatmen am anderen Ende. Dann: „Bist du bereit, mit deinem Kartell für sie zu bürgen?"

„Ich habe es bereits getan."

„Offiziell?"

„Noch nicht. Aber morgen machen wir es offiziell."

„Wie?"

„Eine Gala. Kurzfristig. Groß. Jeder, der Rang und Namen hat, wird eingeladen – Politik, Polizei, Wirtschaft. Alle werden sehen, wer hinter wem steht."

Santiago lachte trocken. „Du willst Luciano in aller Öffentlichkeit bloßstellen."

„Nein. Ich will zeigen, dass seine Zeit vorbei ist."

„Mutig."

„Notwendig."

Wieder Stille. Dann ein leichtes, anerkennendes Lachen. „Verdammt, du warst nie gut mit Worten. Aber diesmal... hast du's getroffen."

„Also?"

„Ich bin dabei. Sag ihr, dass sie auf mich zählen kann. Und schick mir die Einladung – ich komme im besten Anzug."

„Danke."

„Aber wenn sie dich kaputt macht, will ich vorherzusehen dürfen."

Ich schnaubte. „Wird sie nicht. Sie macht mich ganz."

Ein letzter Moment Stille. Dann legte Santiago auf. Ich ließ das Handy sinken, sah zur Tür und atmete durch – ruhig, aber schwer. Das Spiel war eröffnet. Und morgen Abend würde es jeder sehen. Wir brauchen Erol. Ein kurzer Text. „Komm zu Esteria, jetzt".

Ich stand in der Küche, das Handy noch in der Hand. Das Gespräch mit Santiago hallte in mir nach. Es war durch. Bestätigt. Er würde kommen. Ich war mir doch unsicher. Aber er war bereit. Bereit, sich zu positionieren. Für sie.

Ich trat zurück ins Wohnzimmer. Lyanna sah sofort auf. Ihre Augen suchten meine. Ich musste nichts sagen, sie wusste, dass etwas passiert war. Doch ich sagte es trotzdem.

„Santiago ist dabei."

Sie richtete sich auf. „Wirklich?"

Ich nickte. „Und morgen Abend wird es offiziell. Deine Gala. Öffentlich. Spontan. Wir laden alle ein, die zählen. Polizei. Politik. Wirtschaft. Sie sollen sehen, wer wofür steht."

Ihre Stirn legte sich in Falten. „Unsere Gala?"

„Deine", korrigierte ich. „Ich mach den Rahmen. Aber du bist das Zentrum."

Ich sah, wie sie die Worte verarbeitete. Es dauerte nur einen Moment, dann verstand sie. Sie sah es – die Tragweite. Und sie hatte recht. Es war Wahnsinn. Aber es war auch genial.

„Du willst Luciano herausfordern", sagte sie leise.

„Nein." Ich trat näher. „Ich will dich unantastbar machen."

Marco warf mir einen Blick zu. Skeptisch. Wachsam. Und ja, vielleicht auch ein bisschen stolz. Esteria wirkte nachdenklich. Aber ich sah nur Lyanna.

Sie schluckte. Ihre Stimme war ruhig. „Und wenn er zurückschlägt?"

„Dann wird er vor aller Augen verlieren."

Sie wirkte für einen Moment verletzlich. Und gleichzeitig so stark, dass es mir fast den Atem raubte. Ich ging nicht weiter auf sie zu. Ich wollte sie nicht bedrängen. Aber ich war da. Ganz.

„Morgen ist der Wendepunkt", sagte ich ruhig. „Und er beginnt mit dir."

Sie senkte kurz den Blick. Ihre Finger verkrampften sich leicht ineinander. Ich sah es. Aber ich sah auch, wie sie es kontrollierte. Wie sie sich aufrichtete.

Ich hatte den Satz kaum ausgesprochen, da veränderte sich etwas in ihrem Blick. Nicht Misstrauen. Kein Rückzug. Sondern etwas anderes – etwas Echtes. Ein Anflug von Panik, den sie nicht zeigen wollte. Aber ich sah ihn. Sie strich sich eine Haarsträhne hinters Ohr, atmete flach aus und schüttelte den Kopf. „Apollo... ich... Ich kann das nicht."

Ich runzelte die Stirn. „Was meinst du?"

„Die Gala. Ich habe kein Geld, okay?" Sie hob die Hände, als müsste sie sich verteidigen. „Ich weiß nicht mal, was beim Erbe überhaupt rumkommt. Ich habe keine Ahnung, wie viel auf den alten Konten ist, ob ich da jetzt schon rankomme oder nicht. Ich habe—" Sie fuhr sich über die Stirn. „Ich habe noch nie in meinem Leben eine Gala organisiert. Und schon gar nicht in unter vierundzwanzig Stunden."

Ich wollte etwas sagen, doch sie sprach sich weiter in Fahrt. „Du kannst nicht einfach sagen: Wir machen eine Gala – als wär's ein verdammter Kaffeekranz. Es braucht Personal. Location. Sicherheit. Einladungsliste. Technik. Essen. Kleidung! Ich habe nicht mal ein Kleid dafür, Apollo."

Sie wirkte auf einmal klein. Nicht schwach – niemals. Aber überfordert. Und ehrlich gesagt, in dem Moment fand ich sie noch schöner als sonst. Weil sie sich nicht hinter Fassade versteckte. Weil sie mir zeigte, wie viel auf dem Spiel stand.

Ich trat einen Schritt näher, sah sie ruhig an – und bevor sie weitersprechen konnte, hob ich eine Hand.

„Lyanna." Sie hielt inne. „Atme."

Sie tat es. Zögerlich. Misstrauisch. Aber sie tat es. Dann lächelte ich. Leise. Echtes Lächeln. Keiner dieser maskierten Grinser, mit denen ich sonst die Welt abfertigte. Sondern nur für sie.

„Du musst dich um nichts kümmern."

Sie blinzelte. „Wie bitte?"

Ich zuckte mit den Schultern, als wär's nichts. „Ich übernehme das. Location, Sicherheit, Gäste, Catering, Presse. Sogar das Kleid, wenn du willst."

Ihr Blick war eine Mischung aus Schock und Verwirrung. „Du willst mir ein Kleid besorgen?"

Ich grinste breiter. „Ich kenn da wen. Und wenn nicht, setz ich Erol drauf an – der hat Geschmack."

„Ich mein das ernst", murmelte sie.

„Ich auch", sagte ich sanft. „Du musst heute Nacht schlafen. Morgen glänzen. Alles andere? Lass das meine Sorge sein."

Sie schwieg. Und in diesem Schweigen lag das größte Vertrauen. Keine Diskussion. Kein Widerstand. Nur ein leises Nicken. Ich trat ganz nah an sie heran. So nah, dass ich ihren Atem spürte.

„Wenn du fällst, fang ich dich auf. Und wenn du fliegst, pass ich auf, dass keiner dich vom Himmel holt."

Sie lächelte. Müde. Dankbar. Und ein bisschen verliebt.

Und ich wusste: Für diese Frau würde ich jede Bühne dieser Welt aufbauen – und sie im Rampenlicht stehen lassen, während ich im Schatten sicherstellte, dass nichts sie je wieder verletzt.

„Dann lass es uns tun."

Ich nickte. Und dann... kam dieser Moment. Nicht ausgesprochen. Nicht geplant. Aber echt. Unser Blick traf sich – und in ihrem war plötzlich Ruhe. Vertrauen. Etwas, das ich nicht verdient hatte. Aber dass sie mir trotzdem schenkte.

„Du wirst strahlen, Lyanna", sagte ich leise. „Und keiner wird es je wieder wagen, dich kleinzureden."

Sie sagte nichts. Aber sie lächelte. Ganz leicht. Und ich wusste: Wenn ich heute Nacht etwas getan hatte, dann das Richtige.

Und vielleicht... vielleicht war es nicht nur politisch.

Vielleicht war es persönlich.

*

Die Tür fiel leise hinter mir ins Schloss. Ich blieb einen Moment stehen. Die kühle Nachtluft war wie ein Schnitt durch die Gedanken. Alles war klar. Glasklar. Ich war nicht nur verliebt. Ich war im Einsatz.

„Erol", sagte ich ruhig, während wir zur Straße hinuntergingen.

„Chef?" Er klang noch halb amüsiert vom Gespräch in der Wohnung, doch sein Ton wechselte sofort, als er mein Gesicht sah.

„Plan steht. Wir brauchen: einen Veranstaltungsort, Sicherheit, Catering, Einladungen, PR und verdammt noch mal das schönste Kleid, das diese Stadt je gesehen hat."

Er grinste, rieb sich die Hände. „Endlich mal wieder ein richtiger Auftrag. Gala-Style mit Todesdrohung als Beilage. Ich liebe es."

„Keine Todesdrohung", sagte ich. „Nicht auf der Gästeliste. Aber... du weißt, was ich meine."

Er nickte. „Wird erledigt."

Ich blieb stehen, zog mein Handy aus der Jackentasche und wählte. Zwei Töne. Dann eine rauchige Stimme am anderen Ende.

403

„Apollo Caelus", sagte der Mann mit einem Seufzen. „Was auch immer du brauchst – es ist teuer."

„Ich brauch ein Kleid. Für eine Frau, die aussieht, als hätte die Sonne selbst sie auf die Erde geschickt."

Stille. Dann ein anerkennendes Lachen.

„Für die? Ich gebe dir meine beste Designerin. Und wehe, sie sagt Nein."

„Sorg dafür, dass es bis morgen Abend fertig ist. Keine Kompromisse. Maßgeschneidert, klassisch, elegant. Es soll ihre Krönung sein – nicht ihre Tarnung."

„Schon unterwegs."

Ich legte auf, wandte mich an Erol.

„Aiden und Aurel müssen nach Johannesburg kommen. Ich will uns als Einheit. Kein Chaos. Keine Gerüchte mehr. Nur Präsenz."

Erol nickte, zückte sein Handy. „Ich schick Aurel den Standort. Aiden braucht noch ein bisschen mehr Druck."

„Sag ihm, dass es um sie geht. Dann steht er schneller im Jet, als du ‚Protokoll' sagen kannst."

Ich sah auf meine Uhr. Noch 22 Stunden bis zur Gala. Weniger vielleicht. Kein Raum für Fehler. Keine Zeit für Zweifel. Aber da war diese Ruhe in mir. Wie eine Linie aus Stahl. Keine Zerrissenheit mehr. Kein Dazwischen. Ich hatte eine Entscheidung getroffen. Und dieses Mal würde ich nicht zusehen, wie jemand, den ich liebe, alleine kämpfen muss. Ich war Apollo Caelus. Und ich würde verdammt nochmal sicherstellen, dass diese Stadt morgen Abend Lyanna Parker zu sehen bekam – wie sie wirklich war. Als Erbin. Als Spielerin. Als Sturm. Und wer sich ihr dann noch in den Weg stellte? Würde gegen uns alle stehen.

Aurel

Ich stand am Fenster, das Glas in meiner Hand war noch halb voll, aber längst vergessen. Der Rotwein spiegelte das letzte Licht des Tages, während unter mir die Stadt langsam im goldenen Dunst versank. Es war einer dieser seltenen Momente, in denen ich mir erlaubte, nichts zu tun. Keine Pläne, keine Berechnungen, keine Sicherungsketten in meinem Kopf. Nur Musik. Chopin. Oder war es Rachmaninow? Spielte keine Rolle. Der Frieden dauerte ohnehin nie lang.

Das Vibrieren meines Handys riss mich mühelos zurück. Ich sah aufs Display. Nur wenige Worte.

„Johannesburg. 24h. Gala. Voller Einsatz. Sie braucht uns. – Apollo"

Mein Puls blieb ruhig, aber meine Gedanken schossen sofort in Bewegung. Johannesburg. Lyanna. Gala. Ich wusste, was das bedeutete. Ich stellte das Glas auf den Fenstersims, ohne den Blick vom Display zu lösen, und tippte:

„Ich fliege in 2 Stunden. Sicherheitscheck inbegriffen. Warte dann auf Aiden. Sag ihr, ich trag Krawatte."

Dann wandte ich mich vom Fenster ab. Frieden war vorbei.

Ich durchquerte den Raum mit langen Schritten, der Kleiderschrank klappte auf wie von selbst. Mein Maßanzug war bereit, die Waffen gut versteckt, der Flug bereits gebucht. Denn wenn Lyanna in den Kampf zog, dann würde ich neben ihr stehen. Nicht als ihr Schatten. Sondern als ihre Festung.

Und wenn Luciano glaubte, sie allein zu sehen – dann hatte er uns nicht verstanden.

Aiden

„Noch ein Drink, Sir?"

Ich hob den Kopf, ließ meinen Blick an der hübschen Barkeeperin entlanggleiten, ein flüchtiges Lächeln auf den Lippen.

„Noch einen, aber diesmal ohne Eis", sagte ich und drehte mein Glas leicht in der Hand.

Ich mochte Bars. Sie waren laut genug, um zu vergessen, und dunkel genug, um nicht erkannt zu werden. Mein Jackett hing locker über dem Stuhl, mein Hemd war offen, der Kragen leicht zerknittert – genau richtig, um nicht wie ich auszusehen. Und dann vibrierte das Handy.

Ich sah aufs Display. Kurz. Direkt. Wie Apollo nun mal war.

„Johannesburg. 24h. Gala. Voller Einsatz. Sie braucht uns. Und bring was Passendes mit. Ich bestelle gerade ihr Kleid – Apollo."

Ich blinzelte. Dann seufzte. Natürlich. Jetzt.

Ich kippte den Rest des Drinks runter, schnappte mir mein Jackett und ließ ein paar Scheine auf der Theke liegen.

„Zimmer stornieren", murmelte ich zur Barkeeperin. „Und wenn mein Bruder anruft und fragt, wo ich bin, sagen Sie ihm: Ich komm, um sein Leben zu retten."

Ich verließ die Bar mit langen Schritten, draußen begrüßte mich der Nachtwind. Johannesburg. Lyanna. Eine Gala.

„Ein Kleid? Wirklich, Apollo?" Ich grinste in mich hinein, während ich das Handy zückte, um meinen Flug zu buchen.

„Na warte. Ich will zumindest aussuchen, was sie trägt."

Denn wenn wir schon untergehen, dann wenigstens mit Stil.

Ich tippte zurück:

„Aha. Ein Kleid also. Willst du ihr auch die Lippenstiftfarbe raussuchen oder darf ich wenigstens ihre Clutch besorgen?"

Pause. Dann noch eine Nachricht hinterher:

„Ich komm. Aber wehe, das Kleid ist beige. Ich ertrage keine tragische Pastell-Lyanna. Du hast Geschmack – beweis's."

Kurz darauf kam gleich die Antwort: „Es wird schwarz. Rückenfrei. Und sie wird darin aussehen wie die Antwort auf eine Frage, die niemand zu stellen wagte."

Ich stieg aus dem Flieger wie ein verdammter Rockstar. Sonnenbrille auf, Mantel über die Schulter geworfen, die Haare halb in Unordnung – halb perfekt. Ich sah mich kurz um. Und da stand er schon. Aurel. Natürlich im schwarzen Mantel. Natürlich mit diesem Ausdruck, als wäre das hier eine Beerdigung und kein Einsatz.

„Du siehst aus, als wärst du auf dem Weg zur UNO und gleichzeitig zur Hinrichtung", grinste ich, während ich auf ihn zuging.

Er verzog keine Miene. „Schön, dass du pünktlich bist."

Ich lachte leise. „Bruderherz, ich bin nie pünktlich. Ich bin rechtzeitig. Das ist ein Unterschied." Ich schlug ihm auf die Schulter. Er war wie immer: kontrolliert, wachsam, in sich ruhend wie eine tickende Zeitbombe.

„Apollo hat uns bestellt. Und wenn Apollo ruft…"

Ich zwinkerte. „…zieht der Hofstaat los."

Er schüttelte nur den Kopf, griff aber kommentarlos meinen Koffer. Natürlich. Typisch Aurel. Kein Kommentar – nur Effizienz.

„Hast du ihr Kleid gesehen?" fragte ich im nächsten Moment.

Aurel blieb stehen. Drehte sich zu mir um. Blinzelte. „Welches Kleid?"

Ich grinste breit. „Na, ihres."

Er sagte nichts, aber ich sah, wie sich sein Blick leicht veränderte. Eine Mischung aus Überraschung… und etwas anderem. Vielleicht Sorge. Vielleicht Wehmut. Vielleicht beides.

„Er ist also wirklich wieder drin", murmelte er leise.

„Nicht nur drin", sagte ich. „Er ist versenkt. Herz über Kopf. Und ehrlich? Ich glaub, sie auch."

Aurel schwieg.

„Komm schon, Bruder. Heute Abend wird episch. Wir fahren dahin wie ein verdammtes Statement. Und sie… wird aussehen wie die verdammte Sonne nach zehn Jahren Dunkelheit."

Er ging weiter. Ohne ein Wort. Aber ich sah, wie sich der Kiefer anspannte. Und wie seine Schritte einen Tick schneller wurden.

Ich hatte ihn erreicht.

Die Luft in Johannesburg war trocken, voller Staub und Lärm – und trotzdem spürte ich einen seltsamen Druck in meiner Brust, als wir vom Flughafen losfuhren. Aurel saß neben mir, still, nachdenklich, wie meistens. Sein Blick war aufs Display seines Handys gerichtet, aber ich merkte, dass er abdriftete. Wahrscheinlich dachte er schon drei Züge voraus – wie ein Schachspieler, der sein Gegenüber durchschaut, bevor der erste Stein gezogen wurde.

„Du denkst an sie, oder?", fragte ich.

Er sah nicht auf. „An sie. An Luciano. An all das hier."

Ich nickte nur. Kein Grund für Floskeln. Die Lage war ernst – und trotzdem schob sich unter meine Anspannung etwas anderes. Eine seltsame Wärme. Vielleicht war es das Wissen, dass wir nicht mehr gegen, sondern endlich für etwas kämpften. Für Lyanna. Für Apollo. Für uns.

Die Fahrt dauerte nicht lange. Der Wagen glitt durch die Tore des Anwesens. Hoch gesichert, abgeschirmt, perfekt gelegen. Weißer Stein, breite

Stufen, eine Einfahrt, die Platz für eine ganze Wagenkolonne bot. Ich stieg aus, während Aurel noch seine Mails checkte. Der Wind spielte mit meiner Jacke, und für einen Moment fühlte ich mich wie in einer verdammten Filmszene. Johannesburg, wir sind da. Die schwere Eingangstür öffnete sich, noch bevor ich klopfen konnte. Und da stand er. Apollo. Elegant, ruhig, mit diesem Blick, den nur er hatte – als hätte er das Ende eines jeden Spiels längst gesehen.

„Willkommen zurück", sagte er.

Ich grinste. „Ich dachte, du bist beschäftigt mit geheimer Planung und spontanen Galas."

Er schnaubte. „Du hast ja keine Ahnung, was hier los ist."

Aurel trat neben mich. „Dann führ uns ein. Und lass bitte das ganze Macho-Gehabe weg."

Apollo schmunzelte – und das war schon fast so selten wie ein Kometenschweif. Dann winkte er uns hinein. Der Flur war still, aber voller Energie. Ich spürte es in den Wänden, in der Luft. Hier geschah etwas. Endlich wieder Bewegung. Endlich wieder... ein Ziel.

„Lyanna?" fragte ich beiläufig, als wir unsere Jacken ablegten.

„In der Stadt. Sie klärt letzte Kontakte",
antwortete Apollo ruhig, aber in seinem Ton lag ein
Unterton. Zart, kaum hörbar – aber ich kannte ihn.
Die Art, wie er ihren Namen sagte. Nicht wie
irgendjemand. Sondern wie... sein Anker.

Ich warf Aurel einen kurzen Blick zu, der nur
leicht die Stirn hob. Wir hatten beide denselben
Gedanken. Unser Bruder hatte sich nicht nur
eingelassen – er war verloren.

„Und das Kleid?", fragte ich neckend.

Apollo sah mich an – ein Moment zwischen
Belustigung und warnendem Ernst. „Sie wird
perfekt aussehen. Punkt."

Ich grinste nur. Das tat sie immer. Dann gingen
wir ins Wohnzimmer, die Karten lagen auf dem
Tisch – im doppelten Sinne. Jetzt ging es los.

Wir waren zurück. Und diesmal würde niemand
von uns verschwinden.

Luciano

Ich starrte auf den Bildschirm. Die Auflösung war miserabel, das Bild rauschte, aber ich erkannte genug. Eine Einladung. Verflucht in Gold gedruckt, mit diesen elitären Schnörkeln, als wäre das hier ein Debütantinnenball und kein Schachzug mitten im Krieg.

„Eine Gala?", wiederholte ich langsam. Die Silben schmeckten nach Spott. „Sie richtet eine verdammte Gala aus?"

Der Informant vor mir nickte, schweißnass, nervös. Seine Finger krallten sich in die Lehne des Sessels, in dem er längst nicht mehr bequem saß. „Ganz spontan angesetzt. Morgen Abend. Gäste aus Justiz, Politik, Wirtschaft... alle, die Rang und Namen haben. Und die Presse." Ich lachte leise. Kein heiteres Lachen – ein trockenes, kaltes, das durch die Stille schnitt wie ein Messer durch Fleisch.

„Und Apollo?"

Er zögerte. Ich sah es an seinem Adamsapfel, der hüpfte, bevor er sprach. „Wurde nicht erwähnt. Alles sieht danach aus, als wäre sie... allein."

Allein. Das klang wie Musik in meinen Ohren. Ein vertrauter Klang. Lyanna ohne ihren Schatten. Ohne die Brüder. Ohne diesen überheblichen Bastard mit dem Pokerblick. Ich fühlte, wie sich in mir etwas regte – kein Impuls. Ein Plan. „Sie tritt also ins Licht. Ganz offiziell. Glaubt, mit einem Kleid und einem Glas Sekt kann sie überleben." Ich stand auf, trat langsam zum Fenster, stützte mich an der Fensterbank ab und blickte hinaus. Die Stadt lag mir zu Füßen – und bald würde sie wieder vor mir knien.

„Wo genau?", fragte ich ruhig, ohne mich umzudrehen.

„Ein Anwesen am Stadtrand. Private Sicherheitsfirma, aber überlastet. Es sind viele neue Gesichter. Sie hat nicht genug Zeit für gründliche Überprüfungen. Noch nicht mal genug Leute."

Ein Grinsen breitete sich auf meinem Gesicht aus. Das klang fast zu einfach. Fast… als würde sie mich einladen. „Ich werde da sein", flüsterte ich. „Und sie wird nicht damit rechnen."

Ich drehte mich langsam um, trat an den Tisch zurück, wo eine verwackelte Aufnahme von ihr lag – aufgenommen aus einem Café, mit Zoom, aber ich erkannte sie trotzdem. Die Haltung. Die Spannung in der Schulter. Das war nicht Souveränität. Das war Kontrolle kurz vorm Reißen.

„Sorg dafür, dass ich Zugang bekomme", sagte ich. „Im Service, als Gast, als Schatten an der Wand – mir egal. Ich will rein. Und mit ihr wieder raus."

Der Informant zögerte. „Und wenn Apollo doch auftaucht—"

Ich trat einen Schritt auf ihn zu. „Dann wird er lernen, was es heißt, etwas zu verlieren."

Er nickte sofort. Schluckte. Ich musste ihn nicht anschreien. Ich war der Mann, der seine Welt auslöschte, ohne die Stimme zu erheben.

„Sie wird sich rausputzen", sagte ich leise. „Ein Kleid, High Heels, ein falsches Lächeln... und dann? Wird sie meine sein. Wieder."

Ich hob den Blick. Sah in das bleiche Gesicht des Mannes, der mir zu Füßen saß.

„Ich habe sie einmal gebrochen. Ich kann es wieder tun."

Und diesmal, würde niemand da sein, um sie aufzufangen.

Apollo

Ich stand in der Eingangshalle des Anwesens und hörte das entfernte Brummen des Wagens, der sich der Einfahrt näherte. Mein Blick fiel auf die große Standuhr an der Wand. 14:06 Uhr. Pünktlich. Natürlich. Sie war immer pünktlich, wenn es darauf ankam. Die Tür öffnete sich, noch bevor der Chauffeur sie erreichen konnte. Und da war sie – Lyanna.

Nicht in Gold oder Seide, nicht geschminkt oder in Szene gesetzt. Nur sie. In Jeans, schwarzem Shirt, offenen Haaren. Und trotzdem traf es mich wie ein Schlag. Ich spürte, wie mein Herz für einen Moment stolperte – dieser eine verdammte Muskel, der sonst nur auf Gefahr oder Gewalt reagierte. Jetzt spielte er verrückt, wegen ihr.

„Du siehst müde aus", sagte ich statt eines Begrüßungskompliments. Elegant wie ein Panzer im Porzellanladen.

Lyanna hob eine Augenbraue. „Du auch."

Ich musste grinsen. „Komm rein."

Sie trat ein, ihre Augen wanderten über die Halle, über die hohe Decke, das Licht, das durch die großen Fenster fiel. Ich beobachtete sie, wie sie alles in sich aufnahm. Vielleicht suchte sie etwas, das ihr vertraut war. Vielleicht suchte sie auch nur nach einem Anker. Ich wusste es nicht.

„Aurel und Aiden sind oben im Salon", sagte ich. „Sie wollten dich begrüßen."

Sie nickte, und wir gingen gemeinsam den Flur entlang. Die Tür öffnete sich, und da standen sie – meine Brüder. Aurel war der Erste, der sich bewegte. Er trat auf Lyanna zu, schloss sie in die Arme, fest, ruhig, ehrlich. „Schön, dass du hier bist."

Aiden stand etwas daneben, verschränkte die Arme, zog eine Augenbraue hoch – dann verzog sich sein Gesicht zu einem Grinsen, und er trat nach vorne. „Na endlich", sagte er und schlang die Arme um sie. „Hast ja lange gebraucht, um uns wieder zu ertragen."

Lyanna lachte leise. Es war der schönste Klang, den ich seit Wochen gehört hatte. „Lang genug, um dich fast zu vermissen", erwiderte sie.

„Fast?" Aiden schnaubte. „Das nehme ich persönlich."

Ich trat einen halben Schritt näher. Irgendetwas in mir regte sich. Nicht besitzergreifend. Aber... wachsamer. Und natürlich bemerkte Aiden das.

„Oh, Bruderherz, bleib locker. Ich drück sie nur, ich heirate sie nicht." Er zwinkerte mir zu. „Noch."

Ich wollte etwas sagen, aber Lyanna war schneller. Sie trat einen Schritt zurück, sah zwischen uns hin und her – und schmunzelte. Ihre Wangen waren gerötet. Ich hätte sie auf der Stelle küssen können.

„Ich habe was für dich", sagte ich stattdessen und wandte mich zum Tisch.

Auf dem hellen Holz lag der Kleidersack. Ich reichte ihn ihr. Sie zog den Reißverschluss langsam nach unten. Als der Stoff sichtbar wurde, hielt sie inne. Ihre Finger glitten über das Material, als müsste sie erst prüfen, ob das, was sie sah, wirklich real war.

„Das... ist wunderschön", flüsterte sie.

„Zieh es an", sagte ich. Es war kein Befehl. Es war ein Wunsch. Ein leiser, ehrlicher Wunsch, sie darin zu sehen. Nicht, weil ich sie zur Schau stellen wollte. Sondern weil ich wissen wollte, wie es war, wenn sie sich in dem zeigte, was ich für sie ausgesucht hatte – mit Blick, Gefühl und Herz.

Sie verschwand im angrenzenden Gästezimmer. Kaum war die Tür zu, spürte ich Aidens Blick auf mir brennen.

„Willst du ihr jetzt noch den roten Teppich ausrollen? Oder soll ich das übernehmen?"

Ich ignorierte ihn. Zumindest äußerlich.

Aurel grinste. „Du wirkst angespannt."

„Ich bin nicht angespannt."

„Du hast in der letzten halben Stunde siebenmal auf dein Handy geschaut. Und das Licht neu ausgerichtet."

Ich wollte etwas erwidern, aber in dem Moment öffnete sich die Tür wieder. Und dann... stand sie da. Das Kleid umspielte ihren Körper wie flüssiges Licht. Der Stoff schimmerte bei jeder Bewegung, als würde er mit ihr atmen. Ihre Schultern lagen frei, das Dekolleté war elegant, aber nicht aufdringlich. Ihre Haare fielen in sanften Wellen über den Rücken. Sie sah nicht nur schön aus. Sie sah aus wie der Anfang von etwas, das ich nicht in Worte fassen konnte. Ich sagte nichts. Kein Wort. Mein Gehirn funktionierte nicht. Alles in mir war still. Einfach nur... still.

Aiden pfiff leise durch die Zähne. „Okay. Ich bin raus. Apollo, wenn du jetzt nicht den Mund aufkriegst, klatsch ich dich gegen die Wand."

Ich räusperte mich. „Du... bist perfekt."

Lyanna lächelte, leicht verlegen. „Es ist nur ein Kleid."

„Nein", sagte ich leise. „Es ist du. Und das macht den Unterschied."

Für einen Moment war alles still. Kein politisches Spiel. Kein Krieg. Kein Luciano. Nur sie. Und ich. Und der Anfang eines Abends, der alles verändern könnte. Sie drehte sich zu mir, die Hände noch leicht an den Seiten des Kleids, als könne sie es selbst kaum fassen, dass es ihr gehörte. Dass es sie war.

„Danke", sagte sie leise. „Für... alles. Für das Kleid. Für das hier." Ihr Blick huschte kurz zu Aiden und Aurel, dann wieder zu mir. „Aber wie du weißt, habe ich nicht viel Zeit. Wir haben noch einiges vorzubereiten, bevor heute Abend alles steht."

Sie sah mich kurz an – ernst, aber mit diesem sanften Glanz in den Augen, der mir jedes verdammte Mal den Boden unter den Füßen wegriss.

Ich nickte, zwang mich zur Beherrschung. Ich hätte sie gern noch für Stunden hierbehalten. „Natürlich. Ich bring dich noch zur Tür."

„Warte." Sie drehte sich um, ging zurück in das Gästezimmer, das sie vorhin betreten hatte. Ich hörte, wie der Reißverschluss sachte geöffnet wurde, Stoff raschelte. Sie zog das Kleid vorsichtig aus, als wäre es aus Goldstaub gefertigt, legte es auf das Bett und faltete es mit behutsamer Präzision zusammen. Dann schlüpfte sie wieder in ihre Alltagskleidung – schlicht, praktisch, aber selbst darin sah sie aus wie ein verdammter Magnet.

Als sie mit dem Kleid über dem Arm zurückkam, hielt ich ihr eine kleine Tasche entgegen. „Hier. Für das Kleid."

Sie hob überrascht die Brauen, nahm sie dann mit einem leisen Lächeln. „Du denkst an alles, hm?"

„Wenn's um dich geht, ja."

Sie schüttelte kaum merklich den Kopf, nahm die Tasche und verstaute das Kleid vorsichtig. Ihre Bewegungen waren ruhig, bedacht – und doch spürte ich, wie die Spannung in ihr wuchs. Heute war ein entscheidender Tag. Und sie wusste es.

Wir gingen schweigend durch den Flur. Es war keine unangenehme Stille – eher eine die mehr sagten als Worte. Vor der großen Holztür blieb sie stehen. Ich öffnete sie, ließ sie offen, wollte ihr noch etwas sagen. Doch bevor ich ansetzen konnte, trat sie einen Schritt näher und stellte sich auf die Zehenspitzen. Ihr Kuss traf meine Wange. Nicht flüchtig. Nicht fordernd. Zärtlich. Ganz bewusst. Und doch so leise wie ein Versprechen. Ich spürte ihren Atem, ihr Parfum, ihre Nähe – und wünschte, sie würde noch einen Moment länger bleiben. Doch sie trat zurück, sah mir kurz in die Augen und flüsterte: „Danke, Apollo."

„Für was?"

„Für das, was ich in deinen Augen sehe, wenn du mich ansiehst." Noch bevor ich reagieren konnte, ertönte von der Treppe ein überdeutliches, viel zu lautes Hüsteln.

„Autsch. Direkt an der Tür? Und ich dachte, der Flur wäre tabu. Willst du uns nicht wenigstens warnen, bevor ihr sowas hier durchzieht?" Aidens Stimme war der Inbegriff provokativer Brüderlichkeit. „Ich bin zartbesaitet, was Romantik angeht."

Ich wandte mich halb um – und da standen sie. Aiden mit seinem überheblich-unschuldigen Grinsen, Aurel daneben, leicht den Kopf schüttelnd, aber unverkennbar amüsiert.

Lyanna drehte sich zu ihnen um, legte eine Hand in die Hüfte und grinste. „Lern einfach, dich zu benehmen, Aiden."

„Unmöglich. Frag Aurel."

Aurel kam nun auch hinzu, stieg ein paar Stufen herunter. „Ich sag's dir nur ungern, aber... er war schon schlimmer."

Lyanna grinste. „Dann ist ja noch Hoffnung. Bis später, Jungs. Versucht nicht, Apollo zu sehr zu ärgern. Er muss heute noch funktionieren."

Dann ging sie. Elegant. Selbstbewusst. Entschlossen. Ich blieb im Türrahmen stehen, sah ihr nach, bis sie im Wagen verschwand. Mein Herz klopfte immer noch wie bei einem verdammten Teenager.

Aurel kam langsam näher. „Du bist verloren."

„War ich schon lange", murmelte ich.

Aiden schnaubte. „Dann hoffen wir, dass sie weiß, was sie sich da angetan hat."

Ich sah ihn an. „Tut sie."

Er grinste. „Na dann. Lass uns eine Gala sprengen."

Ich sah ihr nach, bis der Wagen mit ihr im Inneren aus der Einfahrt bog.

Und ich schwor mir in diesem Moment:

Egal, was heute Abend passiert – ich lasse keinen verdammten Finger an sie.

Lyanna

Ich stieg aus dem Wagen, bevor der Fahrer ganz zum Stehen gekommen war. Die Scheinwerfer des Veranstaltungssaals warfen ein warmes Licht über den gepflasterten Vorplatz, der von teuren Fahrzeugen, Kameraobjektiven und elegant gekleideten Gästen gesäumt war. Und mittendrin: ich – im Mittelpunkt eines Abends, den ich weder geplant noch jemals für möglich gehalten hatte. An meiner Seite: Marco, aufmerksam, angespannt. Esteria, grazil wie immer, aber mit dem Blick einer Frau, die weiß, dass heute etwas passieren könnte. Wir hatten uns keine Blöße gegeben. Die Kleidung – perfekt. Die Haltung – aufrecht. Der Blick – fokussiert. Doch ich spürte das Zittern unter der Oberfläche. Nicht aus Angst. Sondern aus Verantwortung. Das Sicherheitsteam war dezent, aber präsent. Vier Männer im Hintergrund, zwei direkt hinter uns. Apollos Leute. Und doch war er selbst noch nicht da. Noch nicht.

„Alles gut?" Marco beugte sich leicht zu mir.

Ich nickte, auch wenn meine Kehle trocken war. „Ich bin bereit."

„Das hoffe ich", murmelte Esteria. „Denn drinnen wartet die halbe Elite Johannesburgs."

Wir betraten das Foyer – Marmor, Kristall, goldene Akzente. Die Luft roch nach Parfum, Politik und Vorsicht. Stimmengewirr, Gläserklirren, Musik. Alles war perfekt inszeniert. Zu perfekt. Und ich wusste: irgendwo hier war Luciano. Wahrscheinlich näher, als mir lieb war.

Was ich nicht wusste: dass er mich schon sah. Dass er sich mitten unter die Kellner gemischt hatte. Schwarze Hose, weißes Hemd, Tablett in der Hand. Unauffällig. Ungesehen. Aber mit Blicken, die bohrten. Ich hatte keine Ahnung. Noch nicht. Ich ging weiter. Schritt für Schritt. Jeder Meter ein Statement. Ich gehörte hierher. Ich habe überlebt. Ich bin die Erbin. Und heute Abend war mein Auftritt. Apollo fehlte. Aber ich spürte ihn schon. Irgendwo da draußen war er auf dem Weg. Mit seinen Brüdern. Mit Rückendeckung. Ich betrat den großen Saal – und das Spiel begann.

Ich hatte bereits ein gutes Dutzend Hände geschüttelt, zu viele höfliche Gespräche geführt, zu viele Gläser mit halbvollem Sekt balanciert, die ich nicht trinken wollte. Marco blieb dicht an meiner Seite, wachsam wie immer, und auch Esteria wich mir kaum von der Seite. Ihr Blick war scharf, prüfend – als wäre jeder hier ein potenzieller Gegner.

Die Atmosphäre war angespannt. Polierter Schein über brodelndem Misstrauen. Immer wieder bemerkte ich flüchtige Blicke. Geflüster hinter gläsernen Lächeln. Scheinbare Komplimente, die sich anfühlten wie vergiftete Pfeile. Es war zu offensichtlich. Sie fragten sich, wo Apollo war. Und nicht nur das: Einige tuschelten, als hätte sein Fernbleiben eine Bedeutung. Als wäre ich... alleine. Wieder einmal.

„Es ist bald soweit", flüsterte Marco leise. Er sah zu der kleinen Bühne, auf der das Mikrofon wartete. Mein Herz schlug etwas schneller. Nicht wegen der Rede selbst. Sondern wegen der Welle an Argwohn, die mich jetzt schon traf.

Ich nickte. „Gehen wir."

Esteria strich mir kurz über den Arm, ein stummes „Du schaffst das". Ich atmete tief ein. Die Scheinwerferlicht-ähnliche Beleuchtung auf der Bühne blendete mich für einen Moment. Ich trat vor, hob das Mikrofon – bereit, zu sprechen.

„Meine Damen und Herren, ich begrüße Sie alle ganz herzlich zu diesem besonderen Abend."

Ich war kaum drei Sätze weit gekommen, als die doppelflügelige Saaltür mit einem kräftigen Knall aufgerissen wurde. Stille. Der Saal hielt den Atem an. Und dann traten sie ein.

Apollo. Aiden. Aurel.

Wie eine eingespielte Einheit. In Maßanzügen. Strahlend vor Macht, unübersehbar in ihrer Präsenz. Nicht arrogant. Nicht aufgesetzt. Sondern... naturgegeben. Hinter ihnen Erol, flankiert von drei weiteren Sicherheitsleuten – alle in Schwarz, diskret, aber eindeutig positioniert.

Die Gespräche verstummten endgültig. Das Getuschel kippte in schiere Sprachlosigkeit. Ich konnte die Blicke auf mir spüren. Wie sie neu kalibrierten. Alles neu bewerteten. Denn Apollo war nicht nur da – er war mit mir da. Ich stand noch immer auf der Bühne, das Mikro in der Hand, und sah ihm entgegen. Für einen Moment vergaß ich die Rede. Die Anspannung. Die Intrigen. Er blieb kurz stehen, sah zu mir hoch. Und in seinen Augen lag keine Entschuldigung. Sondern ein Versprechen. Langsam setzte er sich mit seinen Brüdern in Bewegung, die Stufen hinauf – direkt zu mir. Ich schluckte. Dann hob ich das Mikro wieder an. Meine Stimme war ruhig, klar, fester denn je. Ich räusperte mich kurz und fing nochmal an.

„Meine Damen und Herren, guten Abend. Ich danke Ihnen, dass Sie dieser Einladung so zahlreich gefolgt sind – trotz der kurzen Vorlaufzeit. Das allein zeigt, wie sehr sich diese Stadt, dieser Sektor, in Bewegung befindet. Viele von Ihnen kennen mich noch nicht persönlich. Mein Name ist Lyanna Parker."

Ich machte eine kurze Pause. Ich wollte, dass sie es verinnerlichten.

„Aber vielleicht ist es an der Zeit, meinen vollständigen Namen zu nennen: Lyanna Ferragosto. Ich bin die leibliche Tochter von Ernesto Ferragosto."

Ein deutliches Raunen ging durch den Saal. Ich ließ es zu. Ich stand fester denn je.

„Ich bin nicht hier, um alte Machtspiele fortzuführen. Ich bin nicht hier, um in die Fußstapfen von Männern zu treten, die die Vergangenheit geprägt haben – egal, ob sie Ferragosto oder Raphael hießen. Ich bin hier, um eine neue Ära einzuläuten. Ich werde das Erbe meines Vaters antreten. Aber nicht, um in altem Blut zu waten oder alte Rechnungen zu begleichen. Sondern um Verantwortung zu übernehmen. Für die Menschen. Für die Strukturen. Für all jene, die seit Jahren zwischen Fronten zerrieben werden – ohne Stimme, ohne Schutz."

Ich sah kurz zu Apollo. Er stand da, wie ein Schatten aus Licht. Ich wusste, was diese nächsten Sätze bedeuteten. Doch ich zögerte nicht.

„Ich habe mich entschieden, die Geschäfte meines Vaters fortzuführen. Doch auf eine neue

Weise – mit Weitsicht, mit Verstand. Und ja, mit einem Herzen, das nicht vergessen hat, wie es ist, klein zu sein in einer großen Welt. Gleichzeitig werde ich mich nicht täuschen lassen. Die Welt ist kein Ort für Naivität. Daher habe ich – in vollem Bewusstsein – beschlossen, eine strategische Allianz einzugehen. Mit der Familie Caelus."

Stille. Dann Bewegung. Viele warfen sich Blicke zu. Manche nickten. Andere starrten.

„Diese Entscheidung wurde nicht leichtfertig getroffen. Doch sie basiert auf Vertrauen, auf gemeinsamen Werten – und auf der tiefen Überzeugung, dass wir gemeinsam eine stabilere, menschlichere Zukunft gestalten können. Eine Zukunft, in der nicht der Lauteste gewinnt, sondern der Klügste. Der Standhafteste. Der Gerechteste."

Meine Stimme war ruhig, bestimmt.

„Wir werden zusammenarbeiten. In unternehmerischen Fragen, in der Neustrukturierung alter Handelsnetze – und in der Sicherheit, die so viele Familien seit Jahren vermissen. Ich weiß, dass das Gerüchte nährt. Dass man mich infrage stellt. Aber ich bin nicht hier, um mich zu rechtfertigen. Ich bin hier, um zu gestalten. Ich lade jeden von Ihnen ein, Teil dieses Wandels zu sein. Denn was wir jetzt entscheiden, formt nicht nur Märkte – es formt Leben. Danke."

Ich senkte das Mikrofon. Kein Beifall – noch nicht. Nur Stille. Und dann: der erste Applaus. Dann mehr. Bald brandete echter Beifall auf. Ich trat zurück. Mein Herz klopfte. Ich hatte es gesagt. Klar. Ohne Ausflüchte. Ich trat einen halben Schritt zurück, ließ meinen Blick noch einmal durch den Saal schweifen – und dann drehte ich mich um. Mein Herzschlag war ruhig, aber in meiner Brust brannte eine neue Stärke. Ich hielt Apollo das Mikrofon hin. Für einen Moment ruhten unsere Blicke aufeinander, stumm, tief – dann nahm er es entgegen. Er trat nach vorne, groß, präsent, mit dieser stillen Macht, die ihn umgab. Der Saal verstummte erneut. Nicht, weil sie Angst hatten – sondern, weil er jeden Raum mit Autorität füllte.

„Meine Damen und Herren," begann er mit ruhiger, fester Stimme. „Es gibt nicht viel hinzuzufügen zu dem, was Lyanna gerade gesagt hat. Ihre Worte waren klar. Wahr. Und sie stehen in vollem Einklang mit dem, wofür auch ich – wofür wir als Familie Caelus – stehen."

Er machte eine kurze Pause und sah zu mir zurück. Dann in den Saal.

„Ich bestätige hiermit öffentlich: Die Familie Caelus unterstützt diese Allianz. Mit all unserer Kraft. Mit all unseren Ressourcen. Und mit all unserem Besitz."

Ein Raunen ging durch die Reihen – dieses Mal gepaart mit Neugier und Respekt.

„Diese Allianz ist nicht nur strategisch. Sie ist notwendig. Für Stabilität. Für Fortschritt. Für Sicherheit. Deshalb sind heute nicht nur ich, sondern auch meine Brüder hier."

Er machte eine bedeutungsvolle Geste zur Seite – Aurel und Aiden standen aufrecht an der Seite der Bühne. Beide nickten. Ruhig. Selbstbewusst. Es war ein Moment, in dem etwas sichtbar wurde, das lange verborgen war: Einheit.

„Unser Vater, Avid Caelus, hatte einst in Johannesburg ein Firmenimperium aufgebaut. Er führte es mit Stärke – aber auch mit einem tiefen Sinn für Ordnung, für Verantwortung. In seiner Zeit fühlten sich die Menschen sicher. Die Stadt florierte."

Apollo hob leicht das Kinn. In seinen Augen lag ein seltener Hauch Wehmut – und Entschlossenheit.

„Diese Zeit war geprägt von Klarheit. Und genau diese Klarheit wollen wir zurückbringen. Nicht allein. Sondern gemeinsam. Mit Lyanna Ferragosto – der rechtmäßigen Erbin eines der wichtigsten Namen unserer Zeit."

Einige Politiker begannen leise zu klatschen. Andere folgten.

„Die Caelus-Familie steht hinter ihr. Und wir stehen hinter dieser Stadt. Mit allem, was wir haben."

Er senkte das Mikrofon. Drehte sich leicht zu mir. Und während des Applauses lauter wurde, reichte er mir das Mikrofon zurück. Unsere Finger berührten sich flüchtig. Er stellte sich direkt vor mich. So nah, dass ich seinen Atem spüren konnte. Sein Blick ruhte auf meinem. Dunkel. Voller Gefühl. Voller Klarheit. Die Gespräche im Saal verstummten abrupt. Als hätte jemand die Zeit angehalten. Dann hob er langsam beide Hände, legte sie an meine Wangen – als wäre ich das Kostbarste, was er je berührt hatte – und senkte seinen Kopf.

Und küsste mich. Kein flüchtiger, halböffentlicher Kuss. Nein. Ein echter. Tiefer. Ruhiger Kuss. Ein Kuss, der nicht fragte, ob er durfte – sondern erklärte: Ich stehe zu dir. Um uns herum war es totenstill. Nur das rhythmische Pochen meines Herzens und sein Griff, der sich warm und schützend um mich legte. Ich hörte vereinzelt Atemzüge, ein unterdrücktes Raunen, ein ungläubiges Flüstern aus dem Publikum. Aber es war mir egal. Weil in diesem Moment nichts wichtiger war als er. Als wir. Als das, was wir öffentlich gemacht hatten: Nicht nur ein Bündnis.

Sondern eine Entscheidung. Eine Haltung. Eine Liebe, die sich nicht mehr verstecken ließ.

Als er sich langsam von mir löste, sah er mir noch immer in die Augen. Kein Wort. Nur dieses eine Lächeln, das nur ich kannte.

Und ich? Ich lächelte zurück.

Sofort flammte Applaus auf – laut, heftig, gemischt mit Staunen und Neugier. Die Pressekameras klickten wie Maschinengewehre. Die Aufmerksamkeit hatte sich vollständig auf uns verschoben.

Und Luciano?

Wenn er hier war – dann wusste er jetzt: Die Zeit, in der ich eine Figur auf seinem Spielfeld war, war vorbei.

Ich war die Spielerin geworden.

Luciano

Ich stand in der Nische neben dem Weintresen. Silbertablett in der einen Hand, die andere verborgen unter dem Jackett an meiner Waffe. Niemand beachtete mich. Niemand erkannte mich. Perfekt. Der Saal war überfüllt. Ein Summen aus Gläserklirren, Gelächter und falscher Höflichkeit lag in der Luft. Die Oberschicht roch nach Angst und Parfum. Nach Macht und Unsicherheit. Ich hatte mir jede Ecke des Saals angesehen. Ein paar Bodyguards – mehr nicht. Lächerlich unterbesetzt für eine so bedeutende Nacht. Die Bühne war erhöht, die Menge aufmerksam.

Und mittendrin: Lyanna Ferragosto.

In einem Kleid, das mich beinahe lachen ließ. So stolz. So makellos. So sicher, so strahlend, so... unantastbar. Als hätte sie vergessen, wozu ich fähig war. Sie lief umher, schüttelte Hände, sprach mit Politikern, Geschäftsleuten. Ihre Aura hatte sich verändert. Da war nichts mehr von der gebrochenen Hülle, die ich monatelang bearbeitet hatte. Nur noch Feuer. Kontrolle. Präsenz. Ich biss mir auf die Zunge. Der metallische Geschmack von Blut half, die Wut zu bändigen. Dann hob sie das Mikrofon. Ihre Stimme war klar, ruhig.

„Meine Damen und Herren, ich begrüße Sie alle ganz herzlich zu diesem besonderen Abend."

Sie begann gerade mit ihrer Begrüßung. Nichts Großes – nur ein paar Worte an die Gäste. Ich spürte, wie mein Herzschlag sich verlangsamte. Jetzt oder nie. Ich bewegte mich. Langsam. Zielsicher. Niemand sah mich an.

Der schwarze Anzug, das weiße Tuch über dem Arm – es war eine Uniform der Unsichtbarkeit. Perfekt. Meine Männer hatten sich verteilt. Zwei am Buffet. Einer bei der Bar. Sie warteten auf mein Zeichen. Nur ein Blick, ein Satz – und sie würden sie greifen. Dann geschah es.

Die Saaltür wurde aufgerissen. Und die Temperatur im Raum fiel.

Apollo. Aurel. Aiden.

Wie aus einem verdammten Mafia-Film.

Schwarze Anzüge, kalte Mienen, Präsenz bis in den letzten Winkel des Raumes. Alle Köpfe drehten sich. Ein kollektives Einfrieren. Ein Innehalten.

Ich zog mich zurück. Hinter den Vorhang. Schnell. Leise. Mein Herz schlug härter. Nicht aus Angst. Aus Wut. Wieso waren sie hier?

Das war nicht Teil der Gerüchte gewesen. Mein Informant hatte gesagt: Lyanna allein. Eine GALA.

Öffentlich. Diplomatisch. Kein Caelus. Und jetzt das.

Ein kompletter Auftritt. Mit Symbolik. Mit Anspruch. Ich beobachtete durch den Spalt. Lyanna wirkte ruhig, stark. Apollo stand an ihrer Seite. Dann übernahm er das Wort.

„Ich bestätige hiermit öffentlich: Die Familie Caelus unterstützt diese Allianz. Mit all unserer Kraft. Mit all unseren Ressourcen. Und mit all unserem Besitz."

Mein Magen zog sich zusammen. Ein öffentliches Bündnis.

Offiziell.

Unwiderruflich.

Ich wollte mich abwenden. Weiterdenken. Einen neuen Plan. Da spürte ich es. Ein Blick. Bohrend. Von der Seite.

Erol.

Sein Kiefer spannte sich. Sein Blick erkannte. Mich. Ich fluchte leise. Nicht laut. Nie laut. Ich zog mich zurück, bewegte mich in die Seitengänge. Meine Finger glitten an die Innentasche. Die kleine Wanze – diskret, effizient.

„Abbruch.", flüsterte ich ins Mikro. „Sofort raus. Alle."

Ich hörte kein Bestätigen. Musste ich auch nicht. Sie würden gehorchen. Ein paar Minuten später stand ich im Schatten der Lieferanteneingänge. Der Wagen wartete. Motor lief. Ich sah zurück auf das Anwesen. Lichter. Stimmen. Applaus.

Und sie – im Zentrum.

Lyanna Ferragosto.

Die sich für unantastbar hielt. Aber niemand ist unantastbar. Nicht ewig. Nicht, wenn ich wiederkomme.

Epilog

Lyanna

Ich saß auf der Veranda unseres Anwesens, barfuß, die Beine auf dem Stuhl gegenüber abgelegt. Der Duft von Jasmin hing in der Luft, irgendwo zirpte eine Grillenzikade, und hinter mir hörte ich das gedämpfte Lachen von Aiden und Marco, die sich wie zwei alte Männer über den besten Wein stritten.

Apollo stand im Türrahmen, die Ärmel seines Hemds hochgekrempelt, ein Glas in der Hand. Als sich unsere Blicke trafen, wusste ich wieder, wie weit wir gekommen waren.

Luciano war Geschichte. Nicht durch unsere Hand – sondern durch seinen eigenen Größenwahn.

Er hatte einen Krieg begonnen, mit dem falschen Mann, zur falschen Zeit. Und am Ende war es das Messer eines ehemaligen Vertrauten, das ihn zur Legende machte – nicht zur Erinnerung.

Wir hatten ihn nicht gejagt. Nicht getrauert. Nur losgelassen. Denn das Leben war weitergegangen – nicht über ihn hinweg, sondern an ihm vorbei.

Heute war ich Dona. Nicht, weil ich den Titel erbte. Sondern weil ich ihn lebte.

Als ich neulich durchs Marktviertel fuhr, hatte mir der alte Gemüsehändler zugenickt. Nichts Spektakuläres – aber in seinem Blick lag etwas, das früher nie da gewesen war: Respekt.

Ein Junge hatte mir auf dem Weg zur Schule zugewunken. „Dona Lyanna!", hatte er gerufen. Ich hatte gelächelt. Und mich gefragt, ob er wusste, wer ich früher gewesen war. Wahrscheinlich nicht. Und das war gut so.

Ich verhandelte. Ich entschied. Ich setzte Grenzen – aber nicht mit Drohungen. Sondern mit Klarheit.

Und wenn doch jemand meinte, mich testen zu müssen... nun ja. Dafür hatte ich ja meine Männer.

Ich schmunzelte.

Angefangen bei den Caelus-Brüdern, die mich beschützten, als wäre ich ein Staatsgeheimnis mit Herzschlag.

Und Apollo?

Er war nicht mein Schatten.

Er war mein Spiegel!

Mein Zuhause!

Letzte Woche saßen wir mit Aurel, Aiden und Marco beim Abendessen im Innenhof. Keine Anzüge. Keine Waffen. Nur Gläser, Stimmen und Licht. Apollo hatte meine Hand unter dem Tisch gehalten. Und Aiden hatte geschnauft: „Muss das sein? Ich esse hier gerade." Ich hatte gelacht. Und gewusst: Ich war angekommen. Ich lehnte mich zurück, schloss die Augen.

Die Nacht roch nach Zukunft.